U0519639

双重时间

与西方文学的对话

柏琳/著

四川人民出版社

CONTENTS
目录

德国　奥地利　匈牙利　波兰　俄罗斯

白俄罗斯  土耳其  以色列 阿尔及利亚 法国 英国  爱尔兰  美国  阿根廷

对峙的时刻

（序言）

出版这样一本面向当代世界文学的访谈录，对我来说有些为难，主要是心里有疑惑：好像谈论“文学”的部分不是很多？从内部看，这些与作家的对话不太聚焦文学本身，却旁逸斜出，时常走神到社会问题和道德议题上去，言不尽意。从延伸的外围看呢，那些关于历史、社会问题的探讨，囿于我本人有限的知识结构、“文学”这个范域光环的笼罩，也不能痛痛快快地一次说个够。

问题出在提问者身上。做文学记者这些年，我时常怀疑自己的角色，受到一种“双重困惑”的冲击：作为对话者，究竟该关心文学本身，还是该关心文学关心的问题？我的一位访谈对象、德国“文学君主”马丁·瓦尔泽曾愤愤地对我说过：“只有坏的小说才会去改良社会呢！”瓦尔泽老先生当然有他说这句话的语境，高寿的他本人都快成了二十世纪的德国经历百科全书。经历了二战和冷战东西德分裂的世纪事件，目睹一个新纪元的重启，瓦老感受到德国社会内部发生的深刻而漫长的自我反省。

他逐渐发现，对于德国文学而言，存在一条危险的界限：究竟介入社会现实到什么程度，文学的品质会受到损伤？

这是个老生常谈的问题，为艺术而艺术，还是为生活而艺术。我本人和瓦老的步调并不一致。应该说，这本访谈录里收录的作家对话中，许多作家的看法我并不同意，可是我对他们中的每一个人都心怀感激。他们都是蜚声当代世界文坛的大家，或者也有锋芒毕露的中青代作家。作为艺术家，面对一个做访问时总一个劲儿地问与艺术本身不太相关问题的记者，心里总是有点不耐烦的吧？我这么想。可我是幸运的，因为这些作家都用自己最大的诚意，回答了那一个个看似无尽的“文学的社会问题”。

这本访谈录收录了我过去五年作为文学记者所做的二十二篇文学访谈，涉及欧、亚、非及南北美洲大陆的二十二位当代首屈一指的作家。它们都曾刊发于不同的媒体平台，体例自由，篇幅不等，有的重心在对话，有的聚焦人物速写，有的两者兼备。大部分访谈都是面对面发生的，也有视频交流和邮件往来对话。每一场对话都会不同程度地聚焦作者当时完成的文学作品，并在此基础上发散背后的社会议题。

在“文学与社会”这个议题上，二十世纪美国社会文化批评家、文学家莱昂内尔·特里林（Lionel

Trilling)，是我颇为敬重的前辈。在特里林看来，"文学生活除了可能提供良好的愉悦性以外，它还是文明所不可或缺的事物"。特里林对现代主义文学始终态度矛盾，他既同意现代文学对个体自由的要求，也对其摒弃传统和忽视社会道德风尚的做法难以接受。真正令他感兴趣的是，文学能做什么？因为对他而言，"文学的功能最终是能够发现和判断价值观的社会和道德功能"。但是，他同样不赞同那些认为文学应该担负起"弥赛亚似的责任"的做过了头的"社会派"，因为"文学无法拯救社会，也无法对社会进行直接的改革"。特里林认为，文学能做的，是提供一种"沉思性的体验"，体验自身受到限制的生活，体验事物的真实属性，而这恰恰就是"最重大的社会关怀"。

这就是了。我把自己敬重的前人搬出来说话，似乎也有给自己"不像文学对话的对话"找一点支持理由的意思。不过，真让自己回顾这些在不同时段、不同语境下做的文学访谈，找一找它们共同关心的社会问题，还真是又沉重又揪心。它们关乎二十世纪的许多场战争：一战、二战、冷战、阿富汗战争、巴以冲突、南斯拉夫内战、反恐战争；它们涉及二十世纪的许多种危机：切尔诺贝利事件的生态危机、欧洲难民潮、爱尔兰金融危机、新民族主义思潮、全球化的"双刃剑"；它们也关切着现代社会的个体困境：土耳其的世俗化进程、“柏林墙”倒塌之后德国社会的融合、冷战结束后东欧各国的身份认同障碍、犹太人在世界各个角落的身份困惑、个体生活的原子化状态、“流动”的一代人、“新移民”的生存处境、信仰问题在新世纪的嬗变、对于父辈记忆的处理方式……

坦白说，我倒不认为这些是什么“大”问题。再宏大的事，都需要个体自己体验之后，才能鉴别真假。我着实体会到，在这些当代作家身上，都存在一种“双重时间”——“大时间”和“小时间”。“我们”在二十世纪大事件的河流中，被动接受了宏大的时间；同时，“我”用迥异的“文学方法”，主动把宏大的时间切碎，产生了“我”的“小时间”。这也是书名《双重时间》的一点用意。

感谢这本书的特约编辑刘盟赟，没有他细致的梳理和提炼，这本书的面貌不会清晰呈现。感谢李陀老师，是他的推荐才让这本访谈录成为可能。感谢曾经刊发过这些访谈的媒体平台和相关编辑，是你们的支持才有了这些成果。感谢在过去五年中与我辩论、探讨文学问题的朋友们。最感激的，是与我对话的作家们，愿写作一直是你们的信仰。

刚做文学记者时，我没想过今后会和这些问题对峙，但也不曾满足于仅在美学领域去关注我所热爱的文学。即使在将来，我也想做一个文学“局内的外人”，提出这些与创作经历、文学理论关系不大的问题，关心与我对话的作家所关心的世界，并试图在那个世界里，艰难地找寻我自己的世界观。找不到也没关系，就这么老老实实地困惑着也行。又要引用特里林的话了 :“思想总是晚来一步，但诚实的糊涂却从不迟到。”

柏琳

2020 年 9 月 27 日

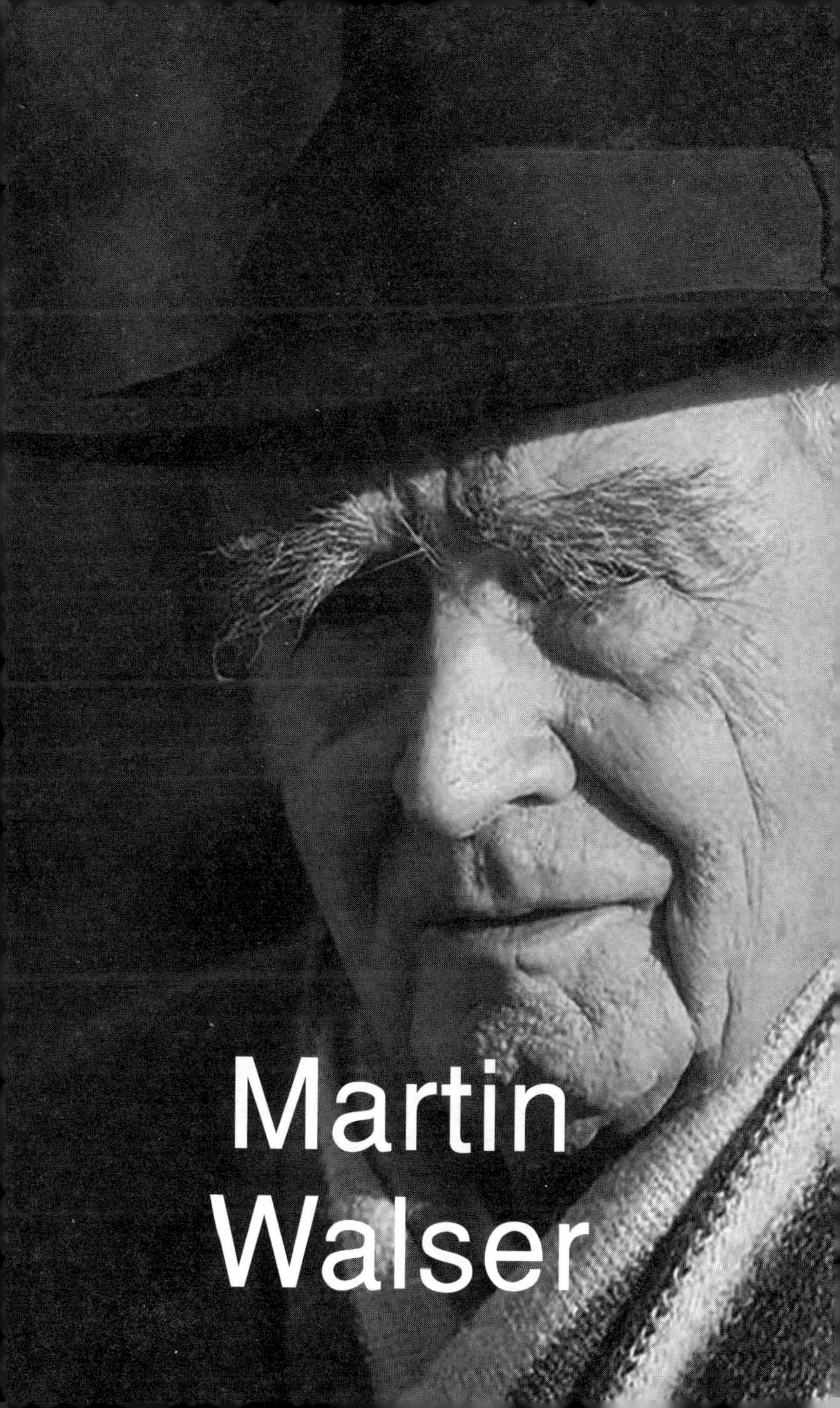

Martin
Walser

马丁·瓦尔泽：写作即信仰

在德国战后文学史上，除了海因里希·伯尔和君特·格拉斯这两位诺贝尔文学奖获得者之外，最负盛名的恐怕就是马丁·瓦尔泽了。这位现年九十二岁高龄的文学老人，在德国是国宝级作家，被称为“文学君主”。曾有一位德国作家调侃说：“没有文学君主的德国和没有冲突的中东一样难以想象。马丁·瓦尔泽是我们当今的文学君主。有一阵他不在位，在位的是君特·格拉斯，格拉斯登基之前是瓦尔泽在位，格拉斯之后，又是瓦尔泽在位。”

这匹依旧活跃在德国文坛的“老马”著作等身，仅长篇小说就有二十多部，被授予的奖项有三十多个，包括联邦德国文学最高奖毕希纳奖，以及最有政治和公众影响力的德国书业和平奖。有人评价他在德国公众中的地位，仅次于德籍教宗本笃十六世。

瓦泽尔的小说主要反映德国的现实生活，主人公大多是中下层知识分子，作者揭示他们寻找个人幸福以及在事业上的奋斗，侧重于描写人物的精神生活和感情纠葛。他擅长描写人物的内心世界，往往通过人物的自我内省反映社会生活的变迁。德国书业协会在向他颁发书业和平奖时称：“瓦尔泽以他的作品描写和阐释了二十世纪下半叶的德国现实生活，他的小说和随笔向德国人展现了自己的祖国，向世界展现了德国，让德国人更了解祖国，让世界更了解德国。”

不平静的“德国文学君主”

虽然瓦尔泽是德国文坛的一棵常青树，却常年活在风口浪尖上。在德国这个经历过两次世界大战、对犹太人犯下滔天罪行的战战兢兢的国度里，瓦尔泽曾对奥斯维辛被“工具化”表示不满，认为个人对历史应该自发性反思，“奥斯维辛”这个字眼，不应成为别有用心之人的“道德大棒”，否则人们无法自由思考；他明确反对在柏林市中心修建犹太大屠杀纪念碑的计划，因为这无异于“把耻辱化为巨型艺术”；他的朗诵总会招惹热血青年，反对他的标语屡见不鲜，可这些朗诵会上又时常出现德国联邦总统聆听的身影；他因小说《批评家之死》(2002)与德国“文学教皇”拉尼茨基的批评与反批评，不仅成为载入史册的文学事件，更因为争议性的“反犹嫌疑”而成为轰动的社会事件。

敢说敢为的瓦尔泽，在公众面前俨然是一个愤怒的性情中人，不过，把人生过得这么“政治化”，却非这个白眉银发、脸庞泛红的日耳曼男人的本意。

和亦敌亦友的同代人君特·格拉斯迥然不同，瓦尔泽的写作在涉及历史问题时，几乎不用政治性或群体性的公共语言，他认为写作是个人化的表达。在德国，曾有人批评他“把良心私有化”，他不予申辩。在瓦尔泽眼中，如果写出了《铁皮鼓》的格拉斯是一个热衷于教育大众的人，那么他就只是一个通过写作来表达信仰的人。

“写作是一种祷告的方式”，这是卡夫卡写在日记里的一句警言，它折射了写作的私人性质。这句话被瓦尔泽奉为某种写作圭臬。“我只为自己写作”，如果可以，他只想栖居在风景如画的多瑙河博登湖边，捧着心爱的红酒杯，整日地读尼采和克尔恺郭尔的日记，就像他的中篇小说《惊马奔逃》中的男主人公赫尔穆特。然而，正如小说结尾中暗示的那样，生活依然照旧。理想只是一种生活的“匮乏”，瓦尔泽注定不能获得平静。

博登湖位于德国南部，瓦尔泽的别墅就在博登湖畔的努斯多夫镇上。别墅四周青山绿水，朝前看是瑞士，向左看是奥地利，向右眺望，离法国也不远。宛若仙境的居处给了瓦尔泽丰富的创作素材，他的很多作品均以这里的生活为背景。

他生于斯，长于斯，一九二七年三月二十四日生于博登湖畔的瓦塞堡，十一岁父亲去世，从小就在母亲的餐馆帮工。据二〇〇七年六月公开的档案显示，他可能曾于一九四四年一月三十日加入过纳粹党。在其争议小说《迸涌的流泉》中，瓦尔泽塑造了一个为生活所迫而加入纳粹党的母亲形象。在现实生活中，母亲真的加入过纳粹，虽然她笃信天主教。这成为瓦尔泽终生困惑的难题，同样历经战争年代，他和德国文坛另一位同岁的文学泰斗君特·格拉斯相反，后者不断描写战争，并反省战争之罪，可瓦尔泽却拒绝写任何反法西斯的战争小说。在瓦尔泽看来，法西斯已经消亡，格拉斯更多地是在表达反法西斯的意愿，但“我思考的问题是德国为何会受到法西斯的诱惑”，这个问题瓦尔泽思考了二十年。

一九五七年，瓦尔泽成为职业作家，曾是德国四七社成员，文学生涯在此起航。一九五五年发表充满探索意味的短篇《屋顶上的一架飞机》，被认为在模仿卡夫卡。瓦尔泽八岁开始读卡夫卡，其博士论文就是《一种式样的描写——论弗兰茨·卡夫卡的叙事文学》，卡夫卡深刻影响了瓦尔泽的写作。

上世纪五六十年代，联邦德国文学界流行社会批判小说，卡夫卡的寓言式写作没有生长土壤，瓦尔泽的探索被评论界批判为“缺乏‘批判－启蒙立场’”，他被划为缺乏改造社会冲动的保守右派。即使到了今天，瓦尔泽也依然认为没有一个作家能够学会卡夫卡的写作视角和怪诞风格。

六十年代之后，瓦尔泽却转向激进的左派。他一方面成立“越南事务办公室”，想征集十万个反战签名，迫使联邦德国政界和知识界对越战不再沉默，另一方面因为看到社会民主党在越战问题上态度暧昧，他又果断站在共产党一边，并力挺工人文学，将自己喜欢的“劳动世界文学”结集出版，取名为《劳动日的尊严》。

人们越发看不懂瓦尔泽了。八十年代前后，他因为主张两德统一而被怀疑具有民族主义倾向。他在一九七七年的一场演讲中留下一句著名的话："现在莱比锡可能不是我们的。莱比锡却是我的。"在两德统一问题上，瓦尔泽和君特·格拉斯、哈贝马斯等德国知识分子立场相悖，后者赞成两德分裂，认为这是德国二战罪行的惩罚，而且他们认为向来主张文化高于政治的德国，分裂从历史上看本就是自然状态。但瓦尔泽却觉得分裂是“冷战”的恶果，这会将德国人导向悲惨的处境。

一九八九年，柏林墙倒塌。

一代知识分子的“惊马奔逃”

作为和新生的联邦德国共同成长起来的一代知识分子，瓦尔泽见证了欧洲大陆“一九六八年革命”后德国社会回归正常化的渴望，进入两德统一的新纪元后，他越发感到，需要减轻沉重的历史包袱给当代德国人带来的精神压抑。一九九八年，他出版自传体小说《迸涌的流泉》，描写一个生活在第三帝国下的十岁男孩的成长经历。该书上市后一路畅销，却被“德国文学教皇”、犹太人赖希·拉尼茨基在主持的电视书评节目《文学四重奏》中猛批，因为“没有出现奥斯维辛这个字眼”。

瓦尔泽愤怒了，他对《南德意志报》的记者说：“其实每一个受他虐待的作家都可以对他说，赖希·拉尼茨基先生，就你我的关系而言，我才是犹太人。”由此，他误入了在德国特有的话语禁区：犹太人。

凭借《迸涌的流泉》，瓦尔泽一九九八年获得德国书业和平奖，在法兰克福保罗教堂发表了一个空前轰动的演讲。在那场演讲中，他不仅承认自己至少有二十次遇到集中营画面时“扭头不看”——此举违背了“正视”历史的道德律令——他还对奥斯维辛的仪式化表示不满，怀疑有人抓住德国纳粹时期迫害犹太人这一历史把柄，是为达到今天的政治或经济的目的。他承认奥斯维辛是德国人“永远的耻辱”，应该悔罪。但悔罪应该是一种内心活动而非表面文章。

这惊世骇俗的无忌之言，博得了在场包括联邦总统在内的人们站立鼓掌，也很快招致哗然，德国犹太人协会主席伊格纳茨·布比斯指责他搞“精神纵火”，有人把他视为否定历史的右翼极端。二〇〇二年，他出版讽刺媒体霸权的小说《批评家之死》，引发了一场更迅猛的精神大火，斥责他“反犹”的声音此起彼伏。瓦尔泽觉得跳进博登湖也洗不清了，他甚至一度考虑离开德国，移居奥地利。

一辈子都在书写德国，却总是不被德国所理解，年过九十的瓦尔泽用自己的写作人生验证了歌德的一句名言：“德国作家是德国的受难者。”

二〇〇二年，瓦尔泽七十五岁，和自己完成于一九七七年的小说《惊马奔逃》中的主人公赫尔穆特越来越像：如同一匹“惊马”，“受环境影响，神经失去本性”，他要奔逃向熟悉的博登湖畔。

六年后，瓦尔泽再度现身，仿佛变了一个人，温柔慈祥，充满爱意。这种印象来自他当年出版的小说《恋爱中的男人》，写大文豪歌德在七十三岁时对十九岁少女乌尔莉克一见倾心。这本散发着诗意与哲思的爱情绝唱，让许多过去因为《批评家之死》风波而远离瓦尔泽的读者对他重新产生好感。

二〇一〇年瓦泽尔又写了一部以爱为母题的小说《我的彼岸》，不过这样的爱蒙上了一层宗教色彩。主人公奥古斯丁是瓦尔泽创作的典型人物：男性，德国人，一场已经或者即将被错过的生活。奥古斯丁心爱的女人玛利亚永远在他爱的彼岸。

瓦尔泽写小说，一向轻情节，和他推崇的普鲁斯特一样，他长于心理分析，喜欢让人物进行充满思辨的内心自省。令人惊奇的是《我的彼岸》只是他计划二〇一一年出版的长篇《童贞女之子》的开头。

《童贞女之子》仿佛一场语言与哲思的狂欢。它像一个宗教寓言，相信自己是无父之子的主人公珀西，却在现代社会苦苦寻找父亲。它是一部狂野的小说，探讨爱情的可能性，信仰的可能性，以及语言的可能性。

高龄并没有阻碍瓦尔泽大脑的飞速运转，他越来越想要回归思辨的精神领域，剔除掉社会改良、变革等实际字眼。他的床头常年放一本尼采的书，旅行时会带着克尔恺郭尔的文集，这两位德国哲学家的思想在晚年的瓦尔泽看来，纯度越来越高。

他思索知识和信仰的关系，“人们相信的要比知道的多”，成为他二〇〇八年后写作的重点。不过这抽象的问题被包裹在“爱”的外衣之下，“我不写爱，我是带着爱写作”，《童贞女之子》后，瓦尔泽又写出了《第十三章》和《一个寻死的男人》，描写爱情、背叛与老年生存状态。

德语翻译家黄燎宇说过，瓦尔泽是一个很“坏”的作家，语言狂欢的背后，藏着一张难辨真假的分裂脸庞。《第十三章》里，瓦尔泽借主人公巴西尔说，“缺了不可能的事物，我就没法生活。如果生活被可能的事物层层包围，生命之火就会熄灭”。

瓦尔泽对这种“不可能”无比动心，他认为这恰恰是一种“匮乏”，是他写作的缪斯，必须一边写作一边寻找答案，而且他不相信，自己对生命的不甘心，难道只是私人体验？

这个狡黠的老头子，要在写作里与“不可能”调调情。当然，“调情”的地方，在蛰居的现实堡垒里。他和充满政治色彩的君特·格拉斯截然不同，也不喜欢和阴柔缓慢的托马斯·曼相提并论，他希望自己能够朝着歌德和荷尔德林的方向，迈向诗意与理性共生的古典德国。

不过，马丁·瓦尔泽没有得过诺贝尔文学奖。即便如此，这并不妨碍他成为德国文坛的性格人物、话题人物、争议人物。在反对越战、主张两德统一、反对奥斯维辛“工具化”等问题上，他时常充当德意志的火山。这座火山已经超过九十岁了，他不再如过去那样频繁喷发滚烫的熔岩。

瓦尔泽更温柔了，他在二〇〇二年以后的写作重心移向了人性中更柔软的部分，关于爱情和背叛，关于衰老和死亡，关于信仰。这些看似远离公共性的命题，柔软外壳下包裹的却是某种稳健的内核——“除我自己之外，我不想让任何人信服什么。如果我能信服我自己，那我就是世界上最幸福的人”。

二〇〇八年，受歌德学院（中国）之邀，瓦尔泽首度访华，与中国诺贝尔文学奖获得者、作家莫言就文学创作进行了长达两个小时的激烈讨论。二〇〇九年，他因其小说《一个恋爱中的男人》在人民文学出版社出版再次造访中国。二〇一六年九月，瓦尔泽携带新著《童贞女之子》和《一个寻死的男人》第三次来到中国。他的第三次来访动静不大，没有铺天盖地的采访，他反而怡然自得。在采访结束后，他拒绝了别人的搀扶，一个人拄着拐杖踱步离开。走了两步，他突然回过头，对我轻轻挥了挥手，和我告别。

像一头巨大而行动迟缓的日耳曼野兽，瓦尔泽渐渐走入古典德国的历史森林深处，探寻先辈的足迹，这些足迹有关信仰与知识，爱情与奇迹，存在与真理。

坏小说才会去改良社会

柏琳：你在二〇一一年写成的小说《童贞女之子》即将迎来中文版，这本书在德国被评价为“一部狂野而包罗万象的小说”，你如何看待这部作品？

瓦尔泽：《童贞女之子》探讨了一个人整体性的

存在，只是故事的发生限定在多瑙河－博登湖区域。这部小说中代表了我人生中的一切，难以概括。它涉及对基督教信仰的看法，对语言价值的看法，对爱情和背叛的看法等，所有我生命中重要的主题。

柏琳:《童贞女之子》的主人公珀西被母亲告知，不需要男人就生了他，他就像一个“现代耶稣”。然而他的一生都在寻找父亲，但最终可能是他父亲的三个男人都死了，这悲剧性的结尾是有怎样的寓意呢？

瓦尔泽: 我是一个虔诚的基督教徒，耶稣在我的潜意识中就存在了。这部小说并非要表现耶稣在现代社会遭遇的危机，事实上，后来出现的可能是他父亲的三个男人都死了，这三个男人都没有让他信服。

我创作这个形象的关键是：主人公珀西问芬妮妈妈，他的父亲是谁，妈妈说我怀上你是不需要男人的。这样一句荒谬的话，珀西就相信了。他觉得自己不需要解释也不需要怀疑。长大以后，他并没有因为掌握了普遍性常识而放弃母亲给他灌输的想法，坚持自己是个没有生父的孩子。他不愿意传播自己的信仰，但他希望能够保留自己的信仰。

柏琳：传播信仰需要依赖语言和文字，而语言和文字代表着知识，这本书里表达了很多对于知识和信仰关系的思考，在这方面，我知道你深刻地受到了哲学家克尔恺郭尔的影响，能否具体谈谈？

瓦尔泽：这个问题我可以说一辈子（笑）。克尔恺郭尔是我需要的人，我花了十年来阅读他。洞悉一切事物的克尔恺郭尔说过："我们得到的知识太多，对知识的用途又知之甚少。我们还没有开始真正地行动。所有人的存在都需要实践，不然存在就没有意义。"他一生用了很多笔名来写书，教导大家怎样去实践，告诫众人不要总做一个思想者，而应该去体会真正的存在。

克尔恺郭尔有自己的一套哲学方法来阐述宗教信仰，宗教永远不是一种可以直接体会的存在，而需要一种间接的感知。比如他说过：我们永远是在一种对立的形式中去体会存在。这句话又把我导向了我认为是二十世纪最伟大的神学家卡尔·巴特的一句话，"神学在任何状况下都必须有叙述性"。

在《童贞女之子》里，信仰问题并没有纠结于神学家的推理，而是借助于生活经历的叙述。珀西有一个尊敬的导师法茵莱茵教授，对于信仰的表述更多来自这个人。法茵莱茵曾说过一句话，可以看作这本书里探讨信仰问题的基础："我们信仰的，比我们知道的多。”这句话适用于日常生活各个方面，比如说，我们相爱，并不一定要具备相爱的知识，而是你相信我爱他，就可以去爱。

另外一句话，也是法茵莱茵说的：“信仰就是攀登并不存在的山峰。”信仰是一种天赋，就像乐感。而如果每次都企图寻找词语来表达信仰，一定以失败告终。现在的词语都上过学，学校里全都破坏了信仰的能力。知识者的知识都来自他人，而信仰者可以立足自身。

柏琳：谈到用语言来表达信仰所具有的不足，你似乎一直对语言的价值有怀疑，并且不认为谎言是不道德的，是这样吗？

瓦尔泽：我曾有过一个不严谨的表述——认为谎言只是语言学的问题，这里我需要重新解释。在真实生活中，很多人是出于爱才去撒谎，为了爱而牺牲真相。但为什么大家对谎言都有负面看法？因为上层建筑，无论是国家政权或是教会，他们害怕失去统治权，所以想让所有的臣民都如实说出想法，以此来巩固统治。他们之所以会这样，是为了刻意掩盖其本意，并把谎言看作是一个与道德有关的概念，但谎言其实只是一种统治形式的产物而已。在实际语言中，真实和谎言并非是非黑即白的对立，而是相互交融的。说谎言是如何败坏了道德，是一种廉价的道德宣判。对于作家来说，谎言是一种生产力，我们可以把谎言作为真话的对象去描述，而不做道德判断。

柏琳：那么对于作家而言，小说的用途是什么呢？你曾说过“乌托邦是小说的命根子”，你认为小说可以有改良社会的功能吗？

瓦尔泽：坏小说才会去改良社会呢。我永远为自己写作，不为别人写作。作家怎样认识社会？说到底，在于怎样认识自己。每一个作家首先需要描绘自己，在历史中寻找自我肖像，建立与历史的关联。小说的功能大于社会批判。任何一本以社会改良为目的的小说，都是一个“善意的错误”。

我写作，是因为我的生活不是我想要的模样，生活中的“匮乏”是我的缪斯。为什么我还要发表？因为我想知道自己对于生活缺陷的这种体验，究竟是我的个体认识，还是大家都能感同身受？我发表了之后从读者的反映来确信，我并不孤独。

柏琳：你说自己的写作受到尼采非常大的影响，这是指什么方面的？

瓦尔泽：我从十五岁开始读尼采，之后从来没有终止过阅读他。我的床头柜上永远摆放了一本尼采的书。我认为尼采是最伟大的德语作家，所有的作家都应该跟他学习。在我看来，尼采作为一个作家，语言表述尤其准确，他在尝试做这样一种努力——描写我们如何获得一种对社会问题的认知，他所运用语言的准确性，可以成为别的作家在使用语言准确性方面的标尺。

我认为，尼采在哲学理念上没有表现得比其他德国哲学家更优秀，他并没有像康德、黑格尔那样创建了自己的哲学体系，但他是哲学语言精准性方面的天才。比如德语里有一个词表示“良心不安”，尼采这样形容：良心不安是指你的性格配不上你的行动，因此你就会良心不安。就是说你的性格太弱了，配不上自己的举动。这句话可以用在斯大林这样的人身上。尼采不是要创建一个体系，他对哲学的描述是极度贴近个人生活的。我希望自己作为一个作家，也能具备这样的特性。

柏琳：作为一个和联邦德国共同成长起来的知识分子，你曾明确反对把奥斯维辛当作“道德大棒”，很多人说复杂的德意志历史让当代德国人来背负，是过于沉重了，“正常化”是一个迫切的问题，你是否认为而今德国人的精神状态不正常？

瓦尔泽：你需要小心自己提的这个问题哦（大笑）。我的家族一七二二年之前定居在瑞士，一七二二年搬到德国，之后就是正宗的德国家庭了。我对于德国人的了解，首先来自阅读。荷尔德林、席勒、布莱希特、尼采、黑格尔……我对德国的体会是通过文学和哲学来获得的，而非来自一首民歌或一场战争。像康德、荷尔德林这样的德国人，大家看他们的作品，怎么会觉得德国人思想不正常，精神不自由呢？从我的家族经历和知识分子的传统来说，我认为不存在这种精神不自由的问题。

柏琳：对于一个先产生了歌德和尼采，后来又产生了希特勒和戈培尔的民族，一个既有瓦格纳又有希姆莱的民族，德意志又有"诗人和哲人"，也有"行刑者"，你如何理解当代的德国人？

瓦尔泽：的确，在二十世纪德国人做了很多可怕的事情，所以我们现在面对自己的时候没有从前那么自信。但是我们又非常清楚地意识到，德国现在是这个世界上最没有危险性的民族——可以不用制造出很大的声响，就获得平静的生活。

在世界杯足球赛期间，如果你观察赛前演奏德国队国歌的场景，你就可以看出，他们在唱国歌时很害羞，低一点头，嘴唇轻轻蠕动，不会大声唱出来，这就是德国人现在的状态。当代最典型的德国人就是安格拉·默克尔，我是默克尔的崇拜者。

Navid
Kermani

纳韦德·凯尔曼尼：欧洲并不是一个文化熔炉

访谈伊朗裔的德国作家纳韦德·凯尔曼尼，对我而言是一个很难消化的工作。不仅因为这位东方学出身的教授由于同时精通东西方文化而喜欢在谈话中旁征博引，也因为他飞快的语速丝毫不影响他习惯在阐述某个观点时灵活切换德语、英语、法语、意大利语、西班牙语和阿拉伯语，更因为他新近写成的纪实随笔作品 *ENTLANG DEN GRÄBEN*（《沿壕沟而行》）是一本地理、历史和文化密度颇为紧实的书。这位信奉世界主义理想的移民作家，其言谈举止辐射出广阔的视野和多层次的文化关怀，不禁让人对他笔下的世界图景生出强烈的好奇。

必须一提的是，面对这本厚重而包含诸多冷僻名词的纪实作品，该书译者出现了几处地名的错译，此外，本书的德语原著标题是 *Entlang den Gräben*，译者混淆了 Gräben 和 Gräbern，造成了书名的偏差。这里的 Gräben 是 Graben 的复数，是“壕沟”之意，而非德语 Grab 的第三格复数 Gräbern（坟墓），所以这本书真正的中文书名为《沿壕沟而行》。面对这起翻译事故，作家选择温和地接受出版方和译者的道歉，同时坚定地要求对读者进行更正。我曾私下里简单问过凯尔曼尼关于翻译错误的看法，作家温柔地说，“错误既然已经有了，我认为最重要的态度是思考如何改正它”。

我们要做的并不是反复谈论“自我”

错过这本书会是一种遗憾。光是读完他从东欧大地行至伊朗的五十四天旅程记录，就让我重新学习了一遍区域史——今日亚欧大陆重新出现的壕沟，被重燃的战火与灾祸撕裂的危机地带。在这样一条歪歪斜斜的地理线上，国与国的边界变得模糊，人们的生活也许遭受着民族主义和资本主义的双重渗透，又不得不面对曾经历大屠杀、民族驱逐、核污染，以及传统社会分崩离析的糟心历史。生活当然还要继续，可是生活究竟变成了什么模样，十二个国家和地区的人们对凯尔曼尼讲述了各自的辛酸过往和依然一片迷茫的未来愿景。作为一个记录者，凯尔曼尼沿途经历了无数次价值观的破碎和重组，在沮丧和喜悦来回交替间，他似乎更为坚定地捍卫了自己作为一个作家所相信的某种价值观。他相信“欧洲精神”，秉持欧洲社会应该庇护难民、提供人道空间的开放信念，他强烈反对民族主义，渴望人为的边界有一天能够敞开，因为这边界封锁的已经不单是移民和难民的迁徙和文化交流，它们更致命地封锁了人与人之间的联结，封锁了关于未来的可能性，给边界两端的民族徒留世代无法治愈的伤痕。

不单是冲突再起的叙利亚危机才让我们的视线又转向那块苦难地带，事实上和平从未真正降临过这个世界。从德国东部绵延至波兰，跨越波罗的海，穿过白俄罗斯和乌克兰，进入克里米亚，路过俄罗斯，在高加索地带盘旋，最后抵达伊朗古城伊斯法罕，凯尔曼尼的足迹几乎踏遍了亚欧大陆所有躁动不安的现代壕沟。他目睹了沙皇时代的犹太人聚居区如今的萧条，二战的“血染之国”未愈的怆痛，也在乌克兰的顿巴斯前线亲眼见证了分裂分子和民族分子互相仇恨却不时流露出的对往昔和平记忆的伤感，他走到了阿塞拜疆和亚美尼亚的停火线上，看见这里的封锁线冷漠如冰封地带……

在五十四天的行程中，凯尔曼尼多次身处多种族和多宗教混居之地，无论是世界主义气息浓郁的城市敖德萨，还是五十多个民族在一起生活的面积不比德国大多少的高加索地区，或者是波兰人、立陶宛人和白俄罗斯人同时将其看作自己首都的维尔纽斯，在这个极端民族主义叫嚣的时代，一再出现和将要出现的残暴表态让人们失去了多元共存的权利，更糟糕的是，失去了共存的理想。仇恨之轮愈转愈快，甚至到了让记录者语塞的地步。作为一个笃信“欧洲魅力”的知识分子，凯尔曼尼一路上激情而又几近无力地为他的理想辩解，“欧洲”是一个精神世界，这个世界的本质不是整齐划一的平均主义，而是让不同的、本真的东西和平共处、互通、混合。每个人都可以归属一个精神世界，不论他是生活在大河的哪一边。

然而现实的残酷性让凯尔曼尼在论述他的理想时，带上了一丝不确定的迟疑。在对话中，当我问到如今欧洲的难民潮和福利危机的失控让许多真诚的自由派不得不重新思考本国利益时，他们是否感到尴尬，凯尔曼尼只能数次用“理想是理想，现实是现实”的解释来做着某种回避。但我也不能强人所难，毕竟，他把自己看作一个纯粹的作家，而非政治家——媒体的宣传居然把他贴上了“总理候选人”的标签——凯尔曼尼对此显得十分无奈，他说一直以来自己都在避免对公众提出过多意见。

可是凯尔曼尼“逃避”的不只是“现实”，他还“逃避”另外一些问题。在我对他“狂轰滥炸”时，他很“自然”地躲闪了所有关于“自我身份”的问题。作为一个移民后代，凯尔曼尼经常因为他的伊朗背景而受到关注，他非常讨厌这种标签，认为自己被当成了某种弱势群体，而他拒绝被怜悯，也从不接受“移民作家”为由头的各种邀请。尽管如此，他还是被迫要回答这些问题——这多少有些讽刺——在《沿壕沟而行》中，凯尔曼尼数次讲到，一个地方不该否定自己的历史，而一个人也必须正视自己的历史。然而，访谈结束后我仔细想了想，凯尔曼尼为什么这么抗拒谈论他的身份呢？究竟是什么让他感到乏味？当我把书看完第二遍时，隐约有了某种答案：在他时时生活和行走的那片多元文化带上，几乎每个人的身份都是不纯粹的，我们所要做的并不是反复谈论这种“自我”，我们要做的，也许是把这种身份当作自然携带的精神密码，以便进入到一个可期的世界主义世界中。

“现代民族主义的发展让文化枯萎”

柏琳：作为一个伊朗裔的德国知识分子，你的身份本身就有东方和西方交融的特质，这是推动你促进基督教文明和伊斯兰教文明对话的某种动机吗?

凯尔曼尼：完全不是。促进东西方对话并非我写作的本意，而只是一个自然结果。如果我说，一件事物必须和另一件事物对话，这显然很荒谬。我的书架上摆满了东方和西方的书籍，就像一座普通的图书馆，所有书都按照作家姓氏排序，而不是按照宗教类别，它们没有东西之分。如果我只写关于西方的东西，反倒是不正常的。从小到大，我在家说波斯语，在公共场合说德语，一切都很自然，直到成人后别人总问我为什么这么做，我才意识到自己在双语环境中长大原来是一种特殊背景。但实际上我并不独特，世界上有许多作家都是如此。对于人类的大脑来说，以双语去思考和写作也并不困难。

曾经我是一个研究伊斯兰文化的学者，大学里学的是东方学，原本可以走上学术道路，但我发现这样的话我的思维就会局限在东方学研究里，但同时我又对基督教文化、西方文学经典、摇滚乐等都感兴趣，我再一次问自己的定位是什么，是想做东西方对话的桥梁吗？不，太肤浅了，这不是我看待自己的方式。我不会坐在那里空想“今天要研究一下基督教文学和伊斯兰文学的关系”，我可能会想，有一本书，我想起来可能与什么有关，就立刻拿来读，这样就开始了。我不会做“东西方文化的对话”这样宏大的议题。一个信基督教的阿拉伯人，或者一个信伊斯兰教的德国人，应该有怎样的立场？我不知道，因为世界文学就在我们眼前。我们所有人都不是桥梁，我们每个人都是宇宙的中心。我们应该停止自满，通过自我去观照他人，保持好奇心。

柏琳：虽然你认为自己的双语文化环境并不特殊，但你也承认长大后别人会问你的身份认同是什么，你的回答是怎样的？

凯尔曼尼：好吧，年幼的我从来没有思考过这个问题，这就好比热恋中的人不会反复讨论彼此的关系，而是享受这种关系。但成人后当我遭遇这样的问题，我就必须去思考了。我记得自己早年的书出版时，书店常常因为我的名字而想当然地把我的书归入波斯文学的书架，我不得不到处对书店老板说“搞错了，搞错了”！但这些年人们的意识已经发生了改变，如今德国许多艺术家和作家的父母都来自其他国度。人们越来越理解，德国人不意味着必须金发碧眼。对我来说，从源头上就不存在身份认同问题。

其实我还不只是有双重文化身份，我更享受作为一个“外来人”的角色。在西方，当你不属于任何一个群体，可能会很负面，但正是这样一个外来者可以带给你前所未有的创造力。比如我写有关于基督教绘画的书，就能以一个外来者的眼光去看它，这让我的话语更强有力，但事实上基督教的作品于我并不陌生，我毕竟在这样的环境中长大。所以，我被“异文化”身份支撑着，说德语时，脑海里有波斯语在回响，只说德语的人不会有这优势。

柏琳：你带着“异文化”的身份在二〇一六年踏上了从东欧至伊朗的旅行，*ENTLANG DEN GRÄBEN*（《沿壕沟而行》）正是你在这条当今欧洲重现的壕沟跋涉的纪实随笔。在你去过的十二个国家和地区，遭遇的最主要问题之一就是新民族主义的蔓延，从波兰到乌克兰再到伊朗，无一幸免。你对此有激烈的批评，我注意到其中一个观点：你认为民族主义导致了文化的贫瘠。可民族主义者的观点中恰有一点是强调本民族文化的独特性，无论是多么少的少数群体。当然这观点部分受到了赫尔德的民族观的影响，对此你如何理解？

凯尔曼尼：如果我们回望民族主义大行其道之前的前现代世界，我们会看见，非常“民族”的现象就是文化的混合，当时似乎没有别的路径。当然这种文化混合图景并未带来更多和平，依然有数不清的战争和野蛮行径，那并不是一个更好的时代，但那个时代里，各种文化都发生了交换，而这带来了惊人的影响。

举个例子，现代欧洲文学传统有两个来源：小说和诗歌。二者都是不同文化交融的结果。欧洲的诗歌来源于伊斯兰文化中的宫廷情诗，当时西班牙正处于安达卢西亚时期，阿拉伯人统治着西班牙人，伊斯兰文化对其造成了巨大影响。发端于这个时期的宫廷情诗中的浪漫主义元素成为欧洲诗歌的滥觞。同样，现代小说是在西班牙的塞万提斯的《堂吉诃德》影响下才产生的，这本小说的名字和部分内容包装得好像是从阿拉伯语翻译过来似的，这体现了塞万提斯某种观念——小说这种文体，是从欧洲以外的文化中来的。

讲述民族主义之前，需要先说一说“文化”。文化如何形成？文化就是——一方面从周围邻居那儿“借走东西”，一方面又因为借了东西，就说自己与众不同。我们看但丁的《神曲》，作为欧洲文学的某种开创性巨著，结构上借用了阿拉伯文化中“九重旅行”的灵感，同时由于《神曲》是为了谴责中世纪的蒙昧和教会的腐败，因而但丁又创造了一种与阿拉伯文化相对应的、在基督教文化内部产生的“配对物”，《神曲》终结于《天堂》。这种方式，就是某种文化产生与交融的典型例证。

当一种文化繁荣时，会像流水一样流向四邦，可是当这种文化失去生命力时，它就会干涸，然后恐惧，更加迫切需要留下已有的东西，于是极端分子就会叫嚣：不要受其他因素干扰，不要不纯粹。

柏琳：从这个角度看，极端民族主义可能产生于一种缺乏安全感的恐惧心理，他们没有自己说的那么有理。

凯尔曼尼：极端民族主义者缺乏安全感，首先是因为无知。这些人恐惧失去自我，拒绝通过内省来质疑这个“自我”为何物。他们通常缺乏鲜明的个性，因此更害怕被外部文化吞噬。比如本·拉登这个人，他的意识和生活方式实际上已经受到西化和现代性的深刻影响了，他的世界已经不是那个原教旨意义上的伊斯兰世界，可他因为无知，还是要故意蓄起长胡子，穿上非常穆斯林的袍子，说起非常伊斯兰的话语，把自己打扮得就像嘉年华狂欢节上的某个角色。

原教旨主义产生于一个已经被铺天盖地的现代性和全球化所冲撞的世界，原教旨意义上的传统已经摇摇欲坠。现代世界让原教旨主义者丧失自信，他们害怕自己的文化被吞噬，在此意义上极端民族主义得到强化。极端分子们渴望回归“本源”意义上的传统，然而，真正的传统具有很强的灵活性和适应度，就像一条奔腾不息的河流。原教旨主义者否定文化在诞生后所发生的一切变化，批判真正的传统，他们的“传统”是已经停滞的东西，原教旨主义是反文化的。事情的真相是，如果你对自己的文化足够了解和自信，你根本不会惧怕和仇视外来影响，你反而愿意去包容和学习。比如，我是一个生活在德国的穆斯林，我对于基督教文化的弥撒仪式完全没有意见。

柏琳：那么从何种角度说现代民族主义观念导致文化变得贫瘠呢？

凯尔曼尼：现代有些民族国家，用暴力方式形成民族集体。在这些土地上，百年以前有多种语言和文化共存，但是现在这个地方可能只讲俄语或英语，越来越封闭。十九世纪末和二十世纪九十年代后流行的现代民族主义想法是全新的政治理念，即要保证单一种族和单一语言的纯粹，而这和社会的自然状态完全不同。比如在克里米亚半岛有这么多民族：希腊人、俄罗斯人、鞑靼人、德国人、犹太人、亚美尼亚人，还有波兰人和乌克兰人，他们说着各种语言，不存在所谓的单一文化。可是现代民族主义理念要否定这些，消灭这些，现代民族主义的发展是反文化的，甚至让文化枯萎。

柏琳：你在二〇一五年德国书业和平奖的获奖演讲 *Beyond the Borders–Jacques Mourad and Love in Syria* 中叙述了一个故事：在叙利亚的某个基督教社

区，人们热爱穆斯林，在那个社区里基督教和伊斯兰教是可以相爱的，这样的场景让我联想到曾经的南斯拉夫，那个国家也有过历史上多个种族多种宗教和平共处的记忆。现代民族主义观念摧毁了这些场景。那个著名的理论——塞缪尔·亨廷顿所言的“文明冲突论”，认为全球未来主要冲突将发生在不同文明的国家和群体之间，主要是伊斯兰教和西方文明之间，对此你怎么看？

凯尔曼尼：文化冲突是不可避免的，但现在的确很多国家正在“倒退”，极端民族主义正在兴起。我觉得现在全球政治的危险就在于大家都在纷纷响应这种民粹化趋势。“9·11”事件，是本·拉登打着伊斯兰文化极端主义的名义向西方发起的进攻，当时布什总统对伊拉克和阿富汗的出兵，也都是把战争宣传成了西方世界向伊斯兰世界的“圣战”，在这样一种民粹主义的历史倒退中，许多政客也以“文明冲突论”的名义来发动新的战争。

然而，文化之间的区别，在带来冲突的同时更会促进文化的繁荣。现在的问题是，某些民族文化把精力都放在差异上，却忽视了与邻居的相同之处。在今天所谓的“只有一个德国”“只有一个法国”等语境下产生了一些变异因子。有时候我必须和某些右翼德国民粹分子争论，他们发现我不是一个完全不懂德国文化的“局外人”，我研究歌德和荷尔德林，他们无法指责我不懂德国文化。他们总是在叫嚣着要崇拜歌德，我们看看歌德都干了什么？歌德为了阅读《古兰经》而去学习阿拉伯语，他还翻译波斯诗歌，歌德正是那个呼吁“世界文学”的人，歌德赋予了“德国性”以世界主义的气质，并且对于单一的“德国性”予以尖锐的批评。可是我们的民族主义者在干吗？他们说，歌德，我们的文化英雄，一生的文化成就在于肯定了“德国的民族性”！真是非常讽刺了。

柏琳：德国性，是让德国知识分子痴迷的一个概念。荷尔德林、歌德、尼采、托马斯·曼，直至当代德国著名学者沃尔夫·佩勒尼斯、克劳斯·费舍尔等，都试图从各个角度阐述这个概念（虽然有的人是无意识的），你对“德国性”也有自己的理解，你认为卡夫卡是你心中“最德国”的作家，可否具体解释？

凯尔曼尼：如果要我选择心目中最能体现德国文学特质的作家，我会说是卡夫卡，这个非德国人的德语作家。他拥有多重身份，作为公民，他属于哈布斯堡王朝，后来属于捷克共和国。作为捷克人，他和布拉格所有讲德语的少数民族都算是德国人。

作为布拉格的德国人，他又首先被认为是犹太人，甚至卡夫卡本人也无法说清自己的身份，他是自己母语的外来者。卡夫卡对德国依恋很少，这在他的日记中很明显。例如，一战爆发当天，他只写了两句话，“德国对俄国宣战。下午游泳。”德国的政治状况并未引起他的特别关注。

说远一点，德国知识分子很早就开始思考德国以外的问题。十八世纪和十九世纪的哲学家和作家，无论是歌德还是康德，都把目光投向欧洲的统一，而非德国本国。启蒙运动在德国从一开始就不是一项国家计划，而是一项欧洲计划。在文学中的理想主角，往往借鉴了荷马、莎士比亚和拜伦的灵感。奥古斯特·威廉·施莱格尔（August Wilhelm Schlegel）在他一八二五年关于德国知识分子生活的特殊性的文章中的标题是《德国文学的欧洲状况概述》。我可以自信地说，我们是欧洲文化的大都会。

许多伟大的德国人都是反对“德国性”的（最德国），这让他们免于任何德国民族主义者所提出的自我荣耀和拥有文化领导权的傲慢妄想。很少有人能比尼采更严厉地蔑视德国：“每当我描绘一个违背我所有直觉的人时，他总会变成德国人。”对德国性的批评和拒绝，是德国文学史上的主旨，这种民族自我批评具有无法比拟的苛刻和彻底性。德国应该为这些不以德国为荣的人感到自豪。

总之，我理解的德国性，作为一种文化特征，和“最德国”并不对应，德国性是这样的价值观：沉思，自我批评，对个人的尊重，善良，慷慨，自由，开放。欧洲的思想和人文主义的主题都深藏其中。歌德的世界主义与纳粹意识形态大相径庭。当我发现自己最接近德语文学的时刻，恰恰是我和德国相距最远的时刻。

柏琳：让我们谈谈另一个伟大的德国人，托马斯·曼，他从一个认同德国民族主义的人转变为一个拥护共和思想的人，这种转变被当代杰出的德国学者沃尔夫·勒佩尼斯在《德国历史中的文化诱惑》一书中做了精微表述。事实上，托马斯·曼在转变中，依然怀疑德国秉性和民主是不相容的，他被认为是一个保守主义者，和歌德、康德似乎相反，你怎么看？

凯尔曼尼：的确，托马斯·曼的作品《一个非政治人物的反思》作为早年作品，弥漫着军国主义思想。但后来他又大幅修正了自己的观点，从一个支持德国民族主义的作家变成了世界主义者，甚至为此踏上了流亡美国的道路——恰恰是这个写出充满民族主义气息作品的人，成为批评希特勒最为猛烈的那个人。而且，《反思》这本作品一直被他看作痛苦而真诚地接受共和思想和民主信条的必要步骤。

晚年的托马斯·曼在美国的种种表现正好说明，最了不起的德国人，恰恰是最反德的。因为批判性地理解自己的民族，是德国的文学（文化）传统。

柏琳：但是托马斯·曼在流亡美国后似乎意识到了另一个问题的存在——文化的同质化趋势。从文化角度看，你如何理解全球化？

凯尔曼尼：是的，托马斯·曼在美国已经意识到这个问题了，他意识到未来的问题可能不是某些文化过于强大，而是各种文化已经在全球化的影响下日益趋同。从浅层上看，在资本裹挟下，全世界的人都去同样的商业中心消费，所有人都过着类似的市民生活，全世界中产阶级的日常生活几乎完全一致。从深层看，我们发现人们的价值观也正在趋同，甚至连文学也在同质化。所有人都在写长篇小说，当然这可以帮助我们更好地理解生活，但如果因此文学的许多其他体裁就此消失，也是一种损失。

当然，也许这在某种意义上是事物发展的必然规律，我不想对此抱怨什么，但如果一切都整齐划一，世界上只存在一种文化、一种文学，那它就离灭亡不远了。在音乐中，人们如今还尝试将不同的声音混在一起，形成一种统一的旋律，也就是我们今天在五星级酒店的电梯里所听到的乐曲。如果所有文化趋于统一，那正暗示着文化的灭亡。我们如果有乌托邦式的愿景，并不是将所有文化合而为一，而是要让不同的文化和平共处。

柏琳：这种让不同文化和平共处的愿景，似乎就是你所信奉的“欧洲价值”，*ENTLANG DEN GRÄBEN*（《沿壕沟而行》）这本书里一个很鲜明的特色就在于，你一直对着这条路线上的不同国家和地区的人问他们是否相信“欧洲价值”，但同时也引入不同声音来质疑“欧洲精神”。你能否具体谈谈你心中的“欧洲精神”是什么？

凯尔曼尼：欧洲价值，并非要消除国家和地区的特殊性，而是要消除国家之间的政治边界。欧洲的特点，在我看来，正是在于它并不追求文化的统一。欧洲没有统一的语言，在欧盟总部布鲁塞尔，一切话语都要被翻译成二十三种语言，这是不可思议的。美国虽然是一个多民族国家，但它有统一的语言，有文化熔炉的趋势，但欧洲从来就不是这样的文化熔炉。

所谓欧洲精神，是指某种哈布斯堡王朝和奥斯曼帝国的精神延续——人们努力在政治上消除分歧，从而让差异存在于文化中。也就是说，人们创造共同的政治体制，不是为了统一一切，而是为了维护差异的存在。当然，欧洲人也知道差异是危险的，会导致冲突，所以人们创造政治体制来保护这种差异。也就是说，人们在经济和政治层面让欧洲国家一体化，使得它们彼此依存，这种联结是如此紧密，以至于国与国之间无法开战。但在文化上，欧洲各国并不会像美国的各个联邦州那样毫无差别，它们原本的自我身份认同依然存在于多元的文化框架中。

柏琳：但这种“欧洲精神”在许多具体实例中被证明是虚弱甚至虚伪的，比如对待东欧的问题、处理南斯拉夫内战中萨拉热窝围城战的方式，欧洲的袖手旁观让波黑的穆斯林陷入绝望，最后寄希望于美国来拯救。你如何看待“欧洲精神”的虚伪和虚弱？

凯尔曼尼：是啊，我们一再发现“欧洲精神”在现实中常常行不通。你肯定也听说过“阿拉伯之春”和叙利亚革命，那时许多人希望得到欧洲的援助，但这一支持却迟迟不出现。恰恰相反，在突尼斯发起革命时，法国总统非但没有站在民众这边，反倒试图向突尼斯独裁者出售武器。叙利亚民众希望以走上街头、以和平方式得到自由，希望得到欧洲支持时，却遭到了遗弃。这些真实案例都说明欧洲的现实很残酷。

但如果将七十年前的欧洲和今天的欧洲做对比，我们将不得不承认，它取得了巨大的成功。这片战火从未停止超过十五年的土地，如今迎来了史上最长的和平时期，生活富足，法制稳定。我今年五十一岁，现在德法之间的学生交流是一件平常的事情，但在我上学的八十年代，德国学生很难在法国找到接待家庭。因为父母和祖父母一代经常说："德国人绝不能进我们家门。"德法之间存在过深仇大恨，几乎就是世仇。这种情况持续了数百年。但如果我现在和一个德国或法国年轻人讲起这些，他们根本不知道我在说些什么。欧洲做到了化敌为友。在我看来，这也是欧洲的一大成功。

柏琳：存在一个悖论——在欧洲（以及德国），当自由派经历了难民潮的冲击后，许多人对后民族主义国家的乌托邦理想产生动摇，他们不可避免要思考本国的民族利益，讨论配额、限制、遣返、德国失业率等问题，而这似乎和右翼有所关联了，你如何看待这一自由派的窘境？

凯尔曼尼：首先，成千上万的难民，因革命失败、伊斯兰极端分子的进攻等种种原因被迫逃离，但他们都选择了逃往欧洲，即便遭到遣返、即便每年有数千人在地中海丧命。为什么？因为他们依然把希望寄托在欧洲，而不是伊斯兰原教旨主义和普京。

现在很多人都觉得难民问题已经让德国乱成一

锅粥，但实际上德国经济前所未有的好，虽然有很多问题，但德国没有内战。二〇一五年，当时确实有一百万难民入境德国，我觉得在当时的政治情况下，德国这么做是一种负责任的行为，德国并不反对开放边境。

当时难民进入欧洲（德国），还有一个深层原因是联合国在难民营发放的食物只有承诺的一半，对于许多难民来说，离开难民营进入德国乃至去到欧洲，就成为必需的选择。从个人角度说，我本来就是移民的儿子，如果当年德国没有向我的父母打开边界，我活下来的机会都很渺茫。我的父母在伊朗大概每一边都有四个兄弟姐妹，经过了伊朗的两次革命、两伊战争和后来政权的更迭后，他们可能被投入监狱或者直接死去的几率很大，和他们相比，我现在在自由安全的社会中去做自己喜欢的事，真的非常幸运，这要归功于德国当年对我的父母打开了边境。所以，看到许多国家采取了背道而驰的方式，关闭边境不让移民进来，这些国家没有认识到他们正在损失未来的生产力，同时也在损失未来的可能性。

在过去的七十年中，德国取得了很大成就。七十年前我们可能说德国是世界上最被人憎恨的国家之一，如今虽不能说是被人爱戴的，但至少现在的德国在世界上是受到尊敬的，经济繁荣，社会稳定。虽然自由派在面对难民和移民问题时会有两难的窘境，但我觉得开放边境依然是一个正确的决策。只是从政治角度考量，我们应该做好更充分的准备。

不过，我也觉得这是一个意见过多的世界，而我们缺失的可能不是意见，而是真正的信息。如果我要参与到公共生活中，也只能以作家的角度来谈个人的观察，而所有的观察都需要建立在了解真实信息的基础之上。

Saša
Stanišić

萨沙·斯坦尼西奇：我们都是历史的移民

奥地利作家彼得·汉德克获得二〇一九年诺贝尔文学奖的新闻引发了文坛的巨大争议，他由于对上世纪九十年代南斯拉夫内战中的立场而遭到欧美多位作家的谴责，其中不乏那场战争的直接受害者、波黑裔美国作家亚历山大·黑蒙，以及波黑裔德国作家萨沙·斯坦尼西奇。因为一九九二年爆发的波斯尼亚战争，萨拉热窝的黑蒙以政治避难的名义留在了美国，维舍格勒的斯坦尼西奇作为难民逃到了德国。从此以后，他们成为新一代“移民文学”中颇有“巴尔干气质”的作家。

在进与退之间，描绘新故乡

相比于亚历山大·黑蒙说汉德克是“种族灭绝辩护者中的鲍勃·迪伦”这样激烈的指责，萨沙·斯坦尼西奇则温和许多。才华横溢的萨沙二十七岁就凭借长篇处女作《士兵如何修理留声机》蜚声德语文坛。这位一头棕发、眼窝深邃、留络腮胡子的斯拉夫人看上去比实际年龄年轻了十来岁，他腼腆，耽于幻想，沉迷在文学世界里，用一本接一本的小说表达他对过去与当下的体察。

萨沙·斯坦尼西奇凭借最新小说《我从哪里来》（*Herkunft*，直译为“出身”或“起源”）获得了二〇一九年德国图书奖。在获奖致辞中他说“我有幸摆脱了彼得·汉德克在他的著作中没有提到的东西”，含蓄的批评背后，是他曾经擦肩而过并侥幸逃脱的那场巴尔干悲剧。

一九七八年，萨沙·斯坦尼西奇出生在波黑小城维舍格勒，父亲是塞尔维亚人，母亲是波斯尼亚人。一九九二年为了躲避波斯尼亚战争，十四岁的他与父母逃亡到德国海德堡，从此定居下来，并以德语写作。作为一个失去了故乡和母语的人，萨沙在一个只有德国教师、医生和律师的子女的德语文学研究院学习写作。在西方的异乡，他学着用文学去记住变成废墟的故乡，去重新适应德国这个国家。处女作《士兵如何修理留声机》这部强烈自传性的小说，是一个太会讲故事的人用孩童的天真视角展现波斯尼亚战争带给小城毁灭性创伤的故事。

《士兵如何修理留声机》虽然有个古怪的书名，故事却充满悲伤，虽然调子欢快，语言诙谐，可是巴尔干战争的恐怖感丝毫未减。主人公小男孩在铁托的南斯拉夫时代度过了童年。在风光秀丽的安静小城维舍格勒，游击队的神话、德里纳河的传说、家族史、亡故者与失踪者交替出现在男孩的生活和梦境中。战争爆发后十年，男孩带着死难者名单和电话号码回到故乡开始寻找失踪的伙伴。政治变迁和战争梦魇潜移默化地困扰和改变着他的故乡。从处女作开始，乡愁、移民、欧洲现实政治等就成了萨沙书写的母题。无论他本人怎么想，他已被当作了德语文坛移民作家中颇有天分的年轻成员。

但萨沙·斯坦尼西奇显然有更远的艺术抱负。在德国这个“移民文学”丰富多样的国度，萨沙从主观上一直在做着摆脱“移民作家”标签的努力，他甚至觉得“移民文学”不是一个有效的美学范畴。而读者和文学批评如果惯性地沿着传记式的思路去研究作家和作品，他也觉得是很无趣的事。这个勤奋的年轻作家无疑在探索一种更具普遍性的文学特质——那些特殊的身份和经历，包括一个人的故乡和起源、心理创伤和记忆，不去刻意强化书写它们，而是选择把它们融进小说的每一处语言和结构里，同时又寻求某种艺术领域内部的打通，把编年史、神话、纪实新闻、诗歌，甚至戏剧结构等诸多元素都纳入小说的消化范围，在这个文学意义的基础上去关注当代人的心灵。

他花八年时间写了一部新小说《我们与祖先交谈的夜晚》，刚一出版就获得当年莱比锡书展大奖、德国图书奖提名，被誉为德语文坛上“令人耳目一新的事件”，萨沙又一次交出了一份不错的答卷。与上一本叙事流畅、情感激越、语调优美的《士兵如何修理留声机》相比，《我们与祖先交谈的夜晚》在小说形式上显得颇为先锋——插曲式的书写手法，素描画作式的人物群像，众声合唱、多层视角的叙述，许多章节犹如戏剧中适合大声诵读的表演诗，更加上层层的重章叠句，三十年战争的暧昧历史和冷战时代东德社会的心理恐怖痕迹……阅读这本小说有一些挑战性。

从处女作中第一故乡波斯尼亚中被迫抽离，萨沙进入了第二故乡德国。这一次，他的情感包袱减轻了，视野也扩大了。《我们与祖先交谈的夜晚》是一部关于德国乡村的小说。东德小村庄菲斯滕费尔德，偏僻荒凉，在历史上不值一提，但人们却在此见证了军事权力和意识形态的嬗变。柏林墙倒塌后二十多年过去了，在九月的安娜节前夜，村民有许多祝福要祈祷，有许多失落要哀悼。萨沙让一个个失意伤心的村民陆续登场：开渡船的艄公开场便已死亡，留下湖上空荡荡的小船和亮着灯的艄公小屋；九十高龄的克兰茨夫人，一位来自于前南斯拉夫地区、患有夜盲症的画家，她的画笔是历史的记录者；一个名叫安娜的女孩正在绕着村子夜跑，巧遇两名神秘男子，又撞上了试图自杀的"前东德上尉、后来的护林员、如今退休在农业机械厂打黑工"的施拉姆先生；前东德秘密警察迪茨舍曾偷看人们的信件，至今仍为人诟病，他独来独往，将全部热情用于养殖德国矮腿鸡……

萨沙将目光投射于那些孤僻沉默或者躁动癫狂的失落心灵，“比起值得纪念的英雄，我们有更多需要怀念的受害者”。经历了战争和流亡之苦，经历了《士兵如何修理留声机》式的激情哀歌，萨沙镇定下来，开始寻找并进入一个全新的故乡——不是巴尔干，不是德国——而是“一个容纳各种梦幻和存在方式的空间”，在这个空间里，作家是一个“亲历的局外人”，他对自己的书写对象始终保持陌生感，又带着自身所有的历史痛楚去回溯过往，在这样的进与退之间，描绘着他的新故乡——在这个意义上，我们也许都是历史的移民。

“如果抛去我们的历史，我们又是谁呢？”

柏琳： 处女作长篇《士兵如何修理留声机》和这部小说之间相隔数年，与第一部小说浓浓的自传性相比，《我们与祖先交谈的夜晚》的风格更“灵活”，写作素材也更多样，包含了中世纪神话、历史文献、编年史、民间故事……准备撰写这部小说之前，你做了哪些准备？

斯坦尼西奇：为了写《我们与祖先交谈的夜晚》，我总共进行了四年的调查研究工作。其中包括对小说故事发生地的乡村居民进行多次拜访，与他们对话，阅读与当地相关的、在当地出现的，或者在历史上以小镇乌克马克为中心的各类文本。对于我来说，这些工作中最重要的事情就是学习，学习村庄里的人们怎么说话，说什么，以及为什么说。还有就是——那里潜藏着哪些故事，什么还有待叙述，什么已经被叙述过，但几乎被人遗忘，还有什么新的故事可以讲，等等。在这个过程中，我的关切始终是尝试用语言构建一个在世界各地都可能出现的村庄，包括在中国。换言之，我讲的故事必须既是当地的，也是全球的，因为只有这样，我才能感觉到我对乡村的调查研究从来都不只是植根于一个地方，关于其他地方，研究结果也有许多可说的。

柏琳：史料调查并不等于可以创造好的故事结构和叙述形式，《我们与祖先交谈的夜晚》却让人耳目一新——新鲜的形式感，融合了小说、非虚构，甚至是诗歌的韵律。在结构上，众多人物多线并进，多声部同时展开。但这种形式创新也是一种冒险，比如阅读体验是支离破碎的——一个人物刚刚出场，马上就消失了！你是否认为（担心），这种尝试会损伤阅读的流畅？或者说，你为什么采用这种多声部的形式？

斯坦尼西奇：您是否有过这样的经历：半夜醒来，问自己，此时此刻，自己的周围都在发生着什么？有没有人同样醒着，他又在做什么？哪些故事恰好开始，或者正走向终结？当有这么一个瞬间，比我们自己清醒的状态和自己的睡眠还要重要，那么在这一瞬间，要叙述的同时发生的一切是什么？

《我们与祖先交谈的夜晚》就是这样：它是对一个地方以及这个地方在一个夜晚同时发生的所有故事的概观。晨光熹微和半夜钟声里在荒野游荡的人，追逐的野兽，自发叙述的神话和童话。但要想在语言当中抓住这种同时的感觉，就必须给断片式的东西留下空间和时间，必须非线性地叙述，让发生着的所有事情都同等重要地并列发生。阅读这本书就像走进一个由各种故事构成的马赛克拼接画，故事跳着轮舞，轮舞之中的人们正离开音乐和舞蹈，或者又回来——只有村庄始终在那里，以叙事者“我们”的面貌存在，当然，始终在那里的还有您——读者。

柏琳：这本小说有一个集体讲述者“我们”，这个“我们”也可以被分割成每一个小人物，但它又是这座前东德小村庄内部的声音，为什么会采用这种叙述方式？

斯坦尼西奇：乡村需要“我们”这个集体讲述者。在乡村地区基础设施严重落后的时代，伴随着乡村集体里生活变得荒芜的危险，随着人们的离开，随着对别处更好人生的向往，于是，乡村共同体就四分五裂了，人也变得孤独——尤其是老年人——而未来也始终不美好。留下来的人要么是没有办法，要么决定接受战斗，尝试为自己和他人创造一种值得为之生活的存在方式。他们团结在一起，他们说话、工作、彼此靠得更近——他们创造了一种“我们”的感觉，试图熬过那些艰难的时代。

我想为这个“我们”竖立一座纪念碑。我曾经想，这个“我们”是全知的，因为它和第一批在这个地区定居的人们一样古老。它知道他们的故事，也了解他们的命运。今天，在《我们与祖先交谈的夜晚》当中，这个“我们”讲述着当下生活的一个夜晚。

柏琳：这部小说制造了一个充满戏剧冲突的场景：在菲斯滕费尔德，庆祝传统节日“安娜节”的前夜，许多匪夷所思的故事同时发生，许多村民的精神状态变得不正常，有人要自杀，有人在夜跑，档案管理员女士晕头转向……小说有一股浓郁的舞台风味（据说已经被搬上话剧舞台），具备了短时间内集中展现诸多矛盾的戏剧元素，为什么采用这种戏剧式的结构？（与之相比，《士兵如何修理留声机》更像是电影式的）换言之，你认为戏剧架构赋予了小说什么力量？

斯坦尼西奇：我确实曾把这部小说设想为一部小型戏剧，遵循时间和地点上的某种统一——菲斯滕费尔德是地点，时间是大约三十六个小时。戏剧人物也严格限制在那些出生或生活在菲斯滕费尔德的人们中间。我认为，这种背景下的夜晚有让人压抑的元素，但也有一些阴森和美丽：光明没有机会战胜黑暗，所有人都疲倦而疯狂——这正是一部悲喜剧最好的舞台。

柏琳：从作者在小说中的"痕迹"看，《士兵如何修理留声机》里"我"无处不在，表达感情直接而激烈。到了《我们与祖先交谈的夜晚》，"我"隐形了，情感投射变得内敛克制，为什么会有这种变化？还是说，这是某种文学技巧的成熟？

斯坦尼西奇：作者对自己写作的对象有某种陌

生感，对于任何一个文学文本来说都是有益的。在我看来，怀着对某种事物极为透彻的了解而开始相关写作，只有在糟糕的情况下才是理所当然的。我无法想象还有比这更无聊的事。不用传记手法而能描写和传达伟大情感，想象一个地方是自己的“家”，我认为这样的文学是真正的美。可以说，作家会有许多故乡，从一个文本到另一个文本，就走进了另外一个故乡。

柏琳：《士兵如何修理留声机》里有你对“第一故乡”波斯尼亚的回忆和面对“新家乡”的不适感，《我们与祖先交谈的夜晚》中已经是对“第二故乡”德国的历史审视和现实观察，从“第一故乡”被迫抽离，至进入“第二故乡”被迫融合，这种变化给你的写作带来了怎样的调整？

斯坦尼西奇：我完全不在类似“故乡”这种绝对性质的术语中进行思考，而是单纯从兴趣出发：我所专注和研究的事物，我觉得值得叙述的事物，我就会去叙述——这和我的出身或者事情发生的地点无关。就《我们与祖先交谈的夜晚》而言，我所关注和探讨的乡村就是一个容纳各种梦幻和存在方式的空间，但我其实对它并不真正了解，直到我的好奇心不断增长，驱使我到当地去研究这些梦幻和存在方式。也许可以这么说：我写作并不考虑我个人，但总是带着我个人对世界的兴趣和关心。

柏琳：从某种程度上看，这两部小说都是“挽歌”性质的，第一部是对饱经战火的波斯尼亚的挽歌，第二部则是对柏林墙倒塌后前东德某一具有代表性的乡土生活衰落的挽歌。面对东西德统一后的德国社会，你身在东德的场域，看见了某种德国社会生存现状中被故意忽略的东西，比如你所创造的那些小人物孤独而混乱的内心世界。这种微妙的“被忽略的东西”究竟是什么？

斯坦尼西奇：偏僻孤独的、局外人一般的、被忽略的东西都使我感兴趣。在那些地方，抗争是真实的。衰落、萎缩、极端的政治倾向，这些都是在当今社会上扮演重要角色的话题，在社会学上很有意思，在心理学上几乎没有研究。我的文学就从这样的地方开始——其他领域存在关切和解释上的缺失和不足的地方。但我并不试图解释什么，而是尝试在故事当中对这些问题给出我的答案。

柏琳：《我们与祖先交谈的夜晚》不乏严肃的对当代历史和社会问题的关注，比如新纳粹驱赶罗马尼亚劳工，新移民如何在新地方入乡随俗，柏林墙倒塌后东德人民的精神危机……这些历史和当代社会问题都反映了你对现实的思考，你认为自己是现实主义作家吗？请谈谈你眼前最关注的现实问题是什么？

斯坦尼西奇：作为作者，我绝对是扎根在当代和当代问题当中的，但为了使一个地方的图像能够完整，我也允许自己回溯过往的痛点，因为如果抛去我们的历史，我们又是谁呢？叙述本身完全可以滑向幻想，或者至少可以似乎不真实，但这并不会阻碍观察和思考现实，反而能用更加刺眼的光芒照亮现实。

目前我所感兴趣的主要是一个群体和被外界看作不属于这个群体的东西之间的关系：界线和排斥，他治和孤立，可能导致群聚现象的政治结构，比如对这种或那种（包括有问题的）意识形态的支持。同时，我特别关注那些对共同生活进行极端阐释的派别。

柏琳：你被称为“移民作家”，有评论认为你的小说为“无趣的”德国当代小说带去了“巴尔干的机趣”，你如何看待德语文学中“移民文学”这个类型（如果可以算作一类）的特点？

斯坦尼西奇：对我来说，要对这个问题发表意见并不容易，因为我认为，“移民文学”并不构成一个具有内在关联性的美学范畴，甚至不能算是有效的美学范畴。有移民背景的作家，他们的作品极其多样化。有时候，除了出身背景这种乏味的事实之外，没有什么能把这些作品放到一个类型之下，而且作家的出身往往和他写作的地点也不对应。

到现在为止，我自己的众多文本在风格和主题上也存在很大差异。每一位德国作家以及在德国出生的作家，同样有许多创作的可能性，我不知道这和我的情况有什么区别。当代德语文学也是一种极度丰富多样的文学，如果我们在研究作者的时候摆脱传记式的主导思路，那么单在文学加工和转化的类型上，就可以看到一种相当丰富和优秀的美文学。这就使任何一种关于“作者是谁”的谈话显得过时。

Peter
Handke

彼得·汉德克：写作时无限接近良知

我们都误会了彼得·汉德克。

但这不能怪我们。这个奥地利人很分裂，你很难找到理解他的通道。

他被视作“德语文学活着的经典”，世人把他当作一个充满后现代风格的作家，一个先锋派，一个和世界对着干的人。

全中国知道汉德克的读者，都念念不忘他的戏剧《骂观众》，或者和大导演维姆·文德斯的合作，汉德克每听到这些话都一脸无奈。写出反传统规则的《骂观众》时，他才二十二岁，那时候还没有“后现代”这个词，他不理解为什么读者喜欢往他身上贴一块“后现代主义”的标签。

他还讨厌导演，“我不想和今天的导演扯上关系，他们觉得自己懂很多，其实他们都不读书”。

他甚至拒绝“反叛”这个词，因为那是“年轻姑娘才干的事儿”，汉德克觉得自己是个传统作家，更愿意“成为托尔斯泰的后代”。

获得二〇一九年诺贝尔文学奖，这件事又把汉德克推上了风口浪尖。由于他对上世纪九十年代发生的南斯拉夫内战有自己独特的立场，他的获奖也在世界文坛引发了巨大争议。记者们都在循环质问他的政治观点，没有几个人真正关心他的写作。

是的，事情往往事与愿违。尽管汉德克一再对世界诉说，他的写作来自托尔斯泰，来自荷马，来自塞万提斯，但是世界似乎并不在乎这些。这个留着一头“披头士”式中长发的男人，长年独来独往，他用叙事表达梦想，试图打破语言的条条框框，描述人们孤寂迷茫的生存状态。他爱这个世界，尽管这个世界并不爱他，并且让他成了所谓的“另类”。

从创伤中奔涌而出的叛逆

一九六六年四月，著名德国作家团体“四七社”成员在美国新泽西州的普林斯顿开会，与会者包括当时走向巅峰的君特·格拉斯。时年二十三岁的彼得·汉德克买了机票飞越大西洋，不请自来出现在会场，身穿皮夹克、戴一副圆框墨镜，发表言辞激烈的演讲，破口大骂当时的德语文学墨守成规，语言软弱无能，在场的文学前辈目瞪口呆。

汉德克暴得大名，被喻为德国文坛上和“二十、四十一代”完全不同的“六八一代”革命性文学新星。他这一反叛形象还因为同年出版的剧本《骂观众》而家喻户晓。

写《骂观众》时他还是个穷学生，没有写字台，坐在床上用膝盖垫着打字机，在六天里一气呵成。《骂观众》没有传统戏剧的故事情节和场次，没有戏剧性的人物、事件和对话，只有四个无名无姓的说话者在没有布景的舞台上近乎歇斯底里地“谩骂”观众，这部戏在德语文坛上引起轰动。

年轻的汉德克以一场“语言游戏”粉墨登场，《骂观众》这种“反戏剧”的做法，部分灵感来自维特根斯坦的语言批判思想，更多的像是“游戏”——上世纪六十年代，欧洲剧院里大多上演梦幻性质的传统戏剧，汉德克觉得那是一种幻象，决定写一出戏来开开玩笑，告诉观众，“你们的时间空间就是演员的时间空间”。

一场玩笑却成就汉德克的成名作，今天他还在为这“盛名”所苦，“《骂观众》只是我早期的一个小小的作品，更多像是一部完整的话剧之前的引言”。

在《骂观众》之前，汉德克的小说《大黄蜂》已获出版社认可，他想成为一个职业作家，却发现除了小说，还需要写点戏剧才能生活。此后，《自我控诉》（1966）、《卡斯帕》（1968）等反语言规训的戏剧作品相继诞生。

在汉德克开始写作的年代，艺术形式是互通的，剧本被当作文学作品来阅读。当大学教授在台上讲授法律课程时，他在台下看尤奈斯库的剧本，读迪伦·马特的小说，听披头士的歌，跟着歌曲节奏，捕获创作灵感。

他对而今的艺术生态颇有微词，“文学和戏剧的距离越来越远，戏剧和写作成了两个圈子”，而他总被当成先锋剧作家。第一次来中国，读者的问题都围绕《骂观众》《卡斯帕》等他最初五年的作品，还迫切想知道他对于剧场实验和电影改编的看法。汉德克不喜欢这些问题，“我不过是个勉为其难的剧作家”。先锋？其实并不像。

在写完改革传统形式的最初几部戏后，汉德克回归了经典话剧，陆续写下《不理性的人终将消亡》《关于乡村的故事》等戏剧，后者更是以古希腊的三大悲剧作家埃斯库罗斯、索福克勒斯、欧里庇得斯为榜样。

如果写作是一棵大树，对汉德克来说，“主干是史诗性的叙事，戏剧只是‘美丽的枝杈’”。史诗性的创作向上回溯，这在处女作长篇小说《大黄蜂》里已见端倪。这是一本回忆之书，讲述一个在战争中还是孩子的人的童年故事。叙事的长河从童年心灵创伤中奔涌而出，支离破碎的叙述成为汉德克生存体验的表达形式。而创伤性结构，是这个出生在奥地利底层家庭的不幸年轻人的印记。

汉德克有一个自杀的母亲。她自杀时，汉德克二十九岁，母亲的死带来的不是遗弃感，而是一种钳制他的魔咒——他终生都在苦思，被异化的生命如何找回生活的感觉？

一九四二年，彼得·汉德克出生在奥地利克恩滕州格里芬一个铁路职员家庭。母亲是奥地利的斯洛文尼亚族人，生父是二战时期的德国军官，但汉德克的母亲在怀着他时就嫁给了另一个德国士兵。汉德克直到高中毕业才知道生父的存在。

贫穷的家庭供不起汉德克上学，为了受教育，他被迫上了八年牧师学校，直到一九六一年进入格拉茨大学读法律，并成为“格拉茨文学社”的一员，才开始摆脱被规定的人生。

文学感受真实的时刻

文学对于汉德克来说，是认识自我的通道。进入上世纪七十年代后他从戏剧创作中的语言批判转向寻求自我的“新主体性”文学，转变的契机在于因母亲自杀而写成的小说《无欲的悲歌》。一个五十一岁的底层家庭妇女自杀，她那受制于社会角色和价值观的生存轨迹让汉德克悲戚。

他用一种身临其境的叙述方式表现母亲的生与死。这个天性热情的女性，因为出生在天主教小农环境里，被迫终身忍受无欲望的道德教育和贫穷的小市民生活，虽然她在文学阅读中获得过短暂快乐，文学却无法拯救她于毁灭，自杀是抵抗异化的归宿。

母亲被异化的人生成为汉德克写作的阴影，他发出质问社会暴力的叙述之声，先后发表了《短信长别》(1972)、《真实感受的时刻》(1975)、《左撇子女人》(1976)，从不同的角度表现真实的人生经历中如何摆脱现实生存的困惑。

从二十二岁创作《大黄蜂》开始，汉德克就着迷于探索自我内心世界，自甘于一种危险境地——在自我世界里拔不出来。上世纪八十年代后，他从巴黎回到了奥地利萨尔茨堡，过起了隐居生活。此时他阅读了大量的描述外部世界的法国新小说，“某种程度上解救我于禁闭的内心”，但很快他就意识到，只表述外在世界不够，“如何处理你的内心世界和外在世界的平衡”成为他写作中最重要的问题。

这段时间他的创作呈现井喷，先后写下《铅笔的故事》(1982)、《痛苦的中国人》(1983)、《去往第九王国》(1986)、《一个作家的下午》(1987)、《试论疲倦》(1989)、《试论成功的日子》(1990)等，但最能体现汉德克此时精神状态的，是“归乡”四部曲(《缓慢的归乡》《圣山启示录》《孩子的故事》《关于乡村》)。

他喜欢大自然，隐居时经常面对无人的原野写作，也时常因为害怕而回家。他徘徊在与世隔离和与世融合之间，“归乡”四部曲是他寻找自我与世界关系的转型，在四部曲的尾声，主人公找到了自我在世界站立的方法——获得“写作的权利”来捕捉真实。

感受真实的时刻，对于每一个人来说都非易事。汉德克生活中也和普通人一样，经常被生活的“固定路线”磨得存在感无足轻重，“只有在写作中我才能体验他人，让自己愉悦”。

“我是我自己的囚徒，写作把我解放出来”，汉德克每天都对自己这么说。虽然外界对他上世纪八十年代的隐居封闭状态很担忧，但这是他的主动选择。他想让心灵进入一个叫作“永恒”的“另一个空间”，那个空间也许像一个乌托邦，但不知道入口。

那个空间里起码没有战争。挑剔的和平主义者汉德克，从童年开始，战争记忆就是影响未来情感世界的恐怖幽灵。苏联解体、东欧剧变，南斯拉夫内战……不太平的欧洲，二十世纪九十年代的社会现实把汉德克拉回“外部世界”。从长篇小说《去往第九王国》（1991）开始，《形同陌路的时刻》《我在无人湾的岁月》《筹划生命的永恒》等作品，到处都潜藏着战争的现实和人性的灾难。一九九六年，他发表了游记《多瑙河、萨瓦河、摩拉瓦河和德里纳河冬日之行或给予塞尔维亚的正义》，批评媒体语言和信息政治，成为众矢之的。一九九九年，在北约空袭的日子里，他两次穿越塞尔维亚和科索沃旅行。为了抗议德国军队轰炸这两个国家和地区，汉德克退回了一九七三年颁发给他的毕希纳奖。二〇〇六年三月十八日，汉德克参加了前南联盟总统米洛舍维奇的葬礼，媒体群起而攻之，他的剧作演出因此在欧洲一些国家被取消，杜塞尔多夫市政府拒绝支付授予他的海涅奖奖金。

南斯拉夫深藏在汉德克心中。《梦想者告别第九王国》挽歌式地描写了他与南斯拉夫的内在关系，特别是其解体在他心灵的震撼。尽管饱受非议，他却一直为这些关于南斯拉夫的作品而骄傲。

但他始终不是一个政治性的作家，他的骄傲在于写作的时刻——独自一人，无限接近良知。他经常引用歌德的一句话来形容自己的写作状态，“喜悦和痛苦交替着碾过我的心头”。

他也有恐惧——因为写作是一种未知的冒险，“你不是任何时候都能写出来”，七十四岁的彼得·汉德克，往后每天经历的所有时刻，都不是惯常的时刻。

对话

“对这个世界，悲观不被允许，乐观又太愚蠢”

（此段对话邀请中国新锐剧作家李静共同完成）

彼得·汉德克无法忍受静止的状态。即使被困屋内，也要来回踱步。当然，他更喜欢带上本子和铅笔，独自一人跑到野外，随意找一个地方坐下就写。他喜欢大自然，经常去森林。森林也成为他作品中的一个重要意象，象征着一种真实的和谐空间，一种经历了启示之旅后的艺术情怀的镜像。

在北京几天，汉德克经历了这个城市从雾霾过渡到阴雨的天气，有些闷闷不乐，他很想赶紧回家。连续地在外“扮演”作家角色，他有点失去耐心，他想快点拾起被中断的写作，因为只有在写作中他才能与人为友，感受真实的自己。

于是，我邀请剧作家李静一起和汉德克开始的一场三人谈，在淅淅沥沥的深秋夜雨中，也抹上了一层伤感。但随着问题深入写作和阅读本身，老爷子渐入佳境，甚至开始脱鞋——他用这一肢体语言来手舞足蹈地表演思路。看到那个场景，你也许会觉得，到了七十四岁这个年纪，孤独的汉德克不过是想找一个知音。

柏琳：本月中国将要推出你的两本新作《痛苦的中国人》和《试论疲倦》，这两部作品反映了你从上世纪八十年代至今的创作风貌，既有小说，也有游记和观察，从前文坛有人批评你“是一个象牙塔里的作家”，但从这些作品中，我感觉你越来越愿意介入现实。从上世纪八十年代以后，你的写作兴趣是否发生了变化？

汉德克：我一直是原来的我，没有改变。重点可能会变，就像秤砣，两端交替上下。可能与现在相比，上世纪八十年代前后比较抽象的精神性的东西在我的作品里分量会更多。

柏琳：你的作品里有一个典型特征——存在一个“梦游者”，或者叫“漫游者”，他在一场缓慢的旅程中试图重新找到自我，重新发现生活的真实性，为什么你一遍遍塑造这样的人物形象？

汉德克：我自己就是个漫游者，就像一支箭头，需要发射出去。我无法想象一个故事中的人是静止不动的。我不做观光旅游，但是我喜欢四处游荡。只有通过运动，我才能体验到安静，要是整天都待在屋子里不出去，我会发疯。这种漫游是我和自己之间的妥协，是一种我和自己之间的缓和，因为我是个精神分裂者，积极的“我”和消极的“我”总在打架。

柏琳：据说你在年轻时曾有机会做一个牧师，但你放弃了，你选择成为一个写作者。牧师和作家，在对待人生痛苦的问题上，我觉得恰好处在两端——牧师和上帝更靠近，对待痛苦具有一种超验性，而作家呢，观察现实，需要直面人生痛苦，当初你为什么做出这种选择？

汉德克：我要澄清，当年做牧师对我来说，不是一个机会，而是一种“义务”。对于穷孩子来说，做牧师是当时唯一一个能去上学的机会，牧师学校不用花钱，所以我撒了八年的谎，不然我上不了学。人必须去欺骗自己，“我应该去做一个牧师”，但我从来都不想做牧师。我有宗教性，但没有严格意义上的宗派。作为作家，我现在比从前在牧师学校里还更有宗教性。

柏琳：你所说的“宗教性”是指什么？

汉德克：对我来说，宗教就是比人现实的样子要更多面、更美好、更深刻、更内在。在内心中，人还有比自己意识到的现实更宽广更伟大的东西，这些东西是你应该、也是必须去成为的，它有一种逻辑上和伦理上的必要性。宗教在每一个个体的内心，这是我所说的宗教性。

从宗派上说，我属于天主教，但所有的宗教都是一样的，只要彼此之间不打仗。我是个挑剔的和平主义者，和平并不存在，我们需要为之而斗争。和平就像一部戏剧，是一种目标，不是一种状态。

柏琳：写完《骂观众》《自我控诉》和《卡斯帕》后，大家觉得你的文本具有强烈的后现代性，在表现现实的荒诞方面，都把你和贝克特相比，但你恰恰用作品来表达的是，人在面对荒诞现实处境时需要做出反抗，这在思想上反而和加缪更接近，我很好奇，你认为反抗荒诞的药方是什么？

汉德克：你要是给我一千块钱，我就告诉你药方（笑），不过那药方一定是我胡诌的。我并不是像加缪那样的存在主义者，我是一个本质主义者。我的辩证法是，我知道必须得过另外一种人的生活，必须体验其他人，但是这几乎不太可能，那我也无可奈何。但是我可以写作。我写作的时候，对他人充满了敬意。写作让我和他人保持一个良好关系，免于让我成为对别人有敌意的人。只要写作，我就是一个戏剧性的与人为友的角色。

加缪有点太哲学了，作家不能只是一个纯粹的哲学家，拿出一个纯粹的教义来教育别人。如果不说药方，而说导师的话，对我来说，（导师）就是另外一种作家，比如托尔斯泰与荷马，或者是大自然，或者是老人与孩童，反正不是哲学家的理论。

柏琳：那么你认为，作家比之哲学家来说，有怎样根本的区别？

汉德克：对于哲学家来说，作家太笨了。反之，哲学家搞文学，也太笨了，作家的活儿哲学家未必胜任。我信仰文学，一个好的作家也是一个哲学家，但是不能让人发现他是一个哲学家，他必须是一个无痕的哲学家。当然，要是没有哲学，也就没有文学，但是不能试图让哲学在文学中形成体系。在文学中，没有黑格尔和马克思，只有歌德和荷尔德林。

李静：那么尼采呢？

汉德克：尼采是个诗人，不是一种规定的体系内的。他想要一切，这也是尼采在十九世纪的一个问题，他要整体性，所以他就疯了。尼采写的三本书，《快乐的科学》《人性，太人性的》和《查拉图斯特拉如是说》，前两者是好书，尼采在其中既有孩子的一面，又有老人的一面，很安静又很凝练，就像一个亚洲的哲人，有一种戏剧性的友好。

《查拉图斯特拉如是说》却是一本大嘴巴的吹牛书，尼采在里面像上帝一样阐述对世界的看法。但你描述世界时，应该是平视而非俯视的。人一方面要谦虚，一方面也要调皮，《查》里没有调皮。

李静：你是个调皮的人吗？

汉德克：我有一种逗乐的、充满爱的调皮。你记得吗？尼采在《查拉图斯特拉如是说》里总是谈论跳舞，但是尼采不会跳舞，他要是跳舞，估计也很难看。《查》很装，哲学家一般什么也不看，什么也不听，比如康德和黑格尔，他们一般什么都没真实地感知过。这些人都是“宅”在脑子里的，没有心，不用脑，不体验，他们其实想拥有的是权力。亚里士多德也是这样，他的世界里只有城邦和政治。

“作家超前于所有人感受到人类灵魂的美”

李静：那你对苏格拉底和柏拉图也是这样理解吗？

汉德克：我更喜欢前苏格拉底时期的哲学家，比如巴门尼德和赫拉克利特这样更性灵的哲学家，因为那些哲学是诗歌，而这也是我的理想，但是我现在已经做不出这样的东西了。每个世纪都不一样，据我所知，福楼拜、左拉、司汤达、托尔斯泰、契诃夫、果戈理、屠格涅夫，这些都是史诗时代的人，十九世纪就是史诗的时代。但是这时代已经过去了，现在作家如果想和他们那样写作，都是对那个时代的模仿，失去了原创性。

柏琳：作为一个很有后现代风格的作家，你却说自己的心灵归属于十九世纪的传统文学，觉得“自己是托尔斯泰的后代”，在戏剧上也和“契诃夫更接近”，这是很有意思的对比，俄罗斯文学给予你怎样的阅读滋养？

汉德克：俄罗斯文学就像荒原一样。许多俄语文学大师，比如托尔斯泰、屠格涅夫，他们的故事地点都发生在荒原，我自己的写作也愿意把场景放置在荒原里。但从本质上来说，我其实并没有受俄罗斯文学的影响，我只是受到我本身的影响。

比如我母亲是斯洛文尼亚族人，我思维和语言的节奏就会受到这种斯洛文尼亚文化的影响。我用德语写作，但语言节奏却是斯洛文尼亚式的。这种节奏距离很远，视野很宽，至少这是我的理想。我不想像一个俄罗斯人一样写作，我也不想像托尔斯泰。我爱托尔斯泰，但他也让我受不了。每一个很好的作家都让别人受不了。

柏琳：你觉得自己让人受不了吗？

汉德克：比其他人好点儿吧（笑），我的作品还是能让人接受的，我本人可能更让人受不了。我写作，书比我本人更“汉德克”。我书里的善意更多，书里的生活比我现实的生活更多。书和生活不构成矛盾，书里的生活是更伟大的生活，我自己的生命是小小的生命，有时候我在生活中挺恨自己的，就像许多人一样。

我在写作时，能够理解所有人，但我不是心理学家，我非常反心理学，我什么都不想解释，我只想去用表象来刻画最深层的东西，但这不容易，但是作家是美好的职业。歌德曾说，把最尊贵的灵魂拿出来给人看，是所知最美的职业，写作是这样的事情。作家超前于所有人感受到人类灵魂的美。

李静：你一直在提托尔斯泰和契诃夫，为什么不谈谈陀思妥耶夫斯基？乔治·斯坦纳有一个说法：“要么托尔斯泰，要么陀思妥耶夫斯基，这是两条截然不同的道路，没有人能兼收并蓄。”你自己是站在哪条线上的？

汉德克： 当我很年轻的时候，陀思妥耶夫斯基意味着一切。《卡拉马佐夫兄弟》是一本很棒的小说，这本作品当初是报纸上的连载，更像侦探小说，阅读起来有断裂的感觉，不是一个流畅的叙述流，不像真正的写作。

我年轻时会站在陀思妥耶夫斯基这条线上。他总是一个节奏，又单调又单纯，他的头脑是孩子的头脑。而托尔斯泰是那么多变，更像现代人。一会儿是个好孩子，一会儿是个坏孩子，有时候是老妇人，有时候是年轻女人，像一只狐狸，是双性的，很分裂。

李静： 我是一个剧作者，我的问题可能更多是从创作者的角度出发的。出于对前辈的好奇，我读了你在中国内地翻译出版的所有剧本：《骂观众》《自我控诉》《卡斯帕》《不理性的人终将消亡》《形同陌路的时刻》《筹划生命的永恒》，其中《不》和《筹》我读过五遍。我好奇的是，你初始的戏剧写作，是从对戏剧本体和人的本体处境的双重质疑开始的，可以说是哲学的戏剧化，或者说是一种哲学戏剧。那时你才二十四岁。一般而言，一位作家在写作初期多会动用自身的现世经验，创作“映射世界形象”的作品，再渐渐进入抽象领域。你则反其道而行之：一出手就以抽象的手段和内容进行戏剧表达，再慢慢回身创造略为具象的、寓言化的世界。这是什么缘故？这里隐含着你怎样的创作天性？

汉德克：我很年轻时写了《卡斯帕》，这个角色到现在还在我脑子里萦绕，一个十六岁的少年走进门，却不知道自己是谁，他只会说一句话：“我想成为我父亲从前那样的人。”这个卡斯帕有原型，是一八二八年的一个历史人物，被认为是拿破仑的一个私生子。卡斯帕是我此后戏剧创作的素材来源，我如今还在想，这样一个角色，虽然来到这个世界上，但是对这个世界是不了解的。他在世界上其实并不会说话，最后实际上是社会把他给毁灭了。

大概十年前，在布拉格有一个捷克的年轻人，二十岁时在布拉格最大的广场上自焚，他这么做，是为了对世界发出抗议，而今很多年轻人身上发生的事情也是这样。不知道面对这样的孩子，社会会怎样对待他们？他们在社会中根本无法找到自己的位置，所以我还会一直在这方面做我的工作。

李静：谈谈语言，你非常重视语言在戏剧中的作用，那么你怎么看欧洲的“反语言”戏剧？比如格洛托夫斯基，他对语言持怀疑态度，他在剧场中展开一种不使用语言的肢体戏剧，这种趋势你怎么看？

汉德克：格洛托夫斯基这种尝试非常有用，但戏剧的核心必须是语言，格罗托夫斯基发明的新元素固然好，但无法取代语言而成为中心。就像一战以后产生的达达主义，无法代替真正的文学。一战后纯正的语言已经被肮脏的战争语言给淹没了。当时为了打仗，无论英法美德，都用花哨的语言为自己发动战争而正名，等到死了几百万人以后才发现，这样的语言已经够了。于是人们不再说民族、人民、天、地这些宏大的词，而是不停地“哒哒哒”，像孩子一样，这就是达达主义。当然，在那一刻，呐喊或嘶叫很重要，但仅仅是那一刻。如同荒诞戏剧一样，那是在二战和集中营这种痛苦的历史之后自然出现的产物。至于现在的社会怪状，会出什么新的戏剧派别，我就不知道了。

李静：你最初的两部戏剧《骂观众》和《自我控诉》，是否也属于对荒诞时代的一种反应？

汉德克：这两部剧作不属于对当时产生的荒诞时代的呼应，实际上，这是对当时一种“幻象戏剧”的反应。我的第一个女友是演员，我当时还是格拉茨的一个大学生，因为女友要演戏，所以我一周要去看两三次戏，当时（六十年代）剧院里演的都是传统的梦幻性的戏剧，我不喜欢。另外，当时我的第一本书《大黄蜂》被出版社接受了，我跟我的出版商说，我想成为作家，他说我不能靠写书生活，我得写戏。还有一点，我当时特别爱披头士音乐，它给了我写作这种戏剧的节奏。

我的梦想是，要靠写作来生活，现在我做到了。两年之后我写了《守门员面对罚点球时的焦虑》，它成功后，戏剧对我来说不那么重要了。到了再后来，又重新变得重要起来，因为有一些梦想我只能通过戏剧表现，不能通过诗歌和小说。很幸运，还有戏剧。

李静：那么对你来说最重要的体裁是什么？戏剧和散文（包括小说），你更爱写哪一种？

汉德克：我更多的是一个散文作家。戏剧和散文都很重要。戏剧对我的肺部健康比较好，不同的角色，不同的语言，需要不停地换气。（此处开始脱鞋，用肢体语言表达）我写过两部默剧，《形同陌路的时刻》，还有一本没有翻译成中文的戏，大致是说一个被收养的孩子自己想成为养父。来自莎士比亚的《李尔王》里的灵感：大脚想成为大脑。一个末流角色想成为主角。

李静：一个剧作家的处女作，往往隐含了他对所处时代的戏剧的整体性批判，和他认为自己应该坚持的另一种价值，你对当前戏剧的整体性看法是怎样的？

汉德克：我也不知道。每一部戏剧作品都有表现形式的问题。现在的戏剧，都不再需要戏剧性，都和绵羊似的，不再需要冲突了。导演弄得就像他们是世界的主宰一样，他们也不读书。

李静：下一部戏可以写一下“骂导演”了吧（笑）？

汉德克：骂导演？这有点太对不起语言了。

“我之所以有信仰，是因为世界非常荒诞”

柏琳：我还想再绕回来谈谈散文和小说。我注意到你很多作品里都有一个“第九王国”的概念，就像一个乌托邦一般的存在，比如《去往第九王国》《梦想者告别第九王国》，你可否谈谈对“第九王国”的理解？

汉德克：只要我还在写作，一定就有另外一个空间在起作用。我讨厌乌托邦这样的僵化概念，比如第九王国，它不是一个可以丈量的事物，它无处不在，不是时间也不是空间，不是具体的时间或者地点。如果我没有对另外一种空间的梦想，也就不会有我的文学作品。但并不是每部作品里都有“第九王国”，我写的《无欲的悲歌》里就没有，它是关于我母亲的不幸。

柏琳： 很多读者把《左撇子女人》看作是《无欲的悲歌》的升华版，我本人更喜欢《左》，看了很多遍，我觉得这本书里也是没有“第九王国”的，但是有一种想要冲破生活规定性的力量，刮起内心的风暴，充满存在的勇气。我想知道你怎么看待自己这部小说？

汉德克： 这不是一个长篇小说，而是一个长长的故事。我不喜欢长篇小说的概念，但是我喜欢长篇故事。《左撇子女人》我写了已经四十年了，我当时写作的时候内心特别激动起伏，我感到这是一个很美的故事。我无法评价它，不能说它要表达悲观还是乐观，只能说我写作时觉得它很美好。

以《左撇子女人》为代表，上世纪七十年代我写了一系列作品，包括《守门员面对罚点球时的焦虑》《短信长别》，等等，当时我记得在法兰克福，比我大二十多岁的阿根廷作家胡里奥·科塔萨尔当面对我说，“你写下的都是美的事物”，这就够了。

柏琳：你说自己是专业级读者，但作为作家“就像一只小蜗牛”，你觉得自己是不成功的作家吗？

汉德克：我是一个最好的专业的业余作家。这世界上自称专业的人太多了，我无法代表他们，我只能说，我在写作的时候，对自己要写的东西有清醒的意识，我明白我不知道的事情是什么。一个好的作家不是去造一个词，而是去规避一个词。有时候我会犯错，但是我按照自己的方式在犯错，这是“好的错误”。

柏琳：我所理解的你的写作母题，在于探索个人和世界的关系。上世纪八十年代后，有传言你进入了一种危险的自我封闭状态，当时你创作了“归乡”四部曲，力图去理解内在和外在的紧张关系，那么你认为怎样做才能达到个人与世界的和解呢？

汉德克：为什么要和解呢？我想给世界我的所有，我想给予，我的方式就是叙述，就是写作。我对我的职业非常骄傲，但是世界不想要我的职业。我爱这个世界，但世界不爱我，或只是那一刹那或某几个瞬间才爱我。

李静： 你感到自己有点像堂吉诃德？

汉德克： 是的，我想做的是，用一种精确的语言和图景去描述伟大的生活，而今似乎电影正在做这件事，但是我认为电影里的生活不是伟大的生活，真正的生活是非常开放的，无论如何不能悲观，乐观也没必要。在这个世界，悲观是不被允许的，而乐观是愚蠢的。

柏琳： 可你在很多场合都表达了一种悲哀——在这个多媒体的世界里，文学在无可挽回地衰微。

汉德克： 也许我很悲哀，但文学会一直存在。我虽然在中国做客，但我很难去扮演世界级作家的角色，我甚至觉得作家这个角色都难以胜任，我只是出于礼貌而扮演这个角色，因为我是客人。现在的作家，已经没有本雅明所说的“灵光”，但是我还是相信灵光的存在。但我说自己真成了有灵光的作家，那是我在撒谎。

李静： 你说自己更多时候属于史诗写作，史诗有很强的英雄性，而现在这个世界实际是反英雄反史诗的，你如何看待自己的史诗写作？

汉德克：我之所以有信仰，是因为世界非常荒诞。我之所以信仰史诗，也是因为世界很荒诞。我写过两个很长的故事，一部叫《无人港湾》，一千多页，讲七个朋友环游世界旅行的故事，另外一个是关于一个强势的女性穿越西班牙去寻找失去的女儿，有七百多页。现在我觉得自己快要真的老了，所以还是想继续尝试写长故事，最新的故事名字叫《偷水果的女贼》，一个年轻女子的故事，它的副标题叫作“通往内心的单程票”，非常“汉德克”。这个故事就是因为来中国，所以被打断了。

李静：感到很不值得吗？

汉德克：我的写作速度不快，但尽量不想被中断，需要连续性地写。我真害怕回去以后不能继续写下去。

Marias
Bela

马利亚什·贝拉：黑色幽默是理解东欧的关键

在匈牙利文化圈，“马利亚什医生”这个称呼人尽皆知。无论是小说、绘画，还是音乐，他的作品总是有着浓重得让人难以模仿的“东欧味”，总在捕捉东欧人痛苦、狂野而扭曲的灵魂。

这位“医生”的本名叫“马利亚什·贝拉”，他不穿白大褂也不拿手术刀，而是匈牙利文坛的“怪才”——不仅是风格怪诞的小说家、油画家，还是东欧颇有名气的先锋歌手，之所以取这个笔名，是因为他想用文学艺术为东欧人进行心灵疗伤。

二〇一六年夏天，他十二年前的处女作《垃圾日》第一次有了译本，还是中文的。借此契机，贝拉首度踏上了中国土地，去了广州也去了北京。在广州的六榕寺里，他惊异地发现，这里的宗教神像原来和欧洲教堂里十字架上表情痛苦的耶稣完全不同，菩萨是抿嘴微笑的，他看见了也想微笑；在北京呢，这位五十岁的胖子先生顶着酷暑，一个人去毛主席纪念堂排长队瞻仰领袖遗容。为此他还丢了一个手提包，弄坏了一件衬衫，但还是高兴得不得了，“我觉得中国人有一种热热闹闹的光明和欢乐，能够治疗东欧人的阴郁”。

用文字治病的东欧医生

怪诞，是这位跨界艺术家的标签。一九九八年，马利亚什和几个文艺哥们儿一起在贝尔格莱德组建了巴尔干半岛最不拘一格的先锋乐队——“学者们”，近三十年来这支乐队从巴尔干演奏到美利坚，始终先锋，发行了《对不起，我能不能杀你？》《一位女政治家的隐秘生活》《核啊，核啊，我的战争》等十几张风行东欧的唱片，用音乐抨击时政，游戏人生。

画画的时候更怪，看他历次画展的题目：《东欧披头士》《税务局公务员的冒险生涯》《画坏了的面部轮廓》……这些作品总是用绚烂甚至艳俗的色彩来凸显生活的悲怆感，带有近乎变态的生存热情。去年他刚在布达佩斯举办了题为《无政府·乌托邦·大革命》的画展，把各国政要和名人用艳丽的色彩涂到了油画布上，为此不出意料地得罪了当局。

马利亚什的写作与其音乐和绘画风格一脉相承，文字玩世不恭，批判起现实来却像一管大剂量的海洛因。他先后出版了《一个死者的日记》《疯人院》《墓地性事》《没有米洛舍维奇我就不能活》等小说，这些作品或者讲述一个死人如何利用消费社会的伎俩来大闹天堂，或者通过精神病人的命运折射东欧变革后的生活怪象，或者以墓地为背景刻画人内心世界的分裂。

翻译家余泽民评价马利亚什的写作“有浓厚的‘巴尔干元素’，沉重，犀利，黑色，现实”，这和他本人的生存经历密切相关。马利亚什一九六六年出生在塞尔维亚境内的诺维萨德，这里在历史上隶属匈牙利王国，一战后割让给了南斯拉夫。一九九一年南斯拉夫爆发内战，“为了逃避兵役，为了不杀人”，他逃难到了匈牙利，之后定居在布达佩斯并加入匈牙利国籍。

他的身份一直尴尬。作为南斯拉夫境内的匈族人，却受制于当时奉行的“大塞尔维亚主义”而不得不偷偷地学匈牙利语，以保持家族的匈牙利文化传统。可真到了布达佩斯，虽然离家乡就三百公里，他却发现二者文化上仍有天壤之别，和土生土长的匈牙利人相比，他又成了一个外乡人。

一九九一年的匈牙利，对于马利亚什来说是个全新的世界，但这个世界同样动荡而怪异。俄罗斯军人刚撤离，很快就来了美国人和西欧人。东欧剧变后的匈牙利社会，各个阶层的人都梦想一夜暴富，但只有少数人成为既得利益者，更多人成为改革牺牲品，流荡在社会底层各个角落。

马利亚什在布达佩斯一幢摇摇欲坠的公寓楼里租下了一个小房间，在这里靠教英语糊口。当时的匈牙利刚开始变革，为了面对西方世界，更多人弃学俄语改学英语。很快，知名的律师、疲惫的医生、爱幻想的失业者、古怪的发明家、疯癫的工程师等各个阶层的人，为了学英语而和马利亚什从早到晚泡在一起。

从那时开始，马利亚什觉得自己仿佛成了一个心理医生，听到不同人内心的扭曲和困顿，他的心灵很快就变得像一幢公寓楼，陆续有古怪人物进出。体制变革后匈牙利社会分化日益严重，这些人成为一个动荡时代的牺牲品，他们的命运被当局粉饰，顶多也就被当作奇闻逸事出现在新闻媒体中，他们是被社会遗忘的角色。

马利亚什内心煎熬，他产生了一个念头，想写一本书，让这些古怪的人群共住在一栋旧公寓里，用他们荒诞而残忍的人生故事来反映匈牙利在变革时期的社会图景。

当时的匈牙利文坛，主流文学界普遍回避沉重，只希望给读者带来有愉悦感的美化之作，但马利亚什偏偏想把生活中最丑陋最黑暗的东西展示出来。于是我们看到了这部被誉为"小说版《恶之花》"的《垃圾日》，它用残酷而猛烈的白描笔调，描绘了东欧变革时期匈牙利一栋旧公寓楼的变态生存画面：吃人肉的艾米大婶、建壁炉为自己送终的马伽什、染上恋兽癖的温德尔、随时等待战争的芭比大妈、用一栋房子换来"一夜情"与死亡的安德拉什……

马利亚什藏在人物背后，通过他们离奇恐怖的命运，指责时代和社会的不公，揭示社会无序带来的道德滑坡和精神虚无对弱者的伤害。

“我写这本书的目的，就是想让读者将目光从充斥着谎言与粉饰的繁华社会投向一个真实存在、命运悲凉的人群”，至于它被匈牙利评论家凯莱斯图利·蒂伯尔誉为“社会恐怖小说”开山之作的评价，马利亚什认为并不贴切，“叫‘社会抗议小说’更准确，这部小说展现的是改革时期小人物的阵痛，有恐怖也有悲剧，但也有同情和爱的元素”。

这同情与爱，在马利亚什的小说中以黑色幽默的形式展现出来，如同美国作家冯内古特的写作理念那样，“我们大声地笑，是因为恐惧”，马利亚什认为黑色幽默是理解他的作品，甚至是整个东欧文学的关键，“受制于长期高压政治的历史捆绑，东欧人会笑着流泪，哭着大笑，这是我们的方式。在东欧，如果不懂黑色幽默，你就会发疯。社会局面无法改变，至少可以哈哈一笑”。

马利亚什的医生父亲非常希望儿子也能成为一个医生，但他选择了做一名艺术家，取了“马利亚什医生”的笔名，也算实现了父亲的愿望，他认为艺术本身就是一种治疗，“我的书或者我的画哪怕能让一个人笑出来，都是成功的治疗，艺术可以让我们摆脱内心的恐惧”。

对话

“看见黑暗和丑陋，但还是要爱这个世界”

柏琳：《垃圾日》描写的其实是东欧社会的“畸零人”，据说这个特殊人群在如今的东欧社会是被有意“遗忘”的，是这样吗？

马利亚什：现在的东欧，无论是官方文学还是流行文学，都不愿意特别沉重，更希望美化，读者希望读完之后有愉悦感。但我不想这样，我想走一个相反的路径，把生活中最丑陋最沉重最黑暗的东西给展示出来，因为很多作家不会面对和处理这些问题。我想在《垃圾日》里写的人物是通常文学里选择视而不见的人物，他们是被当下文学遗忘的角色，别人不会写这些人。这本书里有很多真实的原型，每个人单看，在生活中都是存在的。在东欧剧变后，社会人群里是受害者和失败者，是牺牲者。他们不被人关注和同情，社会都在歌颂那些既得利益者，不会去关注由于改革失去生活能力的人。

这里面的人，有几个特别会抓住机会，属于特殊时期的特殊人群。我想传达这样一个信息：比如书里的卡塔，是受害者中的受害者，但她本人实际上是一个非常善良但是非常脆弱、在生活中没有适应能力的人，对周围人还怀着好意，但她实际上是极端的受害者——那种处于社会最底层的受害者。我要唤起人们对这样的人物的同情。

卡塔这个人物的原型，是我的妻妹。我年轻时在南斯拉夫有一个好哥们，我们一起组建乐队，他是主唱。我们遇见了一对姐妹花，我娶了姐姐，他娶了妹妹。南斯拉夫内战后，我和妻子设法找到方式，在社会变革中生存了下来。但是我的这对好友夫妇没有那么幸运，两个人都精神分裂了。我的好哥们成了酒鬼，他没有跟上时代步伐，废了。他甚至在自杀之前还强暴了自己的女儿，妻子就彻底疯了。这些人物没有一个是为了赢得读者而设置的噱头，只是所有的恶和触目惊心都集中了。

柏琳：书里的故事《安迪大叔》可能非常不起眼，比较含蓄，但很吸引我。安迪这个人物有很强的历史痕迹，经历了剧变，从革命者到被藏匿而存活于这个世界。听说这是以你父亲为原型的，可否谈一谈？

马利亚什：我在一个非常奇怪的家庭长大。我父亲在战争前是共产党、革命者，后来一九四一年匈牙利人打过去了，匈牙利的纳粹抓住他，给他上刑，差点被吊死。二战结束后，他在一个医院当院长，还是上校军衔。至于我母亲这支——我外公拥有德国血统，当过律师也打过仗，在军队里有军衔。从历史上讲，我父亲和母亲的家族在二战中是敌对方，但是我父亲是特别耿直的人，即使在共产党里也很难生存下去。二战期间，我父亲要逃离纳粹的追捕，要藏在隔墙里。二战之后呢，又要逃避共产党的追捕，墙既是一个符号，也是在现实生活中真实存在的。

柏琳：据说在匈牙利，你的创作无论是文学还是绘画，因为讽刺政治，当局对你看不顺眼，你如何看待这种状况？

马利亚什：我是一个非常勤奋而又充满好奇心的人，就像中国人一样。我不想选中一种文艺的题材来表达，音乐不需要太多时间，在很短的演出时间内我可以和很多人交流。写作是一个耗费较长时间精力的工作，但可以更深刻地抵达别人的内心。我不仅写书，还会给报纸杂志写评论，在日常时不写书不演出时我就画画。

匈牙利现在政治斗争非常厉害，由于两派的互掐逼得老百姓都没有办法在日常生活中用不同角度来谈论同一件事。我记得二〇〇七年前后，对立的政治派别斗争白热化，上街游行，还放火烧电视台，如同内战，而一个家庭里的不同成员会由于政见不同而冷战。在这种情势下，我用荒诞和讽刺的手法，把这些无论左派还是右派的政治家给滑稽地画出来或者写出来，把这些自以为是上帝的人画成幼稚婴儿，让人们笑一笑，希望能够缓解百姓的精神变态性创伤，这是一个艺术家应该承担的。

柏琳：《垃圾日》的结尾，大楼被烧毁，所有住户都搬到了弥漫恶臭的地下室，继续麻木地生活。英国作家雷斯威尔评价这是一幅“贝克特式的群像”，虚无而荒诞，你在这部作品里是要表达一种否定一切的虚无主义吗?

马利亚什：悲剧中的人，内心或者转向上帝，或者转向残暴。看《垃圾日》就像看人群的集锦，那都是被上帝遗忘的人。这些人没有一个可以找到解脱的道路，他们只是在寻找解决的工具，或者是暴力手段，或者是自我轻慢，他们把所有的绝望转向为暴力，又或者与现实生活完全隔绝。

初看来这本书非常黑色，在结尾处我虽然把所有人都赶到了地下室，但还有一个“最弱的人”——乞丐走出了房子，他连恶臭的地下室都失去了，把自己完全清空了，之后生活会有新的可能。人的天性喜欢看到世界的美好，想成为虚无主义者并不容易。

柏琳：把垃圾都从心里清除之后，会有一种纯净的升华感。当极致的恶展现出来之后，下一步该做什么？你在写作中是否提供这种答案？

马利亚什：这个问题就是我接下来要写什么的问题。当我把内心最痛苦最沉重最压抑的东西都倾倒给读者了之后，政治家总是向老百姓承诺生活更美好，各种宗教总是在向信徒承诺，死后的世界更美好。但我总是在思考，社会政治改革之后，或者信奉宗教之后，人真的能获得幸福吗？我之后又创作了人间、天堂和地狱三部曲，《垃圾日》是“地狱”，之后还有讲述天堂和人间的，我不认为人在天堂里可以获得自由。人在人间还有死的自由和自杀的自由，但是在天堂里连死的权利都没有。

我这三本书可能对于欧洲读者来说会感觉不舒服，因为匈牙利大多数人是天主教徒，我这个怀疑天堂的作品就像是一个异教徒的作品。

《一个死神的日记》讲一个人死了，灵魂出窍，他看着自己的肉体躺在妻子眼前，但是灵魂飞出了屋子，看见一辆垃圾车，他就登上去了，这辆车把他带进了天堂，之后发现天堂就是一个超市，每一个人都被安排工作，每天都要工作。但是他发现自己的地位是最卑微的，他为了改善自己的状况，就要一步步晋级，当业务经理部门经理最后奋斗成总经理，爬到最高处时，他在天堂的痛苦才能少一点，人死之后还是渴望回到人间。这个人最后想方设法回到了人间。所以我还是很世俗的手法，并不讲究虚无。

还有一本“地狱”，写一个无家可归的年轻的流浪汉，有一天没地方躲雨，他就躲到一块墓地里，觉得很舒服，就想在那儿安家。他白天从墓地里出来，到社会上打工挣钱找女人，要解决肉体上的需要，晚上回到墓地睡觉，此时墓地的墙开了，死魂出来，和他讲宗教讲哲学，是灵魂生活。死魂们说服他，一个人活着要朝光明的地方看，即使白天的生活再痛苦，生命再残酷，但那是活着的生活，从那活着的生命中才能找到光明。所以要珍惜人间。

柏琳：死亡和性，是东欧文学很重要的两个主题。你如何看待这两个问题对当代东欧人的生存处境的意义？

马利亚什：《垃圾日》的那栋房子实际上是人的心灵的象征。对于人类，内心有两股动力，一个是对死亡的恐惧，一个是对爱与性的渴求，这是活下去的动力。这书里百分之七十是真实的，百分之三十是幻觉的，或者渴望的，想要却永远不会走的路，恐惧的路。一个人如果从现实一直走到他所设想的路，走完之后会怎样？这本书是悲剧，每条路都是悲剧。这本书的现实意义是什么？故事的悲剧只是艺术形式。我的目的在于提醒人们不能这么麻木地生活下去。

柏琳：通常，我们对东欧文学的理解有两类，一种是以米兰·昆德拉和贡布罗维奇为代表的解构和反讽意义的怀疑主义，还有一种是以米沃什和哈维尔为代表的“肯定意义”的道德勇气，你认为自己在东欧文学版图中，更靠近哪一端？

马利亚什：我自己更想靠近捷克的赫拉巴尔那样的类型。作为一个匈牙利文化的“外乡人”，我觉得这两派我哪个都不靠近。而赫拉巴尔也是这样的，他不怀疑一切，也不肯定一切，他认识到自己生活在一个非常沉重而艰难的社会，还要让自己尽量爱上这个社会；他看见了最黑暗和丑陋的东西，但还是要让自己爱上这个世界。

Olga
Tokarczuk

奥尔加·托卡尔丘克：普通人的“小写”生活总被忽视

波兰当之无愧是一个文学大国。从民族诗人密茨凯维奇滚烫的长诗起步，数百年来，文学一直和这个国家的动荡历史具有某种同步性。贡布罗维奇、米沃什、赫伯特、辛波斯卡乃至扎加耶夫斯基，每一代波兰作家都在寻求用更宽广的视野反映波兰的现实处境。在小说界，当代女作家奥尔加·托卡尔丘克在波兰已经家喻户晓。她善于将民间传说、史诗、神话和现实相互融合，把神奇性和隐喻性赋予普通人的日常生活。如今的波兰文学界，她被看作可以和“诺奖”得主米沃什、辛波斯卡这样的“文学巨人”并驾齐驱。荣誉纷至沓来，她随后就获得了二〇一八年度的诺贝尔文学奖，颁奖词称托卡尔丘克“有着百科全书般的叙述想象力，把横跨界限作为生命的一种形式”。

生于一九六二年的托卡尔丘克，早年致力于心理学研究，曾在一家精神病医院工作。一九八七年凭借诗集《镜子里的城市》登上文坛后，她内心的写作理想渐占上风，在一九九六年出版了长篇小说《太古和其他的时间》，并获得波兰权威文学大奖

“尼刻奖”，从此她彻底放弃公职，专心从事文学创作。一九九九年，她以堪称波兰当代文学一部“奇书”的长篇《白天的房子，夜晚的房子》再获“尼刻奖”。文学对于托卡尔丘克来说，成为在历史中寻求自我定位的通道。

作为曾经的荣格心理学“信徒”，心理学背景给予了托卡尔丘克一种迥异的创作视角——如何掌握一种叙事魔法，将个体在相同情境下产生的迥异体验，用寓言、神话、梦境等超现实方式来“统领”入一种“文化”。这种“文化”并不神秘，它就存在于每一个波兰人日常生活之中，存在于沉痛历史和破碎社会现状的缝隙之中。

托卡尔丘克的写作，强烈关注波兰民族文化和历史纷争的多样性，但姿态已经和前辈不同。揭露、清算战后近半个世纪波兰现实的是非功过，这“文以载道”的责任，她这一代的波兰作家有了不同的理解——“大社会”已经转向“小社会”，“大写”的人也变成了“小写”。当然，那些压抑而充满伤痛的波兰民族历史的阴霾，并没有从托卡尔丘克头顶上散去。她有自己的面对方式——把阴云打散，和个体亲近，在作品里得到汇总，拼贴神话和寓言，用一种看似变形的方式，更自由也更自然地还原普通人“小写”的私人生活。

对 话

“神话是故事的根基，也是文学的间接灵感”

柏琳：你毕业于华沙大学心理学系，据说求学时曾在一个罹患精神疾病的青少年收容所做过义工。对精神问题的研究，如何影响了你后来的文学写作？

奥尔加：我学习心理学时还很年轻，这当然是我寻找自我成长道路的一种方式，但从今天的角度来看，我不会过分高估这段学习经历的重要性。即使我学习的是桥梁工程或者农业专业，我也迟早会开始写作。我对文学的兴趣埋藏得更深。尽管如此，心理学的研究确实发展和深化了我对“世界文学”的感知力。后来我在一家精神病院工作了一段时间，这段经历对我来说非常重要。我认为当时自己最重要的发现是——不同的人即使经历同样的事情，也会有各自不同的体验方式。在此之后，“文化”这个概念，会将这些个体的经历捆绑在一种具有统领性质的叙事体系中，即所谓的“真理”或“历史”。我对这种纷繁多样的观点非常着迷。

柏琳：在心理学方面，据说你是一个荣格的信徒，你为何会受到荣格的吸引？

奥尔加：当我在华沙学习心理学时，波兰正处于戒严令之下——那是一个可怕的时期。读荣格的书在我心中播下了秩序的种子，使我相信集体意识是由某种我们可以信任的、更深层次的、固定的规律所支配的。荣格的想法对我来说很重要，但今天我不再那么依恋它们了。他的心理学讲座内容，让我再度确信存在一些比日常政治混乱更坚实的东西——神话，它总是出现在我们的生活中，即使我们不认识它。神话是故事的根基，也是文学的间接灵感。

柏琳：的确，神话是你写作中不可或缺的部分。在《白天的房子，夜晚的房子》中，你讲述了充满神话韵味的中世纪圣女库梅尔尼斯的传记故事。你曾说，“写小说对我而言，就是对人讲神话故事，让人在神话中走向成熟”，神话在你的文学世界发挥了什么作用？

奥尔加：我至今依然在读寓言和神话故事，它们使我感到满足和安慰，就像是“叙事的黄油和面包”，是一种必需品。寓言，是讲述世界的最古老和最深刻的形式之一，这种自发的民间智慧关乎一些最根本的事物——死亡以及躲避死亡的可能性，对正义的理解，以及社会运行机制。孩子从神话中能学到很多，它们为孩子做好生活的铺垫。大多数人都是从阅读神话和寓言开始文学冒险的。

从广义上说，讲故事和写小说都根源于寓言传统——我们通过塑造的角色来直面人的困境和障碍，由此我们也能了解他人的生活。在寓言和神话中，世界总是巨大的，有无限潜力——你永远不知道什么力量会帮助你，什么会变成危险——小说中也是如此。神话提供了一种图解式的叙事，为某些场景和事件做好预演，但神话从来不引入心理机制。文学的伟大，在于把心理学引入了情境。

柏琳： 你是一个很难被限定在一种文学体裁内的作家，《白天的房子，夜晚的房子》就是一个例证——自传体、随笔、史诗，还有菜谱……它是各种文体的杂交。事实上，在你的写作中，经常致力于寻找史诗和其他文学体裁之间的“另一个空间”，你如何理解历史叙事和文学之间的界限？

奥尔加： 我相信，每一代作家都试图寻找自己的语言来描述世界。而随着世界的变化，这种描述的形式也必须改变。一方面，我们沉浸在传统中，另一方面，这种传统越来越狭窄，令人窒息，让人无法真正定位自我。因此，我们需要寻找自我的声音。

在写作中，我总是要花费大量时间去寻找我的声音、我的故事节奏。即使我已经有了故事的话题和角色，我还是会问自己："谁在说话？我听见了谁的声音？"事实上，谁来讲述故事，取决于语调和语言系统，以及情绪和氛围，我需要耐心和勇气来为笔下角色定调。我用这种写作方式写成了《白天的房子，夜晚的房子》以及后来的《飞行》。这些小说由很多碎片构成，如同星座群像中的一颗颗恒星，构成了一个更大的画面，代表一种更广阔的意义。

柏琳：你也写过很多短篇小说，比如二〇〇四年的《最后的故事》（*Ostatnie historie*），你还提议过要建立一个"短故事节"，短篇这种形式最吸引你的地方在哪里？

奥尔加：我相信如今的人们更倾向于用简短的叙述方式来思考。这是我们和互联网共存的结果导致的——我们对世界的感知变得支离破碎、四分五裂，有时候甚至相互矛盾。比如，我们以为在用一个"Windows"系统，结果跳入大脑的是若干个彼此毫不相关的网页。因此，我们（作家）的任务，在于把这些混乱的事物聚集在一起，并从个体经历中寻找与之相关的更普遍的意义。

短篇小说的文学形式要求很高——需要高度的专注，以及创造“金句妙语”的能力。我总是告诉自己，长篇小说应该引导读者进入一种恍惚状态，而短篇则应该让我们体验一次微妙不可言喻的启蒙之旅，并给予我们洞察力。此外，短篇小说也是一种对作者来说困难的创作形式，不会有很多人能直面它。“短故事节”的想法，源于一种反抗不公平现状的情绪——读者和出版商对待短篇小说的态度比长篇差太多，短篇小说总是不受欢迎的体裁，人们总是喜欢写些“大部头”，以至于崇高的短篇小说的创作艺术日渐枯竭。

柏琳：“寻根”同样是你写作的重要主题，《白天的房子，夜晚的房子》探讨了人们在新地区如何扎根生活的问题，《太古和其他的时间》探索了个人在历史长河中该如何定位，为什么寻根主题对你如此重要？

奥尔加：许多作家都会在某个时刻重返家庭叙事。它们是我们童年记忆中能分享给陌生人的最私密的部分。《太古和其他的时间》确实受到了我祖母的家庭故事的启发，当然，我做了很大改动，赋予了我自己的理解。距离《太古和其他的时间》的写作已经过去了二十多年，我把这本小说看作我的青春时代。

柏琳：在以上两本小说中，你提供了一幅抑郁、古怪的“畸零人画像”，比如醉鬼马雷克和恐惧睡觉的苏姆，这些畸零人的描写，让人想起美国作家舍伍德·安德森《小镇畸人》，或者福克纳和麦卡勒斯的写作，孤独的畸零人总在寻求爱与平静。你写这些畸零人有什么用意？

奥尔加：把“人”（human）的首字母大写成“H”的宏大历史，总是告诉我们战争与和平、显赫的人类功绩以及重大历史进程，而普通人和他们“小写”的生活总被忽视，这些人的生活我们只能通过文学来了解。写作时，我喜欢用青蛙的视角，不喜欢鸟瞰。我喜欢从近距离、从底部看到的一切。作为一个心理学研究者，我很清楚每个人都有点古怪，都有自己的独特的敏感点，无论好坏，我们都会把这些特质隐藏起来。每个人都独一无二，事实上，西方文学是个人主义的文学，非常强调这种独特性——由此，就会创造出一批强力而凸显的人物形象，这些文学人物往往比真实的人更生动，比如包法利夫人、堂吉诃德和莫尔索。

柏琳：波兰有伟大的文学传统，你的国家诞生了密茨凯维奇、贡布罗维奇、辛波斯卡和米沃什这样的“巨人”，作为当代波兰作家，你是否觉得年轻一代作家依然生活在这些“文学巨人”的阴影下？

奥尔加：我不这么认为，我还没认识过任何一个试图模仿辛波斯卡或米沃什的作家呢。无论如何，这是不可能的，因为写作的情境发生了很大改变。然而我意识到，在我们之前的那些伟大的文学前辈建立了一种感知的范域，用来测试波兰语所能抵达的边界，而语言才是真正连接我们的东西。

辛波斯卡和米沃什的写作风格，就像来自不同国家的两个人。我认为现在是停止在民族范畴里思考文学的时候了，文学应该被看作是某种语言的产物。人类的经验愈发普遍化，文学也变得愈发全球化，这就是为什么翻译变得如此重要的原因。译者是文化之间传播的使者，使得阅读成为一种纯粹的人类行为。在波兰，我们对来自中国、法国或者美国的小说都抱有很高的热情。从这个意义上说，文学是人与人之间一种深刻而精妙的交流手段。

柏琳：我们来谈一谈文学中的“波兰性”，作为东欧文学的一部分，经历东欧剧变后的波兰文学也有了变化，原来旨在揭露殖民和反抗极权的“清算文学”逐渐淡出，新一代作家似乎把目光从“大社会”转向了“小社会”，不再想背负“现实使命”，对此你怎么看？

奥尔加：这个问题太有趣了。你是对的，文学如今变成了“私人的事”，但这并不是说它变得琐碎，或者回避了生活中重大而普遍的问题。今天，我们对政治有不同的理解——不再是权力斗争、军备竞赛或者和平条约，而是个体生活的一面多棱镜——他或者她吃什么东西，是否觉得自尊受伤，是否实现了自我价值，自我独特性是否被接受，一个人如何理解自己的责任，如何看待他人，如何对待自然、动物，等等，这些转变都在发生，如今波兰人更愿意阅读那些与个体更密切的文学作品。

柏琳：波兰有过沉痛的历史和政治状况。二十世纪它曾沦为德国和苏联两种极权模式的实验场，这段历史创伤至今依然对波兰人的精神状态造成持续性负面影响，作为作家，你觉得自己是否存在某种写作责任？

奥尔加：我不是宿命论者。今天，如果我们能够建立一个强大、清醒且有支持力的社会，波兰就能变成现代化且富有创造性的文化共同体，也许这就是正在发生的事情。有时候，历史的打击似乎会使社会失去自尊，战败和数次起义会导致无意识的自我贬低，或者天才缺席。这种缺乏自尊心的态度是殖民主义者的有效工具。想解决这个问题，想增强自尊，提高自我估值，方法之一就是文化建设——这是能够在社会中进行深入和具体交流的对话体系。一些政客似乎并不喜欢这种情况，他们把赌注压在工厂、矿山、进出口贸易上，但是，正是文化才能让社会变强大。

Mikhail
Popov

米哈伊尔·波波夫：为文学而战

卡夫卡有句名言，“不是所有人都能看见真相，但所有人都能成为真相”。当 2015 年诺贝尔文学奖得主阿列克谢耶维奇在《二手时间》里，用口述体记录苏联解体对俄罗斯人的心灵冲击时，活跃在当代俄罗斯文坛的作家米哈伊尔·波波夫，选择了用自传体回忆录的方式，在小说《伊杰娅》中刻画一位解体前后的“苏维埃女性”急剧转舵的人生。在波波夫眼中，母亲伊杰娅本身，就是俄罗斯二十世纪中后期的历史真相。

身高接近一米九的波波夫，像一头大熊，无论走路还是说话，动作都很迟缓，留着发白的络腮胡子，声音低沉，眼神忧郁。如果不写作，也许他就是托尔斯泰或者屠格涅夫笔下某一个忧伤而强壮的俄罗斯猎人，又或者是农夫，在伏尔加河畔沉默地等待大雪降临。

转型时代的母子隔阂

波波夫 1957 年出生于乌克兰哈尔科夫，没见过父亲，童年在哈萨克斯坦度过，少年时期随母亲在白俄罗斯居住。不完整的家庭并没有让波波夫感觉像孤儿，他已经习惯了全面而能干的母亲。

这位典型的“苏维埃母亲”，一生随着时代大背景而跌宕，连她的名字“伊杰娅”，都是一个不折不扣的“红词”，在俄语中表示“思想”“主义”。她的一生也是苏维埃式的——与德国侵略者进行过地下斗争，被当局错误镇压过，进过喀山监狱，后被平反，大学毕业当上了外语老师，性格既有热情奔放的一面，也有严肃古板的一面。

在波波夫看来，这正是那个时代、那种制度下的苏联女人的共性，“这些女人始终把国家利益放在第一位，虽然国家让她们吃了很多苦，但她们依然对那些为了一己私利而不顾国家建设的人嗤之以鼻”。苏联解体后，即便共产党不再执政，母亲伊杰娅还依然保留自己的信仰，电视成了她唯一的政治交流伙伴，然而叶利钦和盖达尔改革还是让她失望了。

与此同时，波波夫这一代青年人却长大了，他们对国家命运的思索和老一代人分歧巨大。他还在高尔基文学院读书时，就预感了苏联分崩离析的命运。他和母亲经常谈论国家事件，却恼火地发现和母亲没有任何共同语言，而且他并不能根据逻辑战胜母亲关于某个历史事件的看法，他经常因为盛怒而酗酒，而哭泣。

波波夫和母亲找不到共同点，母亲临终前几年，两人依然在激烈争吵。直到母亲去世，波波夫蓦然发现，“妈妈独自一人把唯一的儿子抚养成人。儿子长大了，母子却在转型时期成了彼此思想领域的反对者……往往人们在一起生活了一辈子，至死也不能彼此好好地交流思想”。

波波夫感到自己是有罪的，此时他读到了法国作家罗曼·加里的《童年的许诺》，这部作品表达了儿子对母亲不可思议的浓烈情感，它激发了他想写作《伊杰娅》的动力。

灰心丧气的俄罗斯精神？

在写作中，波波夫和母亲的对话继续延展，呈现在读者面前的，最终是一幅反映苏联二十世纪三十年代社会主义改造及大清洗时期、四十年代卫国战争、五十年代解冻时期、六十年代至八十年代停滞时期、戈尔巴乔夫改革时期再到苏联解体以及解体之后的转型时期人民生活全景的“清明上河图”。

他开始理解母亲的幻灭。作为一个完全鄙视金钱的老共产党员，伊杰娅却发现苏联解体后的社会，一切都取决于金钱。她搞不明白飞涨的物价和动荡的货币汇率，拿着 10 卢布的纸币要去买 24 卢布一包的油酥饼干，并且固执己见地认为售货员疯了。

原来，母亲这一代人是被国家抛弃的一代。解体后的俄罗斯社会一切向西方看，适应力强的年轻人尝试去经商、开中小型企业甚至做“倒爷”来开启新生活模式，母亲这样的老人既不能适应也没有机会去融入新环境。几千万老一辈的苏联人，被生活抛在脑后。

那真是俄罗斯精神失落的时代，莫斯科每一平方米土地上都能看见倒卖东西的人，旅游鞋、老兵勋章、牛仔裤、皮靴、相册……甚至幼儿园和剧院都变成了小商贩交易的场所。“人们有一种‘破罐子破摔’的心态，因为惆怅，很多人选择酗酒和自杀”，波波夫回忆起九十年代，满脸心痛，“叶利钦掌权时，俄国既无内战也无外侵，却因为这种经济状况而导致人口数量剧减了七百万”。

在那灰心丧气的日子里，作为俄罗斯社会晴雨表的俄国文学，也一步步走向了边缘。苏联解体后书报审查制度被取消，作家原以为得到了更多创作自由，未承想迎来了新的“审查”——市场。俄罗斯经济的市场化导致了文学的市场化。曾号称“世界上读书最多的人民”如今更愿意在侦探、言情、幻想和色情小说里消遣时间，肩负“如何安置俄罗斯”使命的传统俄罗斯文学，陷入被迫让位于消遣性读物的窘境。

与此同时，严肃文学为了新生，也在尝试新的可能。九十年代后的俄罗斯文坛，在创作上出现了后现代主义和新现实主义两种新趋势。波波夫作为俄罗斯当代文学进程的参与者，长期在高尔基文学院任职，他对于俄罗斯当代文坛的现状，有着一番自己独特的诠释。

他和千万个俄罗斯人一样，骨子里不曾放弃过斗争信念。即使看似以卵击石，但他还是想以文学为武器，试试看能不能敲醒在精神世界里下沉的俄罗斯。

“在普希金和靴子之间，俄罗斯最终会选择普希金”

柏琳：你是否觉得母亲是一位典型的“苏维埃”母亲？就你观察而言，如今的俄罗斯女性发生了怎样的变化？

波波夫：这种“苏维埃式”的女性现在在俄罗斯也是存在的，从我母亲身上确实能够窥见整个苏维埃式的母亲的形象。这种女性的特点是，她们首要的特点是始终将国家放在第一位，当然她们也热爱自己的丈夫和孩子，但她们首先热爱国家，爱国家的扶植，她们经历了生活的艰辛和坎坷，但她们并没有因此产生对生活的抱怨，对于那些为了一己私利而不是为了国家繁荣去做出各种决策的人，她们不仅不能理解，而且还对此嗤之以鼻。如今我的家庭里有一个典型的苏维埃女性，我的丈母娘，她已经九十多岁了，有七十五年的工龄，生活经历和我母亲非常类似。

柏琳：你的母亲曾经是一个理想主义者，金钱观念淡薄，也许这是列宁的苏联时代的产物，但苏联解体后，社会急剧转弯，西方的消费主义文化汹涌而来，这种理想主义在解体后的社会里显得格格不入，你在书里也写了你母亲面对货币流通的剧变无法适应的情节。这样的老人曾在上世纪九十年代的苏联各国非常之多，就你观察而言，这些人在这样的社会剧变面前，是如何一步步面对的？当下的俄罗斯，这样不能开始新生活的老人还存在吗？

波波夫：苏联解体之后，我们的社会变化非常剧烈，相比较而言，中国的社会改革是在一个比较稳定的局面下进行的，但是俄罗斯社会的变化是非常剧烈的，几乎就是在短短几个月内，物价水平翻了几十倍，但是人民的工资水平还是维持在原位，所以我非常清楚记得九十年代初人民衣食住行都成问题，更不要说理想了。之后局势进行了微幅调整，一部分人的境遇有了好转，但是这只是针对那些适应力比较强、精力充沛、愿意去尝试经商的年轻人而言的。这些人选择去开办中小型企业，通过这样的尝试开启了新的生活模式，适应了动荡变化的社会。

但是我母亲这样的老人，她们其实并没有完全明白社会环境发生了什么，也没有很大的机会去融入新的常态和现实里，她们只能依靠养老金和孩子们的赡养去维持晚年，几千万老一辈的苏联人，确实是被生活所抛弃的，但是因为她们身上的苏维埃血统，她们不妥协。事实上 1996 年曾经有这样一个机会，差一点重新实现了自己复盘的理念，就是当年的总统大选。久加诺夫真的是以微弱的劣势惜败给了叶利钦，当时甚至传闻说选举有舞弊。事后我们再去看，也觉得可能真的有舞弊行为。这样的机会是改变自己现状的努力，最后没有成行。这些人随着年龄的增长，在新的社会中没有办法找到位置去生存，这些人过得比较苦，就是那些退了休的领养老金的人。

但是我要提出的是，在过去的五年中，在年轻人中出现了这样一种新的趋势，有一群年轻人将社会公平放在了个人成功之前，这是新的思潮。这些人被称作新的爱国者，他们往往在普京建立的机构之下，原先盛行的资本主义思想对他们来说没有那么大吸引力了，反而是那些能够赚很多钱同时愿意把自己的理念服务于整个国家的人才变得越来越流行。

柏琳：你的母亲波澜起伏的一生，其实经历了急剧转舵的好几个变化，从为党工作到迫于生计去反对党，从无神论者到信仰宗教，为了解决生计而去上报自己曾经劳改营的受害者经历……在你看来，母亲的一生是如何看待自己的变化的？

波波夫：在我的家庭中，我其实一直在试图尝试说服我母亲，苏共的统治导致了数千万人的死亡，在大清洗运动中有流放、劳改营的罪恶，但我的母亲希望去证明，八十年代对苏共的讨伐，揭发罪状，很多是矫枉过正甚至是子虚乌有的，事后证明她的一些论断是正确的。从这个角度来说，我和母亲并不是真正的胜利者。即使到现在，无论是学界还是社会界，很多人依然在争辩。根据一些档案揭露显示，在大清洗中，苏共大概杀害了四千万人，但也有研究说苏共真正杀害的只有三百万人。说法比较悬殊，学界对于死亡人数也没有盖棺定论。但俄罗斯农民受到非常大的伤害，无论从沙皇时期的内战，还是之后的一战中，或是 1936 年到 1938 年的大清洗运动，农民到现在还没有恢复过来，这个国家之殇成为整个民族的伤疤。

二十世纪中期时，政府的严苛和残酷是非常重要的现象，也许当时没有这种严苛是根本不可能赢得二战胜利的。

柏琳：你曾说“面对当下的时代……灰心丧气是最沉重的一种情感”，如何理解？苏联解体 25 年了，你如何看待而今苏联（或者说俄罗斯）大地上人民的生活现状？如何理解“灰心丧气是最沉重的一种情感”？现在俄罗斯人民的精神状态处在一种下沉的状态？

波波夫：九十年代时“灰心丧气”在俄罗斯确实发生了，我们俄罗斯人会觉得中国社会的转型是非常积极正确的事情，俄罗斯国内甚至将中国的发展称作“中国模式”。从国家角度来说，这些措施有条理也很细致。俄罗斯经历了一场灾难，大部分居民真的是被生活抛弃了，很多人露宿街头，流离失所，最后去做小商小贩，甚至是倒爷，那个时候你甚至在每一平方米土地上都可以看见人在那里卖东西，旅游用品、旅游鞋等，无论是幼儿园还是剧院，都变成了小商贩进行交易的场所，他们从国外批发大量的廉价商品到国内去倒卖。那个时候真的说不上有什么俄罗斯精神可言。人们在那个时候有一种“破罐子破摔”的心态。因为惆怅和忧郁，很多人选择了酗酒甚至自杀，在叶利钦掌权时期，没有任何外部侵略或者内战爆发，但就是这样一种经济状况，导致了俄罗斯人口数量剧减七百万。

从 2000 年国家领导人交替了以后，国家的情况开始有了改善，在经济上秩序逐步稳定了下来，在 2007 年左右，俄罗斯人的收入也整体增长了 2.5 到 3 倍左右，人们也在这段时间内开始更关心科学、教育、年轻人的成长问题。在叶利钦时期，很多西方伙伴并不是很重视俄罗斯，觉得这个国家就像一个闹哄哄的洗车场，是一场闹剧，根本就不是一个国家。事实上，那个时候俄罗斯人有一种受到西方人嘲讽的感觉。但在 2000 年之后，西方开始觉得领导人变了，俄罗斯也开始强大了，必须要开始重视了。事实上，在 2008 年俄罗斯和格鲁吉亚冲突之后，俄罗斯和乌克兰的冲突之后，我们发现好战的俄罗斯精神并没有消失。

柏琳：现在据说俄罗斯文坛出现了一种“新现实主义”的创作倾向，很多人评价你的写作带有很多后现代主义的痕迹，又融入了俄罗斯文学传统，成为一种新的当代历史小说写法（《该去萨拉热窝了》），你如何看待自己的写作风格？

波波夫：我对俄罗斯传统文学还是怀抱希望，很多长篇小说可以说得上是永垂不朽的，他们就像中国的杜甫、李白一样，我在俄罗斯的某些小城市图书馆工作过，惊奇地发现有中国的《红楼梦》和《金瓶梅》，我相信再过几千年它们还是会被人津津乐道。至于娱乐小说的发展，可能现代对于作家来说生活会更加窘迫一些，他们要赚钱越来越难。

“新古典主义”仅仅是俄罗斯文坛一小块而已，很多诗人和作家都遵循这种风尚。其实现代主义的东西，比如各种创作风格，在诗歌中引用一些粗话，传统文学的东西在当代生活中还有痕迹。

我个人创作希望尝试各种题材，所以我有历史小说，惊悚小说，也有乌托邦式的假想的小说，我是希望尝试各种风格，看一下哪一种题材更加能得到读者注意。但有一个悖论是，往往读者喜欢的作品，是俄罗斯文坛专业人士评价不高的。现在俄罗斯文坛的现状无法定义，但是可以这样总结，是百花齐放的格局，究竟哪一种文学流派占主导，很不容易。但从世界范围来说，由于因特网和各种新媒介的出现，文学的境况会变得越来越艰难，文学的生存领域会越来越艰难。

柏琳：上世纪九十年代初期，随着苏联解体，俄罗斯文学成为“自由的文学”，“后现代主义”流行过一阵子，九十年代后期逐渐沉寂，此后俄国文学在西方文化的冲击下，严肃文学逐渐边缘化，侦探、言情、惊悚等通俗类型题材的文学，代替了原来“该如何安放俄罗斯”这样的主题，文学进入了“青铜时代”，你如何看待这样一个俄罗斯文学的青铜时代？

波波夫：后现代主义在九十年代时确实经过了一个蓬勃的发展，甚至在文坛上都是一个主导的潮流，但是很快这样的风潮就过去了。因为这是从西方引进的，不是俄罗斯土生土长的东西，所以它可能是一种比较土生土长的粗暴的文学样式，甚至是微不足道，它对于人的心智来说并没有一个很大的促进作用。那时虽然出版了大量的后现代文学书籍，但是几乎没有再版的，人们也不会选择继续阅读它们，它们已经被人忘记了。

但是后现代主义文学在俄罗斯式微后，并非所有的人都回去重新拾起俄罗斯传统文学了，在俄罗斯，而今阅读俄国经典文学作品的人大部分都是处在边缘城市的人，在莫斯科这样的大城市里，更多的人倾向于看娱乐文学，比如侦探小说、惊悚小说和幻想小说，它们成为阅读的主流，无论是作者还是读者，都倾向于往这个方面发展。但是这种幻想小说和托尔金写的那种厚重的幻想小说不同，这些书虽然篇幅大，却没有营养，然而它们依然有很多读者群。

严肃小说可能在俄罗斯变成了义务教育的一部分，课本之外很多人已经不会去主动阅读托尔斯泰和契诃夫了，对于帕斯捷尔纳克这样的大家，很多孩子也许知道名字，却对其作品主题几乎一无所知。

柏琳：苏联解体后，俄罗斯文学创作的总体成绩跟此前的俄罗斯文学相比，比如跟苏维埃时期比、跟十九世纪的俄罗斯相比，它的质量如何？我知道当代俄罗斯批评界对这个问题有不同看法，学院派持审慎态度的较多，社会上评论界调子比较高，你刚刚提到安德烈·涅姆佐夫，他说苏联解体之后，俄罗斯创作辉煌十年，很多人不以为然。

波波夫：在俄罗斯文学上有这种现象出现过，或者是这种观念——认为“我们早就可以和经典文学再见了”。特别是二十世纪初有“未来派”的人认为完全可以把普希金从现代的船上扔下去。到底靴子更重要，还是叶甫盖尼·奥涅金的诗更重要？当然是靴子更实用一些。

后来政府也对这些行为做出了干预，特别是普希金去世一百周年的时候，举行了纪念普希金的活动，这样把俄罗斯经典文学地位彻底巩固下来，从此以后经典文学在俄罗斯中学里面都是必须教授的课程。阿赫玛托娃曾经说过，对马雅可夫斯基的等待，相当于对土豆的等待，特别是经过这么些年，经典俄罗斯文学是非常深邃的一种文学，而且它在中学里面的教学也是共识。到苏联解体前几年，人们甚至有这样一种想法，苏联境内一系列不好的东西，比如说一些糟糕的道路，或者劣质的香肠，都是因为普希金造成的。

相似的情景也出现在九十年代苏联解体以后，在那个时候，国家取消一切报刊审查，作家可以用完全自由的语言来创作文学作品。非常有意思的是，取消报刊审查虽然给了作家自由，但是没有诞生真正的文学。而且报刊审查是个非常微妙的东西，这个制度虽然是从古希腊过来的，之前苏联意识形态的报刊审查，现在变成所谓的“钱袋审查”，就是看“谁有钱，支持谁”。苏联解体以后这些年，没有一个人写出一部作品可以与以普希金为代表的俄罗斯“黄金时代”文学相提并论。

柏琳：但文学在当代俄国被边缘化是不争事实，国家是否做出过挽救的努力呢？

波波夫：国家确实在努力，现在俄国经典文学也已进入教材。要知道，课本之外很多俄国人已经不会去阅读托尔斯泰和契诃夫，对于帕斯捷尔纳克这样的大家，也许知道名字，却对作品几乎一无所知。又比如会尝试改编经典名著——文化部正试图把陀思妥耶夫斯基的《白痴》做成侦探小说，试图用一种扣人心弦的方式来吸引读者回归经典。

但这都是无奈的做法，在俄罗斯，科技越来越占据人们生存的空间，文学和这“电子恶魔”根本无法匹敌，境况越来越艰难，但文学应该不放弃斗争，因为我们是“战斗民族”，在靴子和普希金之间，俄罗斯最终会选择普希金。

Maria
Stepanova

玛丽亚·斯捷潘诺娃：我们生活在一场旷日持久的“记忆大战”中

我们对俄罗斯文学还有兴趣吗？态度不可谓不尴尬。一方面，我们对俄罗斯传统文学极为推崇，对俄罗斯“黄金时代”和“白银时代”的作家和诗人如数家珍，普希金、托尔斯泰、陀思妥耶夫斯基、帕斯捷尔纳克……哪一个名字我们会觉得陌生呢？另一方面，对于当代俄罗斯文学，我们的了解程度几近为零。其中当然有深刻的社会变革原因——“冷战”落幕，苏联这头“巨兽”的倒下，给整个俄国社会留下一个巨大的文化真空地带，俄国文学辉煌的传统在二十世纪九十年代后每况愈下，当代俄国人有太多问题需要重新适应，重新认知，曾经在俄国社会占据强力地位的文学，如今正在同其他新生事物抢夺生存空间。

与此同时，也应该看到，俄国当代文学依然在进行深沉的思虑，不曾放弃对“苦难深沉的俄罗斯文学”传统的延续。并且，随着外部世界的逐渐打开，强烈的欧洲文学气质和现代气息也正缓缓融进俄国文学的血脉。在此意义上，才华横溢的俄国当代女作家玛丽亚·斯捷潘诺娃（Мария Степанова）

可谓风头正劲。

“饶过记忆”的书写与反思

玛丽亚·斯捷潘诺娃，1972年出生于俄国的一个犹太家庭，是诗人、作家，也是记者、编辑、出版人，多重身份让她的日常生活转得像个陀螺。她精力充沛，思维敏锐，涉猎广泛，充满热情。不仅自己勤奋写作，还致力于拓展俄国文化事业。她主办的俄罗斯独立文艺资讯网站 colta.ru，月访问量近百万，是一家颇有盛名的当代世界艺术与文化资讯平台。说起来，这也是俄国文学一贯的传统——作家往往有多重身份，自觉对整个俄国文化生活负有一份责任。

当然，对于玛丽亚来说，最重要的依然是作品。她完成于2017年的新型复合类小说《记忆记忆》，是一部饱含文化意蕴与哲学沉思的作品，它获得了俄国三大文学奖项，其中就有俄国文学最重要的“大书奖”。这本书并没有因为其繁复的文体、思辨性强的主题和门槛颇高的背景知识而被大众读者拒绝——从出版至今，《记忆记忆》一直是欧洲大陆的畅销书。

整部二十世纪的人类历史，写满了爱与黑暗的故事，不间断的灾难，动荡的激变。进入二十一世纪，人们对上个世纪的回忆和反思不绝如缕，各种以“记忆”为主要叙事方式的作品遍布世界文坛，对“昨日世界”的怀旧之情，对“过去”的重塑与想象，成为全球性的文化现象。这种现象与当今世界许多股思潮合流，被“新民族主义”所用，被民粹力量重新发现。与上个世纪相比，技术更加进步，人们却并没感觉生活因此更加美好。生活在对未来不确定性的巨大不安之中，全球似乎都在“回望过去”。

玛丽亚反其道而行，用艺术的方式对既有的思考模式进行反拨，和如今“留住记忆”的写作方式相对立，发出“饶过记忆”的呼喊。《记忆记忆》是玛丽亚对自己家族的寻根之旅：一个家族，五代人，一个半世纪，整个欧亚大陆。这本书的写作跨越三十五年，作家穷尽半生心力，只为还原家族迁徙版图，为族人建起记忆的纪念碑。她搜集那些带有记忆痕迹的信件、物件和照片，试图复原出前辈的生活图景。但最终，她不得不承认，想要清晰还原“记忆”是不可能的，记忆未必可靠，靠记忆拼凑的也未必是真相。

透过一个普通俄国家族的折射，整个俄国二十世纪风云变幻的大历史被串联起来，但作者发现，这些普通人在二十世纪“大时间”洪流中默默无闻，想要还原他们是这么困难。“关于他们我所能讲述的越少，他们与我便越亲近。"《记忆记忆》精准捕捉了"记忆"蕴含的危险性，对于记忆成为新的"全球崇拜"的趋向十分警惕，这绝非仅仅是俄国的问题。玛丽亚·斯捷潘诺娃把眼光放在前方，等待的正是一个更开放的俄罗斯，更宽广的全世界。

对话

"记忆是可靠的，同时也是危险的"

柏琳：读过《记忆记忆》的人，许多都说这是一本"反记忆"的"元小说"，你创作这本书的初衷是什么？

玛丽亚：实际上，这本书既不是"反记忆"也不是"前记忆"的，它其实是一本"记忆中的记忆"之书，记忆的空间是这本书唯一可以存在的环境，也是我唯一可知的真实。我要说的是，我与记忆的关系非常亲密，用的是一种孩子们非常了解的方式——他们可以一边排斥父母，一边又模仿着父母，以至于可以说，他们对父母同时怀有深切的爱和恨。

记忆在我的内心扮演的是相同的角色。

我拼命写这本书，是为了摆脱对“永恒”的痴迷——它变成了一项越来越难以完成的任务。我一直都很清楚，在某个时刻，我将不得不开始写自己的家族故事。这种意识从小就伴随着我。这很有趣，要知道，我在十岁大的时候就完成了《记忆记忆》的初稿，它写于1982年。

可我为什么等待了那么久才把它写完呢？我想，是因为这件事（写家族故事）的完成看起来毫无指望。我曾想为我的家人、我所知甚少的亲人以及被遗忘的人建立起一座纪念碑。然而，他们的生活其实乏善可陈，没有一丝一毫可供小说加工的材料。只是一些平常人的生活，每天都有恐怖的感受，有时候也会有幸福的结局，而这都属于日记和家庭相册的记录领域，无法激起外部世界的兴趣。我必须找到一种应对之道，将他们的生活写进二十世纪的大环境中。与此同时，还要带上他们自己的声音、信件、明信片——我需要创造一个空间，让这些人显形。

柏琳：《记忆记忆》最让我惊奇的就是它的章节编排体例。似乎所有的材料都可以拿来运用：物件、照片、日记、书信、影像、文件、诗歌、作家的争论、别人的小说……这种拼贴式的叙述方法就像旋转的万花筒，令人目不暇接。同时可能会带来一个问题：由于密度大，每一部分都不能充分展开，于是在结尾时给人一种意犹未尽的感觉。这种尝试显得新奇又有些冒险，你为什么采用这种方式来写这本书呢？

玛丽亚：我之所以运用这么多表达形式，是有一个直接目的，一个非常私人化的目的。你会如何去写一群你所知甚少的人呢？他们的经历绝对不足以让你讲述一个完整的故事——我的家人在保守秘密方面都是专家，他们这么做有他们的理由：（在俄国）一个人可能因为出生在错误的社会阶层或认识了错误的人而锒铛入狱，甚至被杀害。上个世纪的悲剧之一是，我们对卡夫卡或曼德尔施塔姆的了解比对我们自己亲人的了解还要多！因为后者是沉默的，隐藏了自己的真实自我，隐藏了关于过去的颜色和味道。

于是，类比的写法就成了接近他们的唯一途径。当你开始书写那些与你分享同一空间，走过相同街道的人，你就开始组建一种只有少数人的面貌可见的合唱团。然后，你会了解，你所能创造的只是一种组合之物，包括不完整的故事、照片、笑话、语录，并且你搭建了可供这些“老文物”自由活动的空间。这个地方不完全是一座神社，也不像是一个博物馆，仅仅是一个为逝者提供的空间。

柏琳：在这本书中，家族里的人是在俄国大历史中被隐没的人。它的核心是一大批医生、建筑师、图书馆员、会计师和工程师等并无英雄主义行为的个人，他们并没有致力于任何伟大的项目，却在不文明的暴力时代中尝试过一种安静的生活。这些生活在“小历史”中的人，你把他们摆在俄国二十世纪激荡的历史中去审视，他们的价值是什么呢？

玛丽亚：我根本不能“选择”或“决定”这么写，因为它就发生在这些虚构的人物身上——我只是一路跟随着真实的事实和文献走下去。你可能会说，谁要是出生在上个世纪初的俄罗斯，那他准是个倒霉蛋——而且，谁能幸存下来，还活得挺长，那都是纯粹的奇迹罢了——这就是俄国近代历史颇为鲜明的特质。对于某些俄国思想家来说，俄国历史、俄国人经历的独特性，可以说是前所未有的。

我不会离题太远——几乎每个国家都在二十世纪经历过自己的悲剧，而且每个国家都依然在试图努力消化他们的灾难。对于一些人来说，是二战，对于另一些人，是一战。但是对于俄罗斯的历史/故事来说，真正可悲之处在于，我们不仅是遭受了一场灾难，而是经历了一系列的灾难。我称其为一种

“创伤性渗透”：数十年来，这个国家和她的人民从一种恐怖转移到另一种恐怖，从一场灾难转移到另一场灾难。没有足够的时间去思考发生的事情，没有时间哀悼死者，想象未来，只能继续前进，永远不让自己意识到周围的苦难。

在某个时刻，人们开始感到，灾难就是一种存在的自然秩序，人们必须与之共存，听天由命。于是，关于日常生活、私人生活等这样的概念被轻易贬低，对过去和未来的感知也被扭曲了。这种现象为俄国文学增添了一种虽然疯狂、却几近病态般清晰的特殊内涵。不过，由此我们也付出了额外的高昂代价——不是诗人，不是英雄，而是普通人，至今也无法得到安慰。

柏琳：《记忆记忆》似乎是对一种确信的家族历史的反思性表达。你在书里反思了人们处理记忆的种种方式所具有的荒谬性——记忆（过去）如同等待被殖民的处女地，被今人强加自己的意志。那么，你是否认为如今呈现的“记忆”其实并不可靠？如果它是不可靠的，那么我们该如何对待“过去”？

玛丽亚：记忆是可靠的，同时也是危险的：随着“过去”演变成一种新的世俗崇拜，“记忆”也变成一种商品——在每个纪念品商店和书架上都可以看到。只要是“记忆”就被出售，不仅仅是遥远的记忆。我们的同代人发明了“年份”这个词，来为仅在几年前穿过的衣服增添价值。但是，我们对身穿这些裤子和外套、坐在四十年代椅子上、脚蹬1914年战士靴子的男女足够了解吗？拥有别人的财产，可能让我们与他们更亲近，但也许这种感觉只是一种幻觉。会不会是由于我们自己的无知和刻意忽视差异而造成了这种幻觉？人们很容易相信，过去的人“就像我们一样”，也许穿着打扮有点怪，但基本相同。重要的是，要时刻保持双眼大睁——请注意差异在哪里！

柏琳：这本书里的家族人物普遍都有一个有趣的现象：他们似乎都不愿意回忆过去，而是希望活成一个崭新的自己。热衷于记忆的人似乎都是“没有过去的人”，这就有点讽刺。那么你是否质疑诸如家族回忆录、口述史、传记等非虚构形式的准确性呢？

玛丽亚：不愿意回忆过去，这对于那些命中注定要生活在动荡时代中的人来说，是一个十分普遍的特征：在某个时刻，他们往往会开始遗忘——有意识地或无意识地重写现实，重塑自我，就像要打开一本新书，而非翻开一本书的新一章。（记录）家族记忆，是一项正在进行的工作，是世代相传的系列工作，是一系列的编辑整理，一系列的遗漏和疯狂的猜测。这意味着它不仅仅是非虚构的。比如，传记是最具有偷窥性质的文学体裁之一，它对传主的评价是如此之多，甚至你选择或组织材料的方式都可以构成一幅关于传主的非自愿自画像。由此看来，我认为这些工作（非虚构）是有效的——比任何小说都更有效——仅仅是因为它们具有关涉和暴露现实生活的巨大力量，并且在付诸行动时会产生无法预测的后果。但是请记住，重要的是在写作和阅读时，你我都要有自觉性，要非常警惕，并且尽可能要让文档自己说话。

柏琳：本书的末尾提出一个观点：对过去的记录要有所节制，记录得越少，亲人就离你越近。苏联解体后，俄国社会大量的历史档案被公开，许多普通人得以了解他们的过去，此后大量的口述史、日记、档案揭秘、特稿等非虚构文本也如雨后春笋般涌现。在这种热潮的背后，你是否认为有一种“过度书写”的现象？

玛丽亚：我不认为，对记忆的“过度书写”只是俄国的现象——我越是和“记忆”打交道，并且和其他像我一样痴迷于“过去”的人见面，我就会越发意识到，这是一种非常全球化的东西：能够联合所有的人，不论国籍和代际。比方说，想想在英语或者德语世界中，非虚构文学在处理关于过去的问题时是如何不堪重负吧！这其实是一个相对比较新的事物，和十几年前的情况大相径庭。如今，满世界都在讲述一种记忆或者“后记忆”的语言。当人们将“记忆”视为一个共同点、一个人类普遍的文明起点、一个世界起始的公众空间时，彼此之间的理解突然就变容易了，这真是令人惊奇。

柏琳：这本书的叙述方式就像是一场多重身份同时进行的叙述“狂欢”，它们是互相交织在一起的。许多人会问你如何看待记者、诗人、作家、出版人的多重身份，你表示这并不是什么问题，你可以轻松地在这些身份之间切换。我想知道的是，这些身份在共存的同时，如何互相渗透、并影响你作为一个书写者的身份？

玛丽亚：坦白说，我并不是真正的记者，我更像一个编辑。这个身份也是在我生命中相对较晚的时候获得的。我真的无法拒绝这样一个机会——打造一本对俄国人来说完全崭新的出版物：一家专门从事社会和文化事务报道的大型网络日报。这种诱惑实在太大了。令我高兴的是，尽管困难重重，但

Colta 过了这么多年仍然活着。不过，如果我现在再想重新进行一场这样的冒险实验，恐怕已经不太可能了。

对我自己（的身份）来说，更严肃的问题是，如何让诗歌和散文并存。这是一个棘手的问题，我仍然无法在同一时期同时处理这两种体裁，每种体裁都需要不同的声音，甚至是不同的人称。另一方面，这两种声音（体裁）都在寻找同一个问题的答案，或者说，试图提出各自的问题。我想，这就是一个人在一生中想做的事情吧——围着一个对你至关重要的大问题，兜兜转转，期望下一年、下一个冒出来的想法会给予你一个崭新的答案。在我的脑海里，有一个巨大的“空白地”，它像一个火山口一样，我绕着它盘旋，试图用不同的角度面对这个“空白地”，用不同方式去接近它，描述它。

柏琳：对于作家来说，意识形态和艺术创作之间永远存在张力。俄国作家们经常会为自己的文学文本撰写序言、后记和注释（想想托尔斯泰的《战争与和平》穿插了多少真实文献）。这种做法体现了俄国文学的“文类跨越”特征，即它力图弥合虚构和非虚构之间的差距。《记忆记忆》就是一种跨文类的写作，你如何看待俄国文学传统中虚构、非虚构和意识形态的张力？

玛丽亚：长期以来，小说（虚构）和意识形态在俄国是交织在一起的，以至于人们可以说，小说就是意识形态。想一想“伟大的俄国小说”这个概念，从定义上讲，它就是说教性的：为读者提供一系列可以效仿的行为、道德准则和政治范例。那些没有太多融入政治内容的散文（随笔）类小说也存在于俄国文学序列中，只是影响不大。

对于俄国文学传统来说，文学本来就是要解决问题的，而不仅仅是把问题摆出来就完了。这就是为什么苏联当局认为散文也是重要的政治工具，而像索尔仁尼琴这样持不同政见的作家会对这个系统构成严重威胁。但是现在不同了，我们已经生活在一个迥异的、但同样有趣的时代。这个时代里，散文这个体裁“进化”成了非虚构，诗歌则勇敢地与新冒出来的政治主题对峙。至于“国家”，已经对当代文学失去了兴趣，它们现在更愿意和电影合作。

柏琳：评论界认为《记忆记忆》具有某种“欧洲文学气质”，也就是说，不只是关注俄国本身，更关注一种“外向型的俄罗斯”——和欧洲大陆密不可分的俄罗斯。你如何理解这种“欧洲文学气质”？

玛丽亚：我不太确定批评家的意思是什么——但对我而言，《记忆记忆》与其说是更关乎欧洲，不如说是在探索某种对外部世界更开放的世界观。我强烈反对将俄罗斯视为“一种满足历史和文化的猎奇心理的存在物”——觉得俄国与世界其他地方完全不同，是神秘主义的地方，其逻辑总是难以被人理解和接受，俄罗斯就是一个无人能解决的谜团。

以我的观点来说，我们如今正处于一张将俄国文化各个方面与外部世界融合、对应、联系和反思的网络之中。我在书里写到：我们祖先的生活图景，是由许多因素形成的——是否有能力出走（去别处）、是否能发现他者、是否能被发现、是否对别人产生影响，以及是否被别人所影响。我的祖父一直渴望回到大革命之前那个还很小的瑞士去，当时他还是个小孩呢。当然，他从未如愿。也许这就是为什么我是如此讨厌边界，政治的和文化的（边界）。记忆，生命，这些才是人们往前走的动力。

柏琳：书里有个章节很有趣：两位天才诗人曼德施塔姆和茨维塔耶娃，在看待过去与未来的问题上有鲜明的分歧。曼德施塔姆写于二十世纪二十年代的新诗《时代的喧嚣》表现出推开记忆、拥抱未来的想法，这些观念让茨维塔耶娃拒斥。茨维塔耶娃对记忆充满激情，而曼德施塔姆对过去没有柔情。二者的冲突，实际反映的是文化传统中关于过去与未来的古老冲突。在当下的俄国文化生态中，过去

（俄国文化传统）和未来（现代性）的冲突是否有什么新的表现形式？

玛丽亚：我必须说，渴望被现代化是俄罗斯文学传统中重要的一部分，同时也总有一种努力对现代性免疫的尝试。这是我们自身困境重重的历史和特殊的地缘位置所导致的直接结果。一代人又一代人，不间断地提供足够充分的紧张感，用来维持这种“传统 VS 现代”的讨论继续进行。当前的时代也不例外。

但现在的情景是，存在着一种更为广泛的所谓“向右转”的情况，从波兰到匈牙利，从俄罗斯到美国，这种倾向随处可见。“向右转”的倾向，其言论基础很大一部分是基于这样的假设：是时候重返过去了，回到过去某个“我们的荣耀时代”，这是一个安全的地点。特朗普提了“伟大时代”，普京也提了。但是我们必须明白，过去之所以有趣，值得我们回味，是因为它永远是虚构的，永远都像一部小说，是对“黄金时代”等不存在的事物的怀旧之情罢了。如何定义当前俄罗斯文化社会环境的冲突？这并不是过去和未来之间的张力，而是想象和现实之间的张力。

柏琳：像你这一代二十世纪七十年代后出生的

俄国知识分子，面对那个无法绕开的俄国文学传统（也包括苏联文学），如何看待这种“记忆”留给你的遗产？

玛丽亚：几年前，我成为一个文学大奖赛的评委，于是我必须阅读七十余部俄罗斯的“新式”小说。其中，超过 80% 的作品描写的是遥远的或不那么遥远的过去：二十世纪九十年代，二十世纪七十年代，二十世纪五十年代，乃至追溯到更久远的记忆。这给我留下深刻的印象。

我真的无法想象，当代人对当代事物是如此不感兴趣，对我们自己身上正在发生的故事是如此的冷漠……但这就是玛丽安·赫希（Marianne Hirsch）（在不同的框架和语境中）所定义的“后记忆”：这是一种敏感的意识，让你比你的祖父母更关心祖父母的故事和情感。在那些被“记忆”迷惑的人心目中，“过去”被无限放大。创伤性知识，以及象征性经验隔代回归了。如今这已经是一种全球现象，到了必须正视的时候了。我们不能简单地强迫自己前进，直接迈向未来——因为“过去”是某个人必须继续进行的、还未完成的工作。

柏琳：在俄国的现代化历程中，向来就有“西化派”和“斯拉夫派”关于俄国未来“朝东还是朝西”的争论，体现在文学中，“东方还是西方”的张力一直存在，从陀思妥耶夫斯基到纳博科夫，各自都对俄国社会的命运有不同见解。在民粹主义和新民族主义变得甚嚣尘上的今日世界，作为一个作家，你如何看待“后记忆”的俄国社会正在发生的观念变革？

玛丽亚：有一种现象如今已经遍布全球：对未来的深切恐惧，对过去的疯狂热情，对历史/事实知识的日益不满，对重写过去的各种尝试。俄罗斯的情况有什么特别之处吗？也许事实是这样的，当代俄罗斯对自己的共同过去没有一种“可持续”的视野，更没有普遍的共识——从第二次世界大战到俄罗斯革命，从二十世纪九十年代回溯到十九世纪二十年代，过去两个世纪的所有时间都受到无休止的质疑。人们在争论“伊凡雷帝（Ivan the Terrible）”（卒于1666年）的身材和遗产，好像这是一个多么热门的政治话题似的。但也许可能真的是个话题？当一个社会不断地对它的未来感到恐惧时，过去变得越来越重要。因此我想说，我们现在就生活在一场旷日持久的“记忆大战”中。

Alexievich

阿列克谢耶维奇：我探索人的幸福和痛苦之谜

“冷战”结束二十五年后的今天，我们为何要读阿列克谢耶维奇？只因为她是二〇一五年诺贝尔文学奖得主？

她最主要的作品是五部曲的“乌托邦系列”——《战争中没有女性》(1985)、《最后的证人》(1985)、《锌皮娃娃兵》(1989)、《切尔诺贝利的悲鸣》(1997)和《二手时间》(2013)，被誉为“红色人类的百科全书”。

生于乌克兰、长于白俄罗斯的阿列克谢耶维奇，历时三十余年，跑遍苏联各国，采访了数以千计的小人物，从卫国战争中的女兵到幸存的儿童，从阿富汗战争中的“娃娃兵”到切尔诺贝利事件的幸存者，从苏联解体的红场游行者到白俄反对总统选举的人们……千万个小人物的口述历史，汇集成一部鲜活的苏联精神史诗。

精神史诗，是世人对她写作的定位。而她的语言体系已经老化：冷战、苏维埃、古拉格、戈尔巴乔夫……这些旧词汇背后风干的血泪，而今的年轻人已很难进入那个历史语境。

然而，我们还是要读她。

她写在时间中求索自由的人

三十多年前，苏联领导人戈尔巴乔夫第一次公开谈到了切尔诺贝利核灾难。他在电视讲话中说，一旦核动力失控，就会成为“害人的力量”。

今天，“冷战”结束了，取而代之的是肆虐的恐怖主义、大国争斗、环境危机……恐惧一再传达到外围，不管在哪里，生活都一样的可怕：无论是莫斯科，还是纽约，或者巴塞罗那。邪恶四处播撒，并且更少得到解释。在这个多元时代，我们以为获得了前所未有的自由，却陷入了空前的焦虑。

阿列克谢耶维奇的写作，从来不曾脱离自由这个主题，这个关乎人类全部生活和灵魂求索的秘密。作为“乌托邦系列”的终结，《二手时间》就是一部“提问自由为何意”的书。它讲述了苏联解体后，一九九一年到二〇一二年这二十年间的痛苦的社会转型中，俄罗斯普通人的生活，为梦想破碎付出的代价。

“二手时间”这个概念，背后有深层的社会背景——苏联解体后，各联邦国家社会转型不彻底，从而沦落到一种“灰色地带”。像一位受访者所讲的：“现在我们既不是社会主义，也不是资本主义；既不是东方模式，也不是西方模式；既不是帝国，也不是共和国。”

后苏联时代的人，面对尴尬的历史转型和突然到来的“自由”，无所适从。受访者说：“我不喜欢俄罗斯现在的样子。但我也不喜欢苏联分子，不希望回到过去。很遗憾，我记不得任何好事情了。”所以，从学者到清洁工，每个人都在重新寻找生活的意义，寻找如何走出“二手时间”的答案。

此种追寻，亦是阿列克谢耶维奇多年采访和写作的全部意义。有人说，她砸碎了苏联时代的文化铁幕，可事实上，她对于宏大冰冷的历史叙事并无兴趣，她只对奥特加·伊·加塞特所谓的“大众的人”感兴趣，对个体在历史和时间中的行为感兴趣，她关注的，是时间和历史怎样穿过小人物。

她写在时间中求索自由的人，就像阿赫玛托娃的“赤裸的人在赤裸的大地上”，这是对一种黑暗中的、最终未被解读的永恒“现在”的探索。

如果你问她本人，这三十年来在从事什么工作？她会回答你：我在写艺术文献大事记：小人物与大乌托邦。

在欧洲“半流亡”了十二年后，她在那里看见了普通人主导的社会生活。两个在法国的俄国人在饭桌上聊什么呢？——“俄罗斯国内怎么样了？”或者“切尔诺贝利现在还好吗？”，其他人在聊什么？——最好的蛋糕在哪个点心店卖？夏天去哪里度假？在座的所有人都郁郁寡欢。其他人觉得美好的夜晚被破坏了，而俄国人觉得无趣。

阿列克谢耶维奇惊异地发现“后苏联人”不会“过日子”：当乌托邦的幻想被粉碎，当日常生活重新回归，人们并没有因为经历了苦难的洗礼，而变得更懂得如何接受自由，接受爱。

我和她，也由此开启了一场深长的对话：关于自由之意，关于爱与死亡，是阿列克谢耶维奇写作的永恒主题。

“每个人都在说出自己的真理”

柏琳：在谈这本书（《二手时间》）之前，我记得你曾说，无论是俄罗斯人、白俄罗斯人、乌克兰人还是塔吉克人……说到底都是同一种人，叫作苏联人，那么你觉得，“苏联人”区别于其他人群的特性是什么？

阿列克谢耶维奇：俄罗斯人，或者说苏联人，最大的特性在于，我们的资本是痛苦。这是我们经常获取的唯一的东西。不是石油，不是天然气，而是痛苦。我怀疑，在我的书中，正是它吸引了西方的读者，让他们觉得惊奇。就是这种无论在何种情况下都要活下去的勇气。

今天到处都需要这种勇气。在萨拉热窝就曾是这样。不可计数的坟墓。人不仅被埋在坟地里，还被埋在运动场上、公园里。对这些事件的描述就像恐怖故事……他们将水泥填进小女孩们的阴部，甚至还有……一句话，一个人体内的人性所剩无几。只有薄薄的一层。

为了活下来，俄罗斯的经验是需要的。俄罗斯的文化中，具有人类在地球上建设天堂的最天真、最可怕的尝试，最终这一尝试，以一个巨大的、兄弟般的坟墓告终。我认为，观察这个实验、做完这项工作是非常重要的，因为“乌托邦还将会长久地对人进行诱惑”。

柏琳：有媒体评论称《二手时间》讲述的是对苏联的怀旧之情，你认同这种说法吗？

阿列克谢耶维奇：我不同意那种说法。我写的是“红色人类”的百科全书，一种乌托邦的历史。我使所有人发出声音。不知为何流传着这样一种看法：好像一写苏联人，就一定是在体验一种怀旧情绪。其实并不是这样。为了理解我们曾生活过的时代，我使所有人发出声音。每个人都在说出自己的真理。我本人是一个持自由主义观点的人，但为了勾勒那个时代的形象，我应当听各种人的声音。

柏琳：《二手时间》是你的“乌托邦之声”的最后一部，你会如何描述这本书？

阿列克谢耶维奇：它讲的是最近几年发生在我们周围的事情。一个新的时代到来了，我们期待了那么久，但所有人都很失望，无论是曾经持不同政见的人，还是商人、共产主义者、民主主义者，甚至是流浪汉。这是一个特殊的时代：大街上的人比作家们更加有趣。

这本书的先声和草稿，是《被死神迷惑的人》，一本描述社会主义帝国废墟上自杀事件的书。一幅解体后的心理肖像画。我选择了那些与时代紧紧相连，像粘在胶水上的飞蛾一样，粘连在时代上的人。他们在自己的生活与一种思想之间画了等号。今天这显得怪异、不正常，而当时那就是我们的生活。这都是一些诚实的、坚强的人——阿赫梅罗耶夫元帅、女诗人尤利娅·德鲁仁娜、1941 年布列斯特要塞英勇的守卫者季梅林·基纳托夫……

柏琳:《二手时间》里对于时代的见证，是更为琐碎、隐藏在生活的细枝末节里的一种“看不见的见证”。你认为《二手时间》和前四部作品相比，有什么新的难点?

阿列克谢耶维奇 :《二手时间》是我所有的书中最复杂的一本，很难在一些碎片上描写一个庞大帝国的解体。这些碎片形态各异，它们竭力远离强制俄罗斯化，远离帝国性，希望过自己的民族生活。在交谈中显现出众多的思潮、观点，要把所有这些组合成一个题目非常复杂。庞大帝国解体的经验是独一无二的。从社会主义到资本主义的急转弯完全震惊了世人。这种从社会主义到资本主义的逆转在历史上还从没出现过。

柏琳: 从“乌托邦之声”的第一本书《战争中没有女性》到最后一本《二手时间》，你是否认为书里的主人公发生了什么变化?

阿列克谢耶维奇 : 现在唯心主义的人变少了。甚至是那些上了年纪的人——他们也感觉自己被骗了，他们从那个大馅饼中什么也没有分到。除了那些躺在盒子里的奖章，他们没什么给自己的子孙。而对于他们的孙子来说，这些奖章已经一文不值。

现在人们谈论自己的时候更加坦率，他们原原本本地谈论一切。也就是说，如果阅读我们的经典文学和苏联文学作品，以前仿佛不存在生物学上的人：那些作品中没有一个具备内脏器官的人。为什么人们会读西方文学？因为那里谈到了身体，谈到身体的秘密，谈到爱情既是美好的，又是可信的。而这些东西在我们的文学中一点也没有！而如今人们聊天已经百无禁忌。人变得更加开放，却不自由。

我没有见过自由的人。所有人多多少少还像苏联时期一样，在某种程度上被束缚，被定在某种经验之上。但坦诚已经显露了出来，致力于某种宽阔的才能已经出现，词汇量在发生改变。我在我的新书中要写的恰好是这种感官的新脉络，词汇的新脉络。

“恶散落在生活之中，生活的惯性本身将它掩盖住了”

柏琳：在《二手时间》的扉页上，你引用了大卫·鲁塞的话：“受害者和刽子手同样可恶，劳改营的教训在于兄弟情义被践踏。”而你在书里，亦表达了这样一种受访者的心态——“每个人都觉得自己是受害者，而不是参与者”，但事实其实并非如此。集体性的沉默，也许是那个卫国战争中千百万人拼死保卫的祖国苏联不复存在的真正原因，对于亲历者的这种“选择性遗忘”，你会如何评价？

阿列克谢耶维奇：我们可以通过某种方式混淆善与恶的差异，“选择性遗忘”就是一种典型做法。在我看来，善与恶是一个根本问题。《二手时间》中有这样一段故事：一个主人公在自己还是个小男孩时，喜欢上了一位成年女性，奥利娅姑姑。后来他读大学时，改革开始了，妈妈告诉他，奥利娅姑姑出卖了自己的亲哥哥，致使他被关进了集中营。这个时候，奥利娅得了癌症，已经奄奄一息了，他来到她那儿，问她：“你还记得一九三七年吗？”她回答道：“哦，那是一段美好的时光！是我生命最好的时候。我那时非常幸福，有人爱着我……”他问：“可是你的哥哥呢？”而她回答说：“在那个年代，你能找到一个诚实的人吗？”他震惊了——关于那个时代有那么多描述，出版过那么多本书——而她却一点都没有怀疑过自己行为的正确性。

我们以为出版了索尔仁尼琴的书，生活就不会再像从前那样。但书籍刚一出版，所有的人都奔向了其他的东西——奔向了消费主义。生活如潮水一般涌来。或许，人们选择了新型的洗衣机代替卡拉什尼科夫的自动步枪，把精力消耗在这上面是件好事。但这些精力还是消耗掉了。以前还可以说，恶就是贝利亚，就是斯大林，它已经被人格化了。而事实上，恶散落在生活之中，生活的惯性本身将它掩盖住了。每个人都在过自己的生活，这种生活的惯性，能够遮盖住一切它想要隐藏的东西。当然，也还是会疼，会叫。我想：总有一天，所有人都会醒悟。

柏琳： 除了选择性遗忘之外，当时的苏联时期，还有哪些方式会混淆人们的善恶观？

阿列克谢耶维奇： 我认为，我们在苏联时期就没有正确评估犯罪意识的程度。在我的书《锌皮娃娃兵》中有一个匪徒，也来自原来的阿富汗人，他曾经讲过这样一件事：他现在做的工作，包括谋杀等，都是在阿富汗的时候，指挥官们教给他的。在卫生员们到来之前，他们派他对他们杀害的人搜身检查。后来那些有钱并且算不上纯粹匪徒的人也影响教唆了他。我们一直在嚷嚷，我们是一个有教养的国家，事实并非如此。

柏琳： 在《二手时间》中，令人震惊的，还有那些不得不从原来的加盟共和国逃难到俄罗斯的难民的历史。在规模上，它比今天发生在欧洲的难民潮人数更多。而今俄罗斯或白俄罗斯人如何看待这些难民？

阿列克谢耶维奇：当我读到我们国内对于逃难者的描写，简直就是一群野蛮人。最近一个瑞典的导演来拜访我，他正在拍一个关于我的电影。他说："我从华盛顿来，在那里结束了电影拍摄，筋疲力尽，刚一回来，我就花了一周时间，用自己的车运送难民。我把一个小男孩送到了我母亲那里，因为他已经十天没吃东西了。你知道当我把他带到麦当劳时，他做了什么吗？他吃啊吃，一直停不下来。"

而我在这之前，从意大利的城市曼图亚回来。在那儿，人家问我："斯维特兰娜，您不去参加行军吗？"您知不知道，什么是行军？在一个晚上，意大利所有城市的人们来到街上，脱掉了鞋子，数百人甚至几千人光着脚，沿街游行——作为声援难民的标志。他们找到了这样一种隐喻。普通人，以及我认识的作家们，都参加了这个活动。当我在国内说起这件事，甚至没有一个人能理解这是什么。而在那里，所有人都在行动。

柏琳：从书中可知，如今的人们对那段难民历史也逐渐淡忘了。在你看来，忘记这段历史会产生何种恶果？

阿列克谢耶维奇：遗忘这段难民的历史，或许，这就是苏联政权之后的残留物，这就是沙拉莫夫所说的——集中营既腐化了刽子手，也腐化了受害者。这是一种被腐化的意识，甚至大学里也不把它作为毕业答辩的题目。这一点我们现在完全看得清楚。人们现在轻易地屈服于最低端的诡计。这并不是说，在欧洲一切都那么好，但那里有明确的、不可逾越的法则，这对我来说是一个重大发现。

我曾经读到一位著名的莫斯科记者（我不打算说出她的姓名）发表的言论："有钱的男人是一种独特的男人，一种独特的气息，独特的一切。"我在想，如果像她这样的言论，在欧洲的出版社发表，会是什么样的结果。她第二天就会丢掉工作，没有一个人会支持她。

"现在到了一个孤独的灵魂建设、家园建设的时代"

柏琳：苏联解体后，上世纪九十年代的俄罗斯发生的种种，你会给出怎样的评价？

阿列克谢耶维奇：在评价九十年代时，我会更加小心。不管怎么说，这曾是一个伟大的时代！我还记得，人们的脸转换得多么迅速，连行为举止也是。自由的空气令人迷醉。但剩下的问题是：我们要在这块地方建什么？

那时我们想：数千人读完了《古拉格群岛》，一切都要改变了。今天我们不仅读了索尔仁尼琴，还读了拉兹贡，还读了丽姬娅·金兹博格……然而改变得多吗？不久前我在画家伊利亚·卡巴科夫那儿找到了表达现状最准确的形象：以前所有人和一个巨大的怪物做斗争，这种斗争使得一个小人儿变大了。等我们战胜了这个怪物，四处回望，突然看到，现在我们需要和老鼠们生活在一起。在一个更加可怕、更加陌生的世界。各种各样的怪物在我们的生活中，在人的种属里钻来钻去。不知为什么，它却被称作自由。

柏琳：而今，据你了解，俄国本土和国境之外的俄罗斯人，他们的遭遇有了怎样新的变化呢？

阿列克谢耶维奇：我不能忘记，在清理切尔诺贝利事故时，一天晚上，我坐在善后处理者的宿舍里。桌上立着一瓶三升装的家酿酒，我们聊起了齐奥尔科夫斯基和戈尔巴乔夫，聊起了斯大林和希特勒，聊起共产主义和资本主义。这时一个上年纪的女人送来吃的，她的手露在外面，我看到她手上大大的红点。我问她："您的手怎么了？""我们每天给我们的孩子们洗工作服。工作服有毒。上头许诺说送来洗衣机，但是没有运送过来。我们只好用手洗。""这怎么行？"我转向一旁坐着的主任。"上头许诺了。"他摆了摆手，接着继续高谈阔论。

因此我相信，西方人会更乐意谈一谈洗衣机，而不是关于齐奥尔科夫斯基疯狂的思想。西方的文化是为普通人服务。这种文化为小人物解忧，安慰他们，令他们满足。当然，在他们那里工作的会是洗衣机，而不是女敢死队飞行员。

那么，两个俄罗斯人在意大利或法国又会怎么样呢？我记得那是一个被破坏的夜晚。别人问我："俄罗斯那边怎么样？"或者是"切尔诺贝利那边怎样了？"——我就开始认真地回答。我没有觉察到，桌上的所有人沉默了起来，郁郁寡欢，女主人开始忧心忡忡，如何拯救这个夜晚。我们觉得无趣的是，一连三四个小时大家都在讨论：最好在哪个点心店买馅饼，或者谁夏天在哪里休假了。但在我们进行关于俄罗斯的谈话中，我们会略过一些东西。或许，我们略过的是生活。

柏琳：苏联解体已逾二十年，俄罗斯人重新发现了世界，世界也重新认识了俄罗斯。能和我们谈谈今天的欧洲如何看待俄罗斯吗？

阿列克谢耶维奇：我在西方的熟人们，带着喜悦奔向俄罗斯。谈论灵魂，聆听，用能量滋养自己。我们这样不喜欢自己的世界，为它感到拘束，真是徒劳。是的，它让人觉得不舒服、脏乱不堪，但是却温暖、生动。你试着去巴黎某个地方坐下来，一个孤单的人在对面坐着，你会突然从他的眼神里捕捉到恐惧。张皇失措！他由于孤独而痛苦，但他已经习惯了一个人。如果在个人主义的道路上走得久一些，你就会陷入空虚，而如果你不开始这条路，那你就要做胶水里的飞蛾。

柏琳：今天的俄罗斯人，除了伟大的历史和平庸的生活这二者的摇摆选择，是否正在萌发出一种新生的追求？

阿列克谢耶维奇：作家不是占卜师，也不是魔术师。他也不知道所有的答案。他能分享的只是自己的思想、自己的心灵起作用的那部分知识。

我不止一次听到，有人说，错在戈尔巴乔夫、盖达尔、雅科夫列夫……这都是受害者的心理。或者说，一九九三年伊戈尔·盖达尔有没有权力号召人民去市政府呢？从那个时代的观点来看，他做的是对的。那或许是人民听到的上世纪六十年代人的最后一次呼吁。紧接着现实就破碎了，分裂了。我们进入了另一个世界，在那里斗争的文化、街垒的文化，在我看来，已经成了陷阱。

现在到了一个孤独的灵魂建设、家园建设的时代。我听到新的话语，其中出现了新的音调。我猜，人在渴望幸福。面向自身的幸福，在自己的生活中。他学习思考自身，讲述自己。我想把自己的主人公从这种大的思想中解放出来，和我们的人聊一聊支撑生活的那些事物。

"我们为自由所承受的痛苦，其意义何在？"

柏琳：你说过，我们生活在一个复制品的世界，那我们应当怎样从这个世界走出来呢？

阿列克谢耶维奇：我们的知识分子精英最终应该发声了。应当做出一些思索，考虑我们处在何处，发生了什么事情。应当展开与社会的对话。

在俄罗斯历史中，首次出现这样的状况——精英分子远离了自己的职责。非政治性和奴性成为合乎规矩的、价格不菲的商品。精英们突然开始不加挑剔地为权力和钱袋子服务。不久前我听一位年轻作家讲："我身价很高。""你是指你的书？""不是，是我能提供的政治服务。只要我站对了队伍。"而以前，正派作家选择的是其他的东西。

柏琳：你选择的是什么？

阿列克谢耶维奇：我选择探索人的幸福和痛苦

之谜。所有人都倦怠、困惑于冗长的历史停顿。我们依然没有像其他国家的人那样有所收获。这是为什么呢？它盘踞在了人的脑皮质下层。在这之后，人才转向个人生活，转向爱情。

譬如说，表示“雪”，我们只有一个词“Снег”，而楚克奇人有几百种表达。他们对于湿雪和干雪、晚上的雪和早晨的雪都有单独的词汇。法国人有多少种词描述爱情啊！而我们只有“玫瑰”或者“眼泪”，要么就是黑话。

我们没有幸福的经验，我们的整个历史，要么是在战争，要么是准备战争。我们受到自身历史的压抑。从没像瑞士人荷兰人那样生活过。在那些国家，每个人都有生活的重心：与其他人——男人或者女人的约会。而我们只有战争、解体，现在乌克兰正深陷僵局……而五十岁之后聊天的内容只有孩子。我已经采访了几百人。在这些人中间几乎没有一个幸福的人。有的只是惊心动魄的意外，以及被忽视的幸福。

柏琳：当你在探寻个体幸福之谜时，你会和一个个具体的人谈些什么？

阿列克谢耶维奇：可以谈论幸福啊。幸福就是整个世界。那里有那么多角落、窗户、门、钥匙。这是一个令人震撼的世界，对于这个世界我们的认识还相当模糊。有一个从阿富汗回来的小伙子对我说："当我的孩子出生时，我痴迷地嗅着襁褓。我疯狂地跑回家，就为了闻到这种气味。那是幸福的气味。"

当一个人爱上别人，或者开始考虑幸福，只有在那个时候，开始的才不是生活，而是真正的存在感，你接近了永恒。你想笑又想哭。我听着、看着这个激动的人，对我来说他的心灵就像是进行远距离宇宙交流的工具。总之，尽管这是一种没有希望的行为，我还是想弄明白：为什么是我们？为什么我们那样痛苦的哭泣和祷告？

柏琳：有没有可能，对于那些经受很多磨难的人来说，活着（幸福）比自由更加重要？在西方，如你所说，他们需要了解的是痛苦的经验，而我们可以从西方学习的，恰恰是幸福的经验。自由总是与痛苦相伴，幸福却往往失去自由，而大多数人宁愿选择第二条路。可是难道幸福不是一种动物的状态吗？

阿列克谢耶维奇：在战争中，在集中营，人很快就会转变成动物。甚至有人告诉我转变的期限——三天。我在研究这条人的道路：向上——抵达天空，向下——成为兽类。我想您所说的幸福，是指人身上的动物性部分吧？

在关于爱的故事中，尤其是在人们越来越多聆听自我的今天，我了解、探寻到，人身上的动物性，以及那个名为身体的存在，是非常有意思的，至今仍然是很少被我们的文化所掌握的、神秘的空间。我们的文化是高傲的，它关注的都是灵魂的问题，而动物性，那些潜藏于自身而被我们所鄙视的东西，受到压抑和掩藏，等它突然从地下室里钻出来——多么丑陋！又是多么漂亮！那时我们会认识到自身许多不曾料想的成分：低劣的和伟岸的本性。

不对我们本性中那些黑暗的、兽性的存在进行关注和尊重，怎么可能写出一本关于爱的书？我们每个人都有自己的秘密。

柏琳：如果说幸福是一种人的动物性，那么自由就关乎人的精神。在《二手时间》的开篇你曾提到，在为创作这本书而进行走访的二十多年时间里，无论你遇见苏联时代还是后苏联时代的人，总会问同一个问题：自由到底是什么？为何两代人的答案是截然不同的？

阿列克谢耶维奇：这是一个永恒的问题。我们为自由所承受的痛苦，其意义何在？如果不管怎样都会重复，它们又能教会我们什么？我经常问自己这件事。当我向我的主人公们提出这个问题时，它迫使人陷入措手不及的状态。

对于很多人来说，这痛苦，是一种自我价值的体现，是他们最主要的劳动。但事实证明，痛苦并不能转化成自由。阿赫马杜林娜写过这样的诗句，“刽子手和受害者在同等程度上毁坏了孩子纯真的梦”。而沙拉莫夫的话更加残酷无情——“集中营的经验只有在集中营里才被需要”。我没有答案。我应当诚实地承认这一点。但我从小就被恶与死的主题折磨，因为我成长在一个战后的白俄罗斯农村，在那里每个人谈的就是这些。

柏琳：为什么你们的痛苦没有转化成自由？

阿列克谢耶维奇：我也一直困惑于这个问题。从包括陀思妥耶夫斯基在内的时代开始，人们就夸大了痛苦的魅力。就像夫谢沃洛特·洽普林所说的那样：谢天谢地，填饱肚子的时代过去了，人应当受苦。但这已经是陀思妥耶夫斯基思想的异化。我开始想，相反地，痛苦固化了人的心灵，它再也不能够发展。不管怎么样，为了发展，人需要幸福的、正常的生活条件。这也是索尔仁尼琴和沙拉莫夫的辩论——我终归会站在沙拉莫夫那一边。

“我是一个‘以耳立世’的人”

柏琳：我注意到，你在谈论阅读和写作时，频繁提起陀思妥耶夫斯基，他对你的启示是什么？

阿列克谢耶维奇：从青少年时代我就迷上了陀思妥耶夫斯基。第一本读完的小说是《白痴》。我爱上了梅什金公爵，爱上了他关于善的思想。现在我在重读《群魔》。那里有我们现在思考、谈论的一切东西：善与恶的不可分割，今天统治着世界的恶魔……我喜欢很多作家，但陀思妥耶夫斯基是我最喜欢的作家。可以说，我是从陀思妥耶夫斯基身上成长起来的。

提起他的名字，是因为这一切都在人的本性之中。我只讲一点，恶是一种更凶残、更适宜、更普通的东西。它比善更加完善。这是一种已经被磨平的人类机制——而关于善却无法这样定义。你刚一开始讲到善——所有人都能说出一些名字来，关于他们的事迹人尽皆知，人人明白自己不是那样的人，永远也成不了那样的人。“我不是圣母马利亚”，人已经为自己准备好了不在场的证明。

今天的所有问题都导向了这一点，即应当读一读陀思妥耶夫斯基。因为托尔斯泰的幸福是某种非尘世的、智力型的幸福。而恶却长久地环绕在我们周围。并且我们就成长于刽子手与受害者之间。我们长久地处于这种环境之中。

柏琳：你的作品里总是有各种声音，各种原文的记录，你说自己“所阅读的是声音”，各种复调的声音同时汇入大脑……你就像是“一只越来越巨大的耳朵”，在倾听中，你的存在感消失了，读者几乎就要把作者本人遗忘，面对如此多的故事，你为什么选择成为一名倾听者，而不加入作者的评论？

阿列克谢耶维奇：福楼拜描述自己“我是一个以笔立世的人”，而我是一个“以耳立世”的人。在很长时间里，我都在寻找一种体裁，为的是将我所看到的世界呈现出来。那种能将我的眼睛、耳朵所体验到的一切表现出来的体裁，后来我选择了这种记录人声音的体裁……我将在街上、窗外看到、听到的一切记录成书。在书中，真实的人们在讲述自己这个时代最主要的事件：战争、社会主义国家的崩溃、切尔诺贝利，而他们把所有的这一切留在了话语中——这是一个国家的历史、是一种通史。既有古老的，也有最新的。而每个人承担了自己渺小的个体命运的历史。

一方面，我希望我书中人物的声音像合唱一样一致；而另一方面，我总希望，一种孤独的、个人的声音被人听到。我觉得，今天人们想听到其他人的声音，而不是一切都被压制成铁板一块的、全时代的声音。我永远对一个人的灵魂空间感兴趣，一切正是在那儿发生的。我通过小历史看到了大历史，这样历史就不再是时代的喧嚣，而是我们能够理解，并且在若干年后依然感兴趣的存在。我们对于个人的生活感兴趣，因此我把一切都缩小到单个人的规模。

我的耳朵永远都在窗户附近，谛听着街道。我关注、聆听新的节奏、新的声音。聆听新的音乐。街上的生活比我们闭门造车要有意思得多、可怕得多、好笑得多、有人味儿得多。在封闭的空间里，文学滋养文学，政治滋养政治。而大街上是新鲜的、完全不同以往的生活。

柏琳：读者普遍认为，你的创作手法源自于苏联时期的卫国战争纪实文学，你自己也承认，阿达莫维奇是你在文学创作上的引路人，那么你是否认为，俄语纪实文学体裁在你身上得到了延续？或者，你是否认为自己找到了一种全新的体裁方式，比如你所说的“文献文学”？

阿列克谢耶维奇：俄罗斯对于我作品的态度，甚至不与俄罗斯对白俄罗斯的态度有关，而是与他们对文献体裁的态度有关。这种体裁仿佛并不存在。

俄罗斯文学，以至于俄罗斯文化，不愿意接纳这个世界进入自己。这或许是自我保护的惯性在起作用。欧洲人明白，今天的世界需要的不再是其他的文学，而是艺术中的某些做法、探索，以便聆听整个世界。戏剧在探索，音乐在探索。并且时间飞逝，事件迅速转变，事实上已经没有留下时间给文化思考出一些重要的东西。

因此，我的体裁就是基于这样一点——每个人都有他能够先于其他人组织的、个人的猜想。如果把这些东西收集起来，就会获得各种声音的小说、时间的小说。一个人是无力完成这些的，并且在总体的文化中又没有一段为此所准备的时间，最终，这里有某些形式上的限制。现在，工作了三十年之后，我已经结束了这个系列。

“平淡的人类生活将会围绕爱情和死亡进行”

柏琳：如果让你用关键词概括这三十多年来的创作，你会怎样形容自己的写作主题?

阿列克谢耶维奇：关于爱情和死亡。在一次采访中我说，我想和大家聊一聊这件事，我也很高兴写这个主题。我收到了很多故事，但所有的故事都是关于——人们怎样战斗，怎样重建，怎样在工作中热火朝天。我们不能回忆起自己的生活了。就好像没有生活这回事。

但我们逐渐在走向自身，走向个人的世界。我们必须学着在没有伟大事件、伟大思想的条件下生活。平淡的人类生活将会围绕什么进行呢？围绕爱情和死亡。看来，讲述这件事将会非常复杂。人们不擅长这件事。

柏琳：你的下一本书，主题依然是关于爱与死亡吗？

阿列克谢耶维奇：是的，关于爱和死亡。我觉得，我一直都在写“爱”。关于战争我没有新的观点。所有我明白以及能够明白的东西，已经在先前的书中写尽了。我又不是恐惧和痛苦的收藏家，我只是在获取一个人能够从其自身领悟的、他所害怕的、个人灵魂的金色颗粒。我的思想停留在了战争面前，对我来说战争就是谋杀。今天的战争是另一副面孔——切尔诺贝利、恐怖主义、极端文明对抗。在这些战争中意外地显现出强大的宗教能量。

我认为，今天我们无力去了解的、个人生活的秘密，比任何一种思想都更能吸引我们，令我们着迷。生活充满谜团，难以解开，又十分有趣，就像一场不乏神秘的奇遇与冒险的漫长旅行。在我们的文化中，这样的经验还不太多，因为我们的文化是斗争的文化、幸存的文化。写一本最恐怖的、有关战争的书要比书写爱情更简单。

但我们在向着某个地方回归。为了写新书《永恒狩猎里的神奇鹿》，我已经收集了好几年的资料。这是一本关于一百个男人和女人的爱情自白。在这本书里，人不是隐藏在阿富汗战争的后面，不是隐藏在国家解体的后面，而是敞开自己的内心。

柏琳：获得诺贝尔文学奖之后，你是否对自己的工作产生了某种新的认知？

阿列克谢耶维奇：我将继续从事自己渺小的工作。带着真诚去做，并且，您知道吗，带着快乐。尽管写作困难重重，但这个世界总归还有非常多志同道合的人，在美国，德国，波兰……以及国内。

当宣告我成为诺贝尔文学奖获得者时，白俄罗斯人走上明斯克街头，互相拥抱、亲吻。而我们的总统说，我“给国家抹黑”。当斯大林谈到布宁和帕斯杰尔纳克，勃列日涅夫说到布罗茨基——这些俄罗斯的诺贝尔奖获得者——说的也是同样的话。过去了五十年，这还一点没变，甚至是用词。对于艺术家来说，街垒不是最好的地方，但是我们还不能从那里离开。时间不放我们离开。

Ferit Orhan
Pamuk

费利特·奥尔罕·帕慕克：我要写一个更大的伊斯坦布尔

自从阿塔图尔克把昔日东方奥斯曼帝国变成一个现代土耳其以来，恐怕除了帕慕克，还没有谁可以给予土耳其那么多的世界目光。这位诺贝尔文学奖得主，公认的在世顶尖小说高手之一，用土耳其语写土耳其题材，灵感源于他的故乡伊斯坦布尔。《伊斯坦布尔，一座城市的记忆》《纯真博物馆》《我脑袋里的怪东西》这些抒情性的作品，诗性地记录了帕慕克眼中这座城市的荣光与梦想，没落与哀愁。

当读者把帕慕克理解成伊斯坦布尔的代言人，这位六十五岁（采访当年）的作家欣然接受了这个印象。然而，他的"伊斯坦布尔"却有着更大的心理版图和历史概念，《我的名字叫红》《雪》《黑书》，以及最新的小说《红发女人》，这些可读性与思想性兼具的作品，浇灌了土耳其的前世今生。站在东西方文明的十字路口，帕慕克发现，自己作为一个具有实验精神的现代小说家，一个生活在东方却"西化的"知识分子，长久地被古东方文明和西方世俗主义价值观撕扯。他从西方借来"小说"的形式，套在苏菲派诗歌、波斯文学、阿拉伯神话等经典伊斯兰文学之上，试图用一种现代的方式“改写”传统。他说关于伊斯坦布尔自己依然有太多故事没有写，他要写一个更大的伊斯坦布尔。

时至今日，土耳其在世俗化的道路上遭遇诸多困境，帕慕克关心的问题是——成为现代国家，就意味着失去传统吗？这个抽象的问题，在他的最新小说《红发女人》里被深深隐藏在“父与子”的故事中，你需要剥开神话和故事的迷雾，才能窥见他的问题。于是，这个英语口音有着浓郁土耳其风味的小说家，隔着 Skype 的屏幕，与我进行了一场手舞足蹈的对谈，他激动地解释着《红发女人》里关于寻父、弑父、杀子、女性微妙处境的含义，经由他本人的解释，这些思考真的变成了一本小说。可能就像他自己说的那样，“天生就需要写作”。

对话

“个性的力量究竟来自历史，还是现代性的自由？”

柏琳：从前，你的小说都很长（想想上一部《我脑袋里的怪东西》有多厚吧），这本《红发女人》

是你已有的小说中最短、节奏最紧凑的一部，为什么这一次把小说“写短”了？

帕慕克：对我的写作生涯来说，这是个戏剧性的问题。我总是试着把小说写短，但总是失败。曾经有两年时间，我尝试只写诗歌，最终发现——我天生不适合做诗人，因为我不具备成为一个诗人的特质。相较于小说，诗歌总是关乎顿悟，是灵光一闪。而小说，需要日复一日地耕耘，它关乎规律、作者的毅力和自我秩序的建立。

诗歌，也许还包括短篇小说，它们就像我的小说《雪》中出现的诗那样，是精准、细微，来自外部的诗性片段。但我的想象力往往不能这样精准，有时候它们是朦胧的。每当我脑海中浮现一个短故事，当我把它写完后，总是超过五百页。每次写的时候我都告诫自己：这一次我要写一个短篇故事！二〇一三年，我决定开始写《红发女人》，并且继续告诉自己要把它写短，结果英文版还是超过了二百五十页……所以我也不知道我有没有成功地“写短”（笑），但我要说，这部小说之所以更短，可能在于它更富哲理性。

柏琳：哲理性？好像是这样——《红发女人》从表面看探讨父子关系，但背后涉及诸多隐喻。书里探讨的“弑父”和“弑子”主题，据说有现实层面和文本层面的双重灵感。

帕慕克：《红发女人》源于我在一九八八年夏天的一段真实经历。当时我正在写小说《黑书》的最后一部分，那时待在伊斯坦布尔的王子群岛上。我家窗户外有一个挖井人正带着他的徒弟在打井，他们的手法是那么古老，似乎两千多年前拜占庭帝国时期那种打井的手艺一点也没有失传。打井时师父对徒弟特别严厉，经常叱责他，但不打井时，这两人露天看电视，自己做饭吃，就像一对亲密的父子，师父对弟子可温柔了。

我对他们非常感兴趣。有一次下起了大雨，他们跑来我家问能不能借用一下电，能不能借一口水喝，于是我就像一个记者一样和他们开始交谈。要知道，我喜欢问别人问题，每写一本新书前，我总会不停地观察和提问。我问他们为什么要打井？他们说一个雇主雇他们在这块贫瘠干旱的土地上寻找水源。这次谈话一直印在我的脑海里。

后来，当我在写《我的名字是红》时，读了很多经典作品，其中就有索福克勒斯的《俄狄浦斯王》和波斯诗人菲尔多西的《列王纪》。前一个故事里，儿子杀死父亲，后一个故事里则是父亲残酷地杀死了儿子。这两个故事互为镜像，《俄狄浦斯王》是欧洲文明背景下对“弑父”主题的阐释，以现代读者的眼光看，俄狄浦斯试图逃离“弑父”命运，试图反抗传统，这是一种个性的表现，但东方文明有不同理解，《列王纪》中父亲鲁斯塔姆和儿子苏赫拉布的悲剧，则是东方文明对“父杀子”的阐释。所以你看，“父子关系”的寓意牢牢扎根在东西方文明的潜意识里。

与此同时，我想起了那对打井师徒的关系，无疑和这神话有着复杂的心理关联，这些启发我写了这本书。《红发女人》很像一本哲理小说，我试图在其中让父与子分别说话。

柏琳： 曾经你的理想是待在书房里写作，隔离复杂的社会状况，然而《红发女人》出版后，你说从此将不再只是谈论文学，你也许感到了更迫切的责任？

帕慕克： 我写《红发女人》的部分原因就是基于土耳其的社会现状。过去三十年里，土耳其的民主在衰落，很多人因此而坐牢，但人民依然选择投票给现在的政府，为什么？因为现在的政府可以改善人民的生活，发展经济。如果说政府和人民是一种“父子关系”，虽然父亲会为了自己的权益而杀死儿子，但儿子还是会支持父亲。就是这么奇怪的关系，如同《红发女人》里那对打井找水的师徒。我一直在思考这种诡异父子关系的原型和社会心理，我认为每一个人都有责任思考这个问题。但我也不能过多地背负这种责任，不然会损伤文学的诗性。

柏琳：《红发女人》里借着主人公的儿子恩维尔之口，表达了这样一种思想：如果人成为一个现代的个体，他将无法在喧嚣的城市中找到父亲。这背后的意思是否说，世俗化浸淫已久的现代土耳其，回头去找自己的源头，是一种徒劳？

帕慕克：我总是不断遭遇这个问题，但我还是有耐心再解答一次。不！我不认为一个现代的土耳其必然意味着失去传统。当然，小说里，我借着主人公杰姆的儿子恩维尔之口，表达了这样一种争议——“现代人是消失在城市森林的人，相当于没有父亲，寻找父亲也是徒劳的”，但我不是恩维尔，我只是把他当作一种广泛存在的“声音”。

事实上，无论是中国，消失的奥斯曼帝国，还是欧洲，都有悠久的历史，而这些地方都有一种对现代性的渴望——现代性，不仅意味着对人性有革新的理解，也意味着高科技和更便捷舒适的生活方式，但同时，成为一个现代人就一定会丢失传统吗？我的回答是：不知道。所以我才会花四十多年的时间在小说里探索这个问题——我们渴望成为有个性的个体，那么个性的力量究竟来自历史，还是现代性的自由？

柏琳：你的小说创作持续受到古典文学的养分，你曾对《一千零一夜》、苏菲文学等古东方的文学有过细致阅读，作为一个小说家，如果既想保有现代的世俗的世界观，同时又想进入古老的文化传统，有没有什么秘诀？

帕慕克：我在很多方面是一个典型的"非欧洲"作家。我想象自己像福楼拜、詹姆斯·乔伊斯或者陀思妥耶夫斯基那样去写作，这意味着用一双现代的眼睛去感知世界，但同时我又很想保持独立性，即我自己的身份意识。小说是欧洲人的发明，当我试图用（欧洲）小说的形式去观察世界时，我也想保持作为一个土耳其人的痕迹，那些来自我身份深处的奥斯曼传统和土耳其文化，我不想丢掉，这是我做一个现代小说家的矛盾之处。

所有古老故事的主题，那些宗教意味浓重的、保守的、缅怀旧传统的主题，我在写作最初时是排斥的，直到二十世纪九十年代左右，我通过阅读博尔赫斯和卡尔维诺的作品才消除了这个障碍。这两位现代作家告诉我，如何用一种现代的方式去改写奥斯曼文学、阿拉伯文学、苏菲文学等古老的东方经典文学作品，如何用博尔赫斯和卡尔维诺的“眼睛”进入伊斯兰文化，消化那座殿堂里令人眼花缭乱的寓言、隐喻、噱头和游戏。

当我领悟了这些以后，我把这种具有实验性质的手法运用在《黑书》的写作里，现代的侦探情节包裹着古老的伊斯坦布尔故事。《我的名字叫红》也是关于苏菲文学的某种现代理解，在《红发女人》中更是如此，一边是伊斯兰文化，一边是基督教文化，我把二者放在一起对照比较，这就是我喜欢的方式，也是我试图同时把握东西方文化的方式。

“成为一个出色的小说家，关键在于平衡感”

柏琳：《红发女人》的第三篇章是用女性视角来展开的，你曾说过作为一个典型的土耳其男人，你有时候想做一个女性主义者，这如何理解？

帕慕克：我来自一个父权意识很重的国家，女性受到普遍压迫。在西方有一种陈词滥调，认为我们的女性都是无法反抗的、被碾压的群体，尤其在穆斯林社群的女性。我同意这种陈词滥调，但它也太“滥”了，仿佛我们的女性都被剥夺了说话权利。

事实上，让我用一组数据来告诉你事情的真相——我曾经查过一组来自土耳其某权威研究机构的数据——当时我为了小说《雪》想调查土耳其女性自杀率的问题——数据显示，土耳其大概有平均百分之六十五到百分之六十八的女性，财产登记在男人名下。如果你往更贫穷的土耳其东部走，比如卡尔斯，这个比例就上升，如果去往更世俗化的土耳其西部，比例就下降。这说明，世俗化越多，保守性越弱，或者说，宗教性越弱。

而当我在写《我脑袋里的怪东西》时，曾经对生活在伊斯坦布尔的各阶层女性做过大量走访——那些二十世纪七十年代就来这里生活的老妇人、穆斯林家庭的妻子、学校里的女学生、上层社会的知识女性、底层的贫苦家庭妇女，等等，我和她们大量地交谈，发现我们的女性身上同样有人性的觉醒，有感觉的能力，有幽默感，懂得怎样反抗她们那些大男子主义的父兄，总之，她们有独特的叛逆方式，新书里的红发女人无疑就是女性的反抗代表之一。

为什么说我希望成为一个女性主义者？因为很不幸，我在很多方面都表现得像一个典型的土耳其男人，但我又希望让女性站出来自己说话，用她们的愤怒和幽默来反抗。我相信，当土耳其女性知道我想做一个女性主义者时，她们会为我鼓掌。

柏琳：在许多国家的读者眼里，你就是伊斯坦布尔的代言人，你的笔下总是一遍遍出现对这座古老的东方之城往昔荣光的回忆，但同时，你又是一个生活在东方，却接受了西方世俗化教育的知识分子，你如何理解自己这种看似矛盾的处境？你认为自己是否具有某种“帝国斜阳”的情结？

帕慕克： 我同意大家把我当作伊斯坦布尔的代言人，但我必须申明，我并不怀念奥斯曼帝国的昔日荣光。从我出生起，我在伊斯坦布尔生活了六十五年。我要说的是，我真正想写的主题是人、家庭、社群，是我们从祖母那里听来的故事，是从街谈巷议中发酵的故事。像所有写作者一样，我想写的是人性，而正是在伊斯坦布尔，我遭遇了各种人性。在写作的早年，我并没有意识到自己是个“伊斯坦布尔作家”，那时候我只会写自己熟悉的地方和人事，写我周围的土耳其中产阶级的生活。二十世纪九十年代后，我的书开始被翻译成世界各国文字，那时我已经过了四十岁，变得更“国际化”，于是那些“国际化”的评论家开始叫我“伊斯坦布尔作家”，我终于意识到，原来我是个伊斯坦布尔作家啊！

当我有“自我意识”后，决定不再把自己局限在原来那个“伊斯坦布尔中上层阶级”的故事圈子里，我要写一个更大的伊斯坦布尔。我出生时，这座城市有二百万人口，现在，它已经接纳了一千七百万人！在短短六十年里，它增长了一千五百万人口，而我始终身处这城市剧变中，这是一个人一生经历中最有趣的事情。对于一个作家而言，这还不够有挑战性吗？还不够激动人心吗？我为自己是伊斯坦布尔的一分子而感到无比幸运，我有那么多关于它的故事还没写完。

柏琳：作为一个痴迷小说的人，你最看重小说的什么特质？形式感？均衡？激情？内容本身？

帕慕克：所有！成为一个出色的小说家，关键在于平衡感——平衡小说在形式、内容和精神内核等方面的一切要素。有时候，我希望自己像《雪》的主人公诗人卡那样，在大雪纷飞的午夜醒来，脑海里涌现出瑰丽的诗歌片段，它们没有逻辑，却带着激情。有时候我又希望自己像个苛刻的编辑那样，对文本有强大的控制力，不断重写、删改，期望找到最合适的形式。所以对我来说，一个优秀小说家必须具有这样一种能力——拥抱关于小说的一切要素，消化它们，取得一种动态平衡。有时你需要激情，有时你需要控制力。好的小说家总是知道什么要素该在什么时候占上风。

柏琳：听说，你四十多年来一直保持持久的写作状态，平均每天工作十多个小时，是什么让你拥有如此长久而充满激情的创作能量？

帕慕克：我二十三岁开始写作，直至今日已有四十二年。曾经我梦想当一个画家，家人也接受了我的想法。后来我发现，在写作中我更能成为一个独立个体，一个能真正享用自我想象力果实的人，在绘画中我并不能体会这些。当从想做画家变成立志成为作家以后，我成了一个幸运的男孩——写作的感觉就好像，我是一个手里拿着玩具的孩子，我和自己的玩具玩得太开心，根本忘记了时间。这么多年过去了，我一直不停地写啊写啊，对写作的热爱就是我全部的动力。我天生就需要写作。

后来，我获得了国际性的名声，小说也有了六十多种译本，可这一切都比不上我对写作本身的热爱。此外，我受到一种强烈愿望的驱动——渴望为读者服务。从中国到阿根廷，从土耳其到美国，读者读完我的小说后对我说：你要继续写下去啊！对于作家来说，还有什么比这个更美好？这难道不是保持写作激情的理由吗？

柏琳：近年来，你每年都有一半时间在美国哥伦比亚大学教课，另一半时间在土耳其。在土耳其或在美国当作家，有什么不同体验吗？

帕慕克：在土耳其，成为作家是危险的，有政治上的风险，还意味着许多看不见的、嫉妒你的敌人。我有一些土耳其作家朋友，他们就遭遇了不幸。在写作早年，我非常嫉妒欧美作家，因为他们可以靠写作来赚钱，有庞大的读者群，写作足以让他们安身立命。但在土耳其，根本不可能。

当然，这都是早年的抱怨了，现在土耳其已经发生了很大变化，有了更多书店，更多人开始读书，作家也能靠着写作来谋生。相反，我现在却经常听见纽约的作家朋友抱怨，又关了一家书店！读书的人越来越少了！

但在土耳其的阅读状况提升后，紧接着带来另一个问题——不宽容，或者说是某种偏狭心理。在欧美，一个作家出了一本书，不会有人咬文嚼字说这段侮辱了甲，那段侮辱了乙，等等。但在我的故乡不是这样，太多的不宽容，有些人就是认为你写的一切都在影射，他们动不动就迫害作家，甚至把他们投进监狱。这些对于土耳其作家来说都是有害的，可同时又很重要。因为这说明，政府害怕我们说真话，而作家敢于冒风险讲真话，又得到许多读者的支持，这是一种影响力。不宽容？是的。可我们也很勇敢。

Amos Oz

阿摩司·奥兹：爱与黑暗的秘密

为什么要读以色列犹太作家阿摩司·奥兹呢？因为人人都在为这个可怕的时代伤感，这个时代未能给人在情感、宽容与怜悯等方面留多少空间。但人存活于世，依然需要爱。

他是当今以色列文坛最杰出、多年来诺贝尔文学奖呼声颇高的希伯来语作家。九年前，其长篇自传体小说《爱与黑暗的故事》进入中国，让太多的中国读者神魂颠倒。如今，他第二次来到中国，带来关注家庭生活与微缩现实社会的短篇小说集《乡村生活图景》。不只如此，他还是来领奖的——因为他当选了“21 大学生国际文学盛典”的 2016 年国际文学人物。

看过奥兹作品的人，会知道他是以怎样充满隐喻和想象的诗性语言，呈现出对犹太民族乃至整个人类现实的关注。奥兹生长于旧式犹太家庭，小时候由于受到父亲家族右翼人士的影响，是个小民族主义者，认为犹太人都是对的，而其他世界都是错的，非常简单化。可在他 12 岁那年，母亲突然自杀身亡，他开始反叛父亲的世界，也反叛他的政治信仰。从那以后，他开始从伦理道德角度思考巴以冲突这一错综复杂的问题。也许最后这两个民族能够找到一种相互妥协的方式，达成和解。

虽然奥兹的身份有着浓厚的政治色彩，但在他的小说中，却看不到一丝生硬的政治性，读者能感受到的，只有作家对于爱（以及爱投下的阴影）最细腻微妙的描绘，宛若随风摇曳的一地树影。

他的每部小说，都在讲述爱——这种在今天这个混乱的世界里越来越稀缺的东西，是如何被我们每个人所渴望着。他擅长破解家庭之谜，许多作品都以描写典型的以色列日常生活见长。就像契诃夫那样，他含着微笑描写令人伤心的生活。依靠想象，寻找每个家庭卧室和厨房里的秘密。无论是在喝咖啡，还是在沙漠中漫步，他都在想象。无论身在何处，都像做间谍一般，想探测别人的心灵。

他写那些迷路的人走在人生旅途上，整个世界仿佛陌生城市中的一个陌生的公共汽车站，他们错误地在此下车，不知错在哪里，不知如何出站，不知去往哪里。这些人，站在奥兹小说世界的中心。看上去，就像是刚从光明中走进黑暗的人，或者从黑暗中走向光明的人。

这些人的内心，有时候爱会被黑暗遮蔽。然而，“每一种爱都有黑暗的一面。爱是自我的，爱是自私的，因此爱也会抹上黑暗的影子”。

所以，我们的故事，是千千万万个秘密，来自黑暗，稍作徘徊，又回归黑暗，却留下了爱的底色。

故事开始了：奥兹的秘密

“我之所以写下这些是因为我爱的人已经死了。我之所以写下这些是因为我在年轻时浑身充满着爱的力量，而今那爱的力量正在死去。我不想死。”

这是以色列作家阿摩司·奥兹的成名小说《我的米海尔》故事的开头，也是读懂这位希伯来语作家的最贴切的诠释。

“爱的力量”，就是“奥兹”在希伯来语中的意思，这位以色列犹太人整个的写作人生，都在展示爱的力量。这爱的力量，藏在奥兹全部的家庭故事里。

他七十七岁了，一点儿也不强壮，前几年刚换过膝盖，偶尔需要坐轮椅出行。他的脸部苍老也温柔，像一个红苹果长时间放在水果碗里后，均匀地泛起了皱纹，但依然红扑扑的，是这样天真的老人。

他喜欢蓝色，来北京这几天，每天都穿深深浅浅的蓝色衬衣。他说，蓝色是母亲范尼娅的颜色。这位忧郁的犹太裔波兰罗夫诺女子，在奥兹十二岁那年，用自杀的方式，让他成了一个作家。

终其一生，奥兹都在探寻母亲的死亡谜题——一种人性中的神秘感。秘密有黑暗的，也有光明的，他一直有好奇心。

该如何介绍阿摩司·奥兹呢？这也是一个谜

题——时至今日中国文学界、新闻界最为熟悉的以色列希伯来语作家？无数文学桂冠的受宠者？——法国“费米娜奖”、德国“歌德文化奖”、“以色列国家文学奖”、“阿斯图里亚斯亲王奖”……该得的都得了，就差一个诺贝尔文学奖。

奥兹本人会希望如何看待自己呢？——“一个在旧式犹太人与新型希伯来人之间徘徊的灵魂”。

1939 年，阿摩司·奥兹生于英国托管时期的耶路撒冷，父母分别来自苏联的敖德萨（今属乌克兰）和波兰的罗夫诺，他们怀着复国主义梦想去到巴勒斯坦——这座没有河流，到处布满石头的山城。小奥兹的童年里，爆炸、宵禁、停电和断水司空见惯，阿拉伯人和犹太人时不时就大动干戈。在奥兹心中，耶路撒冷是一个“倒地受伤的女人”，就像他的母亲，敏感、神秘、情绪化。

十二岁那年，因为对现实生活极度失望，母亲吞下大量安眠药，留下父子二人尴尬对峙。童年的奥兹，心里住着“一头地下室里的黑豹”——在黑暗中潜伏，准备随时为某种理想而献身，十四岁时，奥兹反叛家庭，到胡尔达基布兹（以色列颇有原始共产主义色彩的集体农庄）居住并务农。获得大学学位后，回到基布兹任教，开始了文学创作生涯。

作为二十世纪世纪六十年代崛起于以色列文坛的“新浪潮”作家代表，奥兹的写作主题是如此

“单一”：不幸的家庭。

这个主题有两层含义，主体是“家庭”，范围是“不幸福”。对于前者，奥兹认为这是进入他所有作品的密码——因为“家庭，是人类发明中最为神秘、最富喜剧色彩、最具悲剧色彩、最为充满悖论和最为引人入胜的存在”，以家庭为窥视口，可以进入以色列人的社会风貌和世俗人情，展示以色列生活的本真和犹太人面临的诸多现实问题和生存挑战。

所以，奥兹的家庭故事，与国族叙事交织杂糅，背景多置于富有历史感的古城耶路撒冷和风格独特的基布兹，某些小说的背景还扩展到中世纪十字军东征和希特勒统治时期的欧洲，描绘犹太民族的历史体验，以及犹太人对欧洲那种“失望的爱”。

比如让全世界读者神魂颠倒的长篇自传体小说《爱与黑暗的故事》，它讲述了两个好人——奥兹的父母，如何相爱相系，婚姻却以悲剧收场。这也是犹太民族的群像，虽然火山近在咫尺，人们依然坠入爱河、感觉嫉妒、梦想迁升、传着闲话……

又比如长篇书信体小说《黑匣子》，奥兹让男女主人公在婚姻失败并中断了七年联系之后，坐下来通过书信分析他们人生中的黑匣子，一边破解家庭生活破裂的原因，一边将以色列的社会现实与政治论争拉出地表。

更不能忘记那本最具冒险色彩的小说《沙海无

澜》，表面看，它是描述生活在基布兹的两代人的家庭矛盾，但事实上，老一辈缅怀着以色列的建国理想，新一代却要在继承老一辈业绩的基础上解决新问题。

这些奥兹笔下的主人公，都不快乐。由于家庭变故，奥兹从小就内向。在七十七岁时，他总结“我的小说就是讲述各种不快乐的形式”。好莱坞电影里“从此过上了幸福的生活”，他说这不是生活真相，世界上不存在永久的幸福，只存在快乐或不快乐的瞬间。“比如说，北京鳞次栉比的摩天大楼，作为建筑的杰作，它们美得并不真实，没有故事。如果有一天，某栋楼塌了，故事就来了。”

奥兹是讲故事的老手，他有一双深灰色的瞳仁，像一口深井，会随着灯光的转换而改变颜色，如果你直视这口深井，警惕会掉下去。

“小时候，因为发表了点东西——诗歌、小故事——梦想成为一名作家。由于拒绝重蹈父亲的‘覆辙’，又憧憬着成为一名农夫。因为恐惧屠杀，曾想变成一本书。”在发现自己可能无法真的变成一个新型“希伯来农夫”后，奥兹开始用讲故事打动别人。

他长得不高，小时候面色苍白，受到男孩欺负，经常流泪。他不会唱歌跳舞，也对体育运动兴趣寥寥，但肚子里有很多故事，他的名言是“如果一个男孩要追女孩，他就应该听女孩讲故事，并且给女孩讲故事"，这一招也在当年征服了夫人尼莉。

作为一个已经发表了十二部长篇小说和多部中短篇小说集的作家，奥兹一直在探索文学样式的革新可能。在2002年写完《爱与黑暗的故事》后，2005年的中篇小说《忽至森林深处》堪称现代寓言，将背景置于一个没有飞鸟、没有动物的偏远山村，展示了一个充满奇幻的童话世界。2007年的中长篇小说《咏叹生死》则转向二十世纪八十年代的特拉维夫，将关注点从家庭和社会转向现代作家的内心，并借披露想象世界来猜测"他者"生活。很多人说，奥兹开始写后现代风格的小说了。

他本人对这种说法不以为然，"我觉得文体风格怎样不重要，按历史发展来观察作家也不可靠。莎士比亚是前现代吗？我觉得他的作品才是真正的后现代。而我呢，我写的永远是家庭的秘密。"

2009年奥兹问世的新作《乡村生活图景》如今有了中文版。在这本包含了8个故事的短篇小说集里，他果然再度把目光转向了家庭生活和微缩的社会现实。

虽然是八个故事，读来却像是同一个故事的不同篇章。它源自奥兹的一个梦——在梦中，他来到一个古老的以色列犹太村庄，这样的村庄在以色列大约有二十来个，比以色列国家还要久远，拥有百年历史。梦中的村庄空寂荒凉，没有人烟，没有动物，甚至没有飞鸟和蟋蟀。他在寻觅人影。但梦做了一半，情势骤转，变成别人在找他，他在躲藏。梦醒之后，他决定下一部作品便以这样的村庄为背景。这个虚构的乌有之乡特拉伊兰，是处于变革的百年老村。从城市呼啸而来的富人逐渐把它当成度假胜地，在这里购置老屋，将其摧毁，再造别墅。

这是一本讲述“失去”的书，家中父母子女的生活，构成了整个“乡村生活图景”，他们的故事没有结局。奥兹很开心地想象读者的反应——“他们会跳起来——等一下，这就结束了？那个离家出走的妻子何时归来？真的有阿拉伯人在地下挖掘犹太人的地皮吗？家宅里真的有死去儿子的鬼魂游荡吗？每一个故事，都是一种悬而未决的遗憾，这就是生活。”

长久以来，奥兹被认为是破解家庭谜题和人性秘密的大师，他对这个评价欣然接受，“为什么不呢？难道探索人性的秘密，不是我们的最深渴望吗？文学和流言，是彼此不相认的两兄弟，但他们都做同一件事：挖掘人的秘密——在那扇关上的门背后，在厨房或者卧室，人们如何相爱？如何争吵？彼此讳莫如深的秘密是什么？但流言只关心‘谁和谁上床了’，而文学会关心‘为什么是他俩’。比起流言，文学更能住进我们的内心。”

奥兹被誉为“以色列的良心”。人们说，“理解奥兹，千万不能忽略他作为社会活动家的一面”。他说自己握有两只笔，一支笔写故事，另一支笔写政论，针砭时弊。

生长在旧式犹太人家庭，又蒙受犹太复国主义新人教育的奥兹，曾经也是“一只时刻准备为理想而献身的地下室里的黑豹“，他参加过 1967 年的“六日战争”和 1973 年的“赎罪日战争”。但现在，他是一个和平主义者，是以色列“现在就和平”(Peace Now) 组织的发起者，一贯支持巴勒斯坦建国、主张巴以互相妥协，比邻而居。

然而，在战乱和恐怖袭击不断出现在以色列人民生活中的今天，和平的步伐比我们想象的还要迟缓。擅长破解家庭之谜的奥兹，依然会把巴以冲突理解成大家庭的内部矛盾。他说，如果真的无法相爱，就做邻居吧。

“巴以两国，如果做不了情人，就做邻居吧”

柏琳：距离你上一次来中国已过去了九年，这些年你在以色列过得怎样？

奥兹：我的生活一直很规律。现在我已经不住在沙漠小镇阿拉德了，全家都搬到了特拉维夫。我每天很早起床，日出之前，独自散步。在空无一人的街道上，偶尔会对遇见的报纸投递员说声“早上好”。街道寂静，白色鸟群漫步街道，甚至能听见星星的低吟。散步回来后，我给自己泡一杯咖啡，坐在窗口张望形形色色的陌生人，想着，如果我是这个人，会过什么生活？如果是那个人呢？如果我必须变成这个胖女人，会发生怎样的故事？如果我要变成那个瘦子经理人呢？就这样迎来了日出，在书桌旁开始一天的工作。

柏琳：你曾经说过“即使火山喷发，以色列人依然在侍弄花草”，战乱和动荡似乎成了以色列人习以为常的生活的一部分，现在依然是这样的生活状况吗？

奥兹：亲爱的，以色列并不是每天都发生爆炸，事实上在以色列死于车祸的人要比死于恐怖活动的更多。以色列人匆忙赚钱，享受生活，和世界其他地方一样，不会受到动荡影响。生活有巨大的惯性，无论经历了大屠杀还是战乱，地震或者海啸，人都要过日子。

当然，以色列还是在我的眼前逐渐发生改变。要知道，我的年纪可是比这个国家还要老，我亲眼见证了以色列这个国家的诞生。有些改变我乐于拥抱，有些变化我不喜欢，但我想，我之所以不喜欢这些变化，可能只是因为我老了。

这种变化的感受，不只在以色列，还在中国。我九年前来北京，那个时候，街道上有好多人骑着自行车，三轮车也不少，现在这些都消失了，取而代之的是让人应接不暇的摩天大楼，那些小商店也找不到了，人们都去哪里了呢？

柏琳：“人们都去哪里了呢？”这也是你的新书《乡村生活图景》想讲述的故事。这本书里有“乡愁”，也有古老以色列在现代化进程中的迷思，其中有一个故事《挖掘》，主题驳杂，既探讨了以色列人和土地的情感关联，也有阿拉伯人和犹太人彼此的信任危机，你怎么看待这个故事？

奥兹：我的小说不下判断，当我要评论或者判断时，我就去写散文或杂文。故事嘛，是多声部的，我在小说里不发声。当我写故事时，遭遇到彼此双方，我同时站在他们两边。当他们打架时，我还是同时站在他们两边，这就是一个作家该做的事情。如果必须要站队，那就成了一个政治家。

至于这个故事，从文本延展，我们的确可以联想到一九四八年第一次中东战争期间，许多阿拉伯村庄被夷为平地，以色列村庄代之拔地而起。在过去的六十多年中，巴以双方一直因这块土地的所有权纷争不已。这一切犹如梦魇，令许多以色列人得不到安宁，令其感受到一种潜在的生存危机。他们之间互不信任，部分是因为无力想象对方：那种爱和恐惧，愤怒和激情。在巴以之间，有太多的敌意，太少的好奇。

柏琳：就在不久前，联合国秘书长在联合国大会上悲哀地表示“巴以冲突”和解遥遥无期，而且可能情况越来越糟糕。你觉得，为什么经过那么多年的痛苦，犹太人和阿拉伯人依然无法达成和解？

奥兹：我可以用一个词回答你：法西斯。双方都是这样的状态，他们需要所有的支持都在自己这里，自己百分百正确，他者百分百错误。但是我一直说，妥协是解决巴以冲突的唯一方法。

我是个懂得妥协的男人，不然我也不会和同一个女人保持五十六年的婚姻。妥协从来都不快乐，没有人会觉得妥协容易，它需要更多的勇气和成熟。现在巴以冲突看似很复杂，其实非常简单。以色列这个国家是这么狭小，小到中国人都无法想象。从特拉维夫开车到约旦不到一个小时，从耶路撒冷开车到巴勒斯坦地区只需要二十多分钟。这样小的一块土地，它是以色列人的应许之地，也应该是巴勒斯坦人的应许之地，为什么他们就不能和平共处，融为一体呢？为什么他们就不能成为一个欢乐的家庭呢？答案在于，他们不是"一个"，他们也不快乐，他们更不是"一家子"，他们是"不快乐的两个家庭"。不同的语言、历史、宗教信仰……唯一的解决办法是，把这所小房子划分成两个不同的单元，比邻而居。

我们需要把这所房子分成以色列和巴勒斯坦两部分，以色列人得到A卧室，巴勒斯坦人得到B卧室，如果可能，厨房和客厅可以有一部分共享空间。如果不能做情人，就做邻居吧，希望有一天彼此都能邀请对方到家里来喝咖啡。我说得容易，其实很难，但总有一天会实现的，因为以色列人无处可去，巴勒斯坦人也是。在欧洲，不就是有个很小的捷克斯洛伐克吗？他们分成了捷克和斯洛伐克，相安无事，巴以问题应该以此为鉴。

柏琳：我想起了一本书，美国作家乔纳森·威尔森写的《巴勒斯坦之恋》，用一种新视角展现了对犹太复国主义的看法，全书一个核心观点是：犹太复国主义者不能总把自己看作历史的受害者，他们也做了很多伤害阿拉伯人的事情。你看过这本书吗？对于这个问题怎么看？

奥兹：没看过这本书，但是听你说后，我准备回去看。人总是把自己当成受害者，这是普遍的人性。犹太人是受害者，女性是受害者，黑人是受害者，第三世界国家是受害者……这个世界正在变成一场"比赛谁比谁受伤害更多"的奥林匹克运动会，每个人都在说，"我比你更受伤害"。

即使在家庭内部，当婚姻触礁，兄弟阋墙，人们也总把自己当作受害者，把对方当成加害者，不仅是犹太复国主义者，阿拉伯人也喜欢把自己当成无辜受害方，但双方都很幼稚。

我真的认为，在巴以冲突问题上，从来不该判决哪一方是好人还是坏人，双方都是受害者，也都是某种意义上的侵略者。在以色列内部也形形色色，正统犹太教徒，犹太教改革者，犹太复国主义者……即使是犹太复国主义这个词，也不是一类人，而是好几类人的统称，就像是一个大家庭，内部都是复国主义者，有的是资本家，有的信仰社会主义，有的是宗教狂热分子，有的甚至是法西斯，我并不是喜欢这个家族里所有的成员，而有些成员也以我为耻辱，这很正常，大家庭内部，这种矛盾司空见惯。但我们必须有一个共识：任何人都有权利拥有自己的家园，哪怕这个家园小得不能再小。

柏琳：你的父亲来自俄国，母亲来自波兰，但这些大流散的犹太人，对于在巴勒斯坦这块土地上寻找家园的问题，一直有迷惘。在你看来，从以色列建国至今，新一代以色列人是否已经成型？

奥兹：如果说真的有新一代以色列人成型的时候，就是所有人都随着同一首曲子翩翩起舞的时刻。但事实上，我并不希望这个时刻发生。我希望在我的国家，人们可以演奏不同的曲子，跳不同的舞蹈。有的曲子我喜欢，有的我讨厌，但是跳舞的时候有不同的曲调可以选择。就像在北京，可能有五千家餐厅，难道你希望有一天它变成同一家餐厅的连锁吗？点菜时服务生给你一张菜单，上面只有一道菜可供选择。天哪，那该是有多无聊！我不会同意所有的见解，但我喜欢多样性，喜欢不同的曲调。

番外篇 1 记者手记

与奥兹先生喝咖啡：
有一粒砂糖的爱，人心就不再是荒芜的沙漠

“我是一个幸运的男人。”七十七岁的阿摩司·奥兹先生对我说。我数了一下，他一共说了十次。

我在咖啡厅等待他，五分钟后，他快步走来，“抱歉，刚才的采访时间有点长，我有没有让你不耐烦？”奥兹露出小狗一样的眼神，过来拥抱我，还是穿一件蓝色的衬衫，还是温柔缓慢的英语腔调。

“没关系啊，不过奥兹先生，我很好奇是什么采访让你那么疲惫？”我反而有点歉意。

“哦，亲爱的，你不会想知道的，男人对男人的谈话，总是有点无聊。我更喜欢和女士聊天，你们才是缪斯。你要喝什么咖啡？我来给你点。”

他是当今以色列文坛最杰出、多年来诺贝尔文学奖呼声颇高的希伯来语作家，九年前，其长篇自传体小说《爱与黑暗的故事》进入中国，让太多的中国读者神魂颠倒。那个时候我还在读大学，我也是神魂颠倒的人之一。

看过奥兹作品的人，会知道他是以怎样充满隐喻和想象的诗性语言，呈现出对犹太民族乃至整个人类现实的关注。听过他讲座的人，会知道他又是一位怎样亲切、幽默而温和的男人。

九年前，奥兹第一次来中国，当时是为了《爱与黑暗的故事》，九年后，他第二次来华，因为新的短篇小说集《乡村生活图景》在中国首发，也因为他当选了“21 大学生国际文学盛典”的二〇一六国际文学人物，他来接受这个奖项。

从上周二开始，奥兹的中国之行，每天的行程都满满当当，专访、群访、讲座、授奖、发布会……他每天早上八点就开始投入“工作”，接受媒体一波又一波的采访，回答着大同小异的问题，一直保持微笑。

他几年前刚换过膝盖，很多时候只能坐轮椅出行。面对中国读者的热情和媒体的追击，他从来不说“不”，即使问题有冒犯之意，他也会用“奥兹式”的幽默来温柔地化解。作为一个以色列的犹太作家，同时也是一个呼吁“在‘应许之地’上让以色列人和阿拉伯人比邻而居”的社会活动家，奥兹在各种活动现场，被问过最多的问题，不外乎两种：他如何看待写作与阅读，他如何看待以色列犹太人和阿拉伯人的冲突。

奥兹会顺着媒体的意思，谈文学、谈艺术、谈巴以冲突、谈叙利亚问题，甚至谈恐怖主义，但最后大家发现“他谈论的都是爱”。

上周五的专访末尾，我问他：“奥兹先生，我觉得你所有的作品，都是同一个主题，就是‘爱与黑暗的故事’，你总是谈论爱，会不会让别人觉得你很软弱？”

奥兹直视我的眼睛，“你觉得呢？我软弱吗？”

我有点不知所措，“我说不好，但是，你能不能给我一个拥抱？”

周五晚上，还在亢奋中，我接到奥兹先生致电，“我一直记得那个拥抱，明天上午要不要过来和我一起喝咖啡？我想告诉你，为什么我的写作，全部都在谈论爱”。

一切都像是在做梦。奥兹先生坐在我面前，对端咖啡过来的服务生小姐微笑，还不忘说一句“你今天真好看”，接着给我倒咖啡，之后笑着一遍遍提醒我，不要光顾着看他，咖啡要凉掉了。

“奥兹先生，我好像在做梦，我不明白为什么我这么幸运？”我都快哭了。

“亲爱的，我记得你昨天说，我的书是你的枕边书，我才是那个幸运的人。而且要知道，中国朋友给了我‘国际文学人物’的奖，我挺高兴的，但所有人都在祝贺我，却没有人过来抱我。可昨天我们拥抱了彼此，天哪，这才是我来中国得到的最好的礼物。”

听到这种回答，难免让人脸红心跳。但奥兹已经习惯了，他会巧妙地把政治冲突、种族矛盾当作家庭内部“兄弟姐妹打架”的问题，他也会把任何关于阅读的问题，理解成“爱与性”。比如他说，“人究竟要爱还是要性？‘枕边书’是爱，‘床伴’是性，前者比后者可重要多了。”

在中文的阅读世界里，阿摩司·奥兹为我们全面打开了通向以色列人世界的心灵密码，我们看到了以色列人的生存图景和生命体验，他们在精神和宗教世界里的苦闷和安宁，他们寻找心灵家园和文化故乡的乡愁。

比如《爱与黑暗的故事》，它是犹太民族的群像。这部近六百页的长篇小说主要背景置于耶路撒冷，展示出一个犹太家族的百余年历史与民族叙事：从“我”的祖辈和父辈流亡欧洲的动荡人生、移居巴勒斯坦地区后的艰辛生计，到英国托管时期耶路撒冷的生活习俗、以色列建国初期面临的各种挑战、大屠杀幸存者和移民的遭际、犹太复国主义先驱者和拓荒者的奋斗历程，虽然火山就要爆发，人们依然没有停下坠入爱河的脚步。

他的每部小说都在讲述爱——这种在今天越来越稀缺的东西，是如何被我们每个人渴望。但是对爱的追寻，却因为文化的、政治的、经济的、社会的、人种的种种原因，而变得艰难和复杂。

“现在的世界有点看不懂，人们已经越来越不懂得如何展现爱，却把性放在了嘴边。人们轻易地和陌生人上床，却从来不明白什么是真正的爱。”奥兹轻轻地蹙眉。

在他的阅读记忆中，一百年前，无论是欧洲还是中国，人们对于表达爱意，是非常自由和开放的。人们互相示爱、送花、写情诗，女人经常沉醉在爱河中，像鲜花一样娇艳。那是一个对表达爱意非常宽容、但对性观念非常严格的年代。

“但现在，一切都变得奇怪。我的很多学生，男男女女，他们轻而易举就能发展出性关系，却从不开口说爱。可能对他们来说，说‘我爱你’是太严肃了。但上床？对他们来说，那只是一种运动方式。”

“但如果总把爱放在嘴边，别人嘲笑你，怎么办呢？”我很困惑。

“不要为你自己的柔软感到抱歉。很多人小时候，父母总是教育他们，要理性，要强壮，要成为一个战士，最后，你成了这样一个人，但在你的内心深处，总有一片空地。在那里，你柔顺而多愁善感。生活艰难，一个人可以显得特别像一个战士，但同时，也能是一个爱哭泣的人。当你需要得到工作晋升，或者现实生活某些必须争取的利益时，你会变得理性而冷静，但当你一个人独处时，也许看一场电影，你就泣不成声了。不要为你的眼泪感到抱歉。”

我有点承受不了，想起一些个人成长经历，又问：“你是一个经常哭泣的人吗？”

“当然，我经常会流眼泪。”奥兹拍拍我的肩膀，“我小时候，爸爸对我说，‘男孩不哭’，可是我不以为然。我长得不高，也不强壮，别的男孩老欺负我，我就会哭。如果我是以色列或者中国的领导人，我要颁布的第一个法律，就是‘允许每一个公民可以时不时地展现自己的脆弱’。每一个公民都有权利哭泣，有权利不快乐，他们不必每天为了生活、因为某些关于思想或者生活的束缚，而承担起佯装快乐的义务。”

看我慢慢放松下来，奥兹开始和我讲他的偶像——他的爷爷亚历山大，活到九十七岁，一辈子都是个快乐的男人。“我的爷爷，作为一个男人，无论在哪方面都不想争第一。但他对什么是宽容与慈悲，有透彻的领悟力。那么多女人喜欢他，他也喜欢那么多女人。他对女性有着无限的耐心和美德，这是一种真诚的爱，没有流于庸俗的肉体层面。直到生命最后一年，他都面色红润，生气勃勃，笑起来能迷倒许多女人”，奥兹说他特别希望自己能成为爷爷一样的男人，“当然，有时候他爱的女人太多了，这也是个麻烦的问题，我奶奶施罗密特可是不简单哪”，奥兹调皮地吐了吐舌头。

我很好奇，怎样的女人在奥兹眼中是最有魅力的？“我爷爷常说，这个世界男人太多了，他们大部分只知道性，不明白爱，但他两者都喜欢。至于我呢，吸引我的女性，她只需要有宽容而慈悲的品质。”

好了，过去了一个小时，奥兹还是在温柔地谈论女性。我冷不丁地问：“你那么喜爱女性，你是个女权主义者吗？”

“我是啊，但我可不是‘女权斗士’哦。我不赞同那些和军队打仗一样的女权分子。”他突然面色凝重起来，“我想，女权思想的根源，可能来源于人性中对平等的追求。但性别的平等，按照我的理解，是指男女都能平等地追求多样性。”

“我永远不会对一个女人说，你必须要打扮得像个男人，生活得像个男人，像男人一样去战斗……那太可怕了。女权斗士认为，男女生而百分百平等，是社会结构造成了偏差。但我想说，不是这样的，真正的男女平等，是男女都有权利去自我塑造成他们想要的模样。如果一个女人，想穿高跟鞋和裙子，想涂口红，就让她自由；如果她喜欢中性打扮甚至像个男人，也没关系。那些女权斗士的姑娘，她们没有理解自己，她们不是女权主义者，而是法西斯。我只能说，太遗憾了。”

话题有点沉重，奥兹露出了委屈的表情，“亲爱的，我不想让你不高兴。我给你讲个笑话吧。据说在《圣经》里，上帝先创造了男人，是因为后悔，觉得没造好，应该有个更好的人，所以才又创造了女人。所以，生而为之女性，是荣耀之事。你如果是个男人，我就不抱你了”。

说到这里，奥兹突然坐起身，拿起桌子上的一袋咖啡专用的砂糖，打开它，从中选出一粒砂糖，让我摊开手心，把这粒砂糖放在我的手掌上。

迎上我困惑的表情，他赶紧说：“亲爱的，你一定想问我，为什么给你一粒砂糖？这是我给你的礼物。你知道吗？我已经在沙漠小镇阿拉德生活了三十年。自从上一次火山爆发后，沙漠似乎成了永恒，日光之下无新鲜事。没有人烟，没有高楼，就这样沧海桑田。如同人的一生，财富来来去去，名誉和成功成为过眼云烟，最后留下什么？沙漠说，最后只留下人们被爱的渴望。”

“人总是在渴求更多的爱，没有一个人，总统、士兵或者国王，没有一个人得到的爱是足够多的，每个人都在渴望更多的爱。每一份爱，如同沙漠里的沙粒，如同眼前这包砂糖中的一颗，它足够渺小，又至关重要，我们要珍惜它，不要丢弃它。人与人的每一次拥抱，都如同一粒砂糖一般的爱，是给予彼此的馈赠。如果没有这粒砂糖，人就会过着一种沙漠般的生活，人心就会如同荒芜的沙漠。”

番外篇 2

范妮娅回忆父亲奥兹：他用“讲故事”治疗民族伤痛

三年前的六月天，也是这样一个天空碧蓝如洗的夏日，以色列当代最杰出的希伯来语作家阿摩司·奥兹来到北京，邀请中国读者倾听他文学世界爱与黑暗的秘密。三年后，奥兹的长女范妮娅·奥兹-扎尔茨贝格尔首次来到北京，分享父亲与中国的深厚书缘。范妮娅和父亲，在同样的六月，看见了同一片蔚蓝天空。范妮娅说，这是命运。

二〇一八年最后一个工作日，阿摩司·奥兹与世长辞，震惊全世界深爱他的读者。在中文的阅读世界里，奥兹为我们全面打开了通向以色列人世界的心灵密码，我们看到了以色列人的生存图景和生命体验，他们在精神和宗教世界里的苦闷和安宁，他们寻找心灵家园和文化故乡的乡愁。

去世前一个月，奥兹还在关心自己和女儿范妮娅合著的学术随笔集《犹太人与词语》的翻译进展。这是一本和奥兹以往作品完全不同的书，是小说家父亲和历史学家女儿的智慧碰撞，是两个相爱的人无休止的思辨和争论，关于时间和永恒，男人和女人，犹太人的历史真实和文本真实……它几乎浓缩了两代犹太知识分子关于犹太民族的思想结晶。

奥兹曾许诺《犹太人与词语》出版时再来中国，而今这诺言让人徒增伤感。不过，既然奥兹毕生愿望就是化身成书，那么其实，他一直都在我们身边。他用文学的笔和政治的笔，同时实践着他那坚定而纯粹的理想：不要伤害。请把痛苦降到最低。不要伤害每一个人，每一个民族，每一个国家。

对话

“我们决定做‘未来的孩子’，不做‘过去的孩子’”

柏琳：作为他的长女，家里第一个孩子，意义总是有点不同。父亲和你的相处方式是否有特别之处？父亲以什么形象停留在你的记忆里？

范妮娅：我出生时，父亲才二十一岁。在他十二岁那年，他的母亲就自杀身亡了，留下这个孤单的独生子。他很早就开始揣摩死亡的秘密。我记得，我四岁时开始对死亡有了懵懂的认知，同时也产生了恐惧。我去问父亲：爸爸，我害怕死，怎么办？父亲抱起我，对我说：范妮娅，不要担心，等你长大时，爸爸就会发明一种让人不会死的神奇事物。

后来我长大了，觉得父亲当年的回答太不可思议：一个父亲怎么可以许诺孩子以不死的诺言？直到去年父亲过世，我五十八岁，那个瞬间我突然明白，爸爸是对的，他没有对我撒谎。他的确发明了"不死"的事物——词语。他的作品，他留给孩子们的话，留给全世界读者的言语。对我而言，他真的是不死的。

柏琳：犹太人教育子女的方式似乎成为某种"典范"，犹太人重视阅读，书籍和语言对于犹太孩子来说意义重大。你的父亲饱读诗书，精通数国语言，你也一样。《犹太人与词语》大量篇幅都在讲述这种犹太人的"阅读和学习经验"。

范妮娅：《犹太人与词语》不只关于犹太人的历史，而更像一本"犹太人对其他文化的父母的建议之书"。这"建议"有两个层次。首先，让你的孩子尽早开始阅读。

在现代社会以前，在许多文明中，身处乡村的人们总倾向于把家里最聪明的男孩送到发达的远方去学习。古希腊、古埃及，甚至古罗马，都是如此，但这些送出去的男孩几乎都不会再回乡村。而犹太人——我们不会把孩子送到未知的远方，相反，我们重视“居家阅读”。

在古老的犹太社群，人们居住在偏远乡村或荒野，但学校也建在乡村。男孩去上学，放学后胳膊下夹着书回家，把书本摊开放在饭桌上。于是，家里聪明的姐妹也可以阅读。这种“居家阅读”在前现代、在中世纪都是罕见的实践。在犹太人家里，孩子们边吃边看边听，全家人一起祈祷、讲故事、背诵、歌唱，一起穿越巨大的文本库。这是犹太家庭的秘密。

柏琳：问题是，在如今这样一个充满高科技，充斥各种社交软件的时代，犹太人如何“强迫”孩子阅读？

范妮娅：犹太人的秘诀是——早早地“捕获”孩子。也许三岁就可以开始，在孩子还没有上网前，“诱惑”他们走向书。当他们到了独自上网的年龄，身心也早就被书本捕获。

也许第二个层次更关键——不仅要让孩子尽早

阅读，而且要教会他们提问，培养他们质疑严肃事物的能力。犹太孩子是被允许争论的，和父母、拉比（犹太人中的老师，也是智者的象征），甚至和上帝争辩。犹太人的传统是：通过争论学到更多。例如，某个拉比对《圣经》的某段落给出权威阐述，这时有个孩子站出来："亲爱的拉比，我不同意你的阐释。"拉比通常会说："孩子，请你谈谈，也许你的解释真的比我的好。"即使在今日科技高度发达的以色列，年轻的工程师依然可以对师傅或老板说，"我的想法比你的更好，你应该采用我的主意。"犹太人的教育传统中更重要的是培养孩子"挑战"的能力。一位优秀的学生是审慎地批评老师的人，他能提供更好的解释。

柏琳：然而，正如《犹太人与词语》中所谈，某种程度上"拥有犹太人的父母基因让人恐惧"，作为孩子，你需要继承和延续太多东西，要继承信仰，继承集体命运，继承阅读传统……作为不同于父辈的新一代以色列犹太人，你觉得你继承了什么，又抛弃了什么？

范妮娅：确实如此，犹太人还是个宝宝时，肩膀上就被强制背上沉重的书包，里面装满了书本和各种学问。如今，人们总在谈论基因，谈论由于相似的基因而汇集在一起的种族（民族），我和我父亲都认为，犹太人的延续性总是由词语来铺就。现代犹太人和古代犹太人的相似性，生物因素并不重要。我们的连续性不是血统线，而是“文本线”——让犹太人继续前行的是书。通过读书，犹太民族被文本化，这维系了犹太人的身份。

犹太人的遗产充满创伤和悲剧、大屠杀和流亡的记忆，如同一个包含裂痕和灾难的故事。我这一代以色列犹太人不会抛弃集体记忆，但同时也决定做“未来的孩子”，不做“过去的孩子”。和我父亲那代人不同的是，我这一代人对科技有好感，乐于学习新科技，以此找到一种理解历史的新方式。我们愿意尝试“融合”，把“老犹太”放到“新犹太”的瓶子里，摇一摇，看看能不能“化学反应”出什么新东西。这有点像玩一个电脑游戏或者拍一部现代电影，在这样的画面中，三千年前的耶路撒冷以一种崭新的方式复活。

柏琳：“化学反应”出了什么新东西吗？

范妮娅：比如加入女性的声音。在《犹太人与词语》中第二章《女人与词语》中，我们讨论了女性在传统犹太文学中的地位。在《圣经》以及后《圣经》犹太文学中，有许多例子表明女性被边缘化，女人的声音被摧毁。但《圣经》中依然充满许多善于表达的独特女性，她们比男人少，但依然活跃，有的甚至单枪匹马改变了以色列的历史，《路得记》和《以斯帖记》两卷以女性名字命名，而《雅歌》我们甚至认为出自女性叙述者，从此开始了某种男女平等的趋势。

此外，我们更幸运的是，因为犹太文化是“词语文化”，延续犹太文化这架飞机运转的两个引擎是“书本”和“孩子”，而女人恰恰是维系这两个引擎的中枢——每一个犹太母亲都用故事和书本教育孩子，让孩子早早承担起文本遗产。

柏琳：这本合著有许多“分歧”，我们可以听见“两个不同的声音”——不同性别、不同身份、不同代际的视角……我阅读时常感到在做游戏：看吧，这一段一定是小说家写的，这一段一定是历史学家在说话。你和父亲合作这本书时，是如何处理这种“分歧”的？

范妮娅：分歧无处不在。比如，我总是用笔记本电脑查资料，每当父亲看着我的电脑，就会说：“我恨你的笔记本电脑！太可怕了！”我笑着说：“不，爸爸，这是座虚拟图书馆，多么奇妙！”

又比如，无论谈论什么历史或学术问题，父亲总聚焦在"伟大的男人"身上，总在谈论伟大的男作家、男哲学家、男领袖，我告诉他，有许多伟大的女性同样值得被讨论。父亲总是乐于倾听我的这些"分歧"，这种分歧同样影响了他的政治表达方式。在巴以冲突中，我父亲听从我的建议，不再只是用争辩和反驳去反对"敌人"，而是学会用女性的方式，创造一种"和解"的氛围。曾有段时间，父亲逢人就说，"范妮娅正在用一种女性主义的方式改变我"。

柏琳：谈及现代犹太人，我们还要谈一谈"身份"。奥兹曾定义自己是一个"在旧式犹太人和新型希伯来人之间徘徊的灵魂"，而这本书也大量论及现代犹太人在正统宗教性和世俗性之间的徘徊，作为新一代犹太人知识分子，你如何理解自己的身份？

范妮娅：我首先是一个人本主义者，然后是一个以色列犹太人。何为"身份"？这个英语中的"身份"，来源于拉丁语，类似于"它"，是一个较低级的词根，表示一种出身、本能的意思。如果"身份"只能关涉这个意义，那么我们就是我们身份的囚徒。"我出生在犹太家庭，我是犹太人，犹太人是最好的"，这种说法是民族主义的，是可怜的。

我父亲有一个叔叔克劳斯纳（他也出现在《爱

与黑暗的故事》中。奥兹的家族名为“克劳斯纳”），这位克劳斯纳叔叔学识渊博，是希伯来大学的教授，以色列知名学者。他在耶路撒冷的家的门口有一块牌子，上面写着克劳斯纳家族的“座右铭”：犹太主义，人本主义。他说他无法把这两个词分开。我们是犹太人，也是人本主义者。这是我们的家族遗产。

谈及身份，我愿意做“加法”。作为以色列犹太人，我背负着犹太人的历史，但同时也有全新的东西。“身份”必须是新与旧的“协商”。我是犹太人，我也是女人，是母亲，是热爱动物的人……身份必须是多样的。

柏琳：在奥兹的代表作《爱与黑暗的故事》以及其他作品中，有一个重要主题和如今的世界形势息息相关——犹太人对欧洲的“失望的爱”。联系到如今以色列国内政治“向右”形势，越来越无解的巴以冲突，欧洲乃至全球的极右民粹主义趋势，世界似乎正在朝着奥兹担忧的方向运转。作为一个深谙西方文化的犹太历史学家，你如何看待这种世界局势？

范妮娅：过去七十多年里，欧洲和美国都拥有战胜法西斯的共同记忆，世界人民似乎有种幻觉——我们已经永久取得了反法西斯战争的胜利。

斯大林也好，罗斯福也好，似乎给那一代人强制注射了某种麻醉剂。七十年过去了，新的一代人没有被注射过，新纳粹、狂热的新民族主义战争、极端的右翼势力开始升温……野兽在苏醒。人们好像忘记了从前疯狂的民族主义给世界带来了什么灾难。

关于这个问题，我父亲有一个说法，他想对狂热的民族主义分子——无论是巴勒斯坦民族主义分子，还是以色列民族主义分子，他想对这些人说：对于那些已经失落在时间中的东西，请不要再去空间中寻找。巴勒斯坦或以色列曾经的荣耀，再也不会回来。

就像一个男子在二十年前有一个爱人，二十年后的现在，他不能对这个女人说：我需要你回到我身边。在时间中已经失落的东西，只能永恒地消失。为了逝去的爱情或者曾经荣耀的国度，我们可以写诗，写一本小说，想念它，纪念它，但我们永不复回时间的往昔河流。

我同意父亲的观点。看看今日特朗普的美国吧，其实事情很简单——美国人希望回到某种“黄金时代”，那时美国没有那么多移民，所有人都说一种语言，秉持相同的价值观……但我恐怕要说，这只是某种对过去的“幻想”。撇开这种“愿景”，看看今天，无论欧美，放眼望去都是“新人”，来自世界不同国家的人彼此融合，这就是未来，我们应该学会和这种新的“身份”对话，和未来对话。

柏琳：那么，作为在犹太世界深受爱戴但也非常有争议的人物，对于你父亲的去世，以色列国内有什么反应？

范妮娅：一直以来，我父亲既是作家又是公共知识分子，他用一支笔写文学，一支笔写政论。关于巴以冲突，他曾秉持中立的观点，但最近几年他有了改变。由于越来越狂热的新民族主义在以色列乃至在全球的兴起，他对我说：“范妮娅，我们要加快脚步，我们要快点说，快点写，快点告诉这个世界，警惕那些危险的人，他们要带给我们灾难。”

这些年，国内右翼势力说我父亲是“叛国者”，他居然把自己的书带到巴勒斯坦去！父亲说：“我要充满荣耀感地戴着这顶‘叛国者’的帽子，这顶帽子提醒我，要相信正义和真理，要同时给予巴以两个民族说话的权利。”

曾有个巴勒斯坦的政治家身陷囹圄，读了《爱与黑暗的故事》，写信给父亲：也许应该由您来读一读我们（巴勒斯坦）的历史，而我应该读一读以色列的历史。我觉得这样我们才能更深入地了解彼此。得知我父亲的死后，这个政治家泣不成声。

这就是我父亲在以色列的角色。他始终是那个坚持用“讲故事”的方式来“治疗”民族伤痛的人。不仅是巴以冲突，而是放之四海的问题。他说，请让我们讲述彼此的故事，走入幽深的历史隧道中，请让我们深深地了解彼此，请让我们用讲故事的方式，治疗狂热。

David
Grossman

大卫·格罗斯曼：每个作家都有自己的旋律

虽然他的名字时常被拿来和阿摩司·奥兹放在一起，但大卫·格罗斯曼并不希望有这种比较。不仅因为奥兹是他导师般的良友，更因为格罗斯曼喜欢在文学内部的不同地带探索属于自己的旋律。对他来说，写作是理解世界的唯一通道，但穿越这个通道的方式却是多样的——广播剧，书信体小说，儿童文学，或者写得又像悲剧又像喜剧的小说《一匹马走进酒吧》。他深知，人类的故事已被讲述千万遍，而艺术家的工作，正在于寻找抵达故事的千万种方式。

奥兹擅长破解家庭之谜，用笔深沉，格罗斯曼却是一头迷狂的温柔之兽，他有难言的伤痛——小儿子乌里死于一场以色列和黎巴嫩的军事冲突，在那之后他写出了令人心碎的《到大地尽头》，然而伤口何时才会愈合？他至今依然在用写作疗伤，给孩子们写小说，或者写下成人世界迷醉又痛苦的心灵旅程。《一匹马走进酒吧》，如此古怪的书名，背后讲述一颗古怪的心灵，这颗心被冷漠伤害，让格罗斯曼愤怒。

对话

“寻找一种讲故事的新方式，呈现人们生命中的阴影”

柏琳：继令人心碎的《到大地尽头》之后，你带来了新的小说《一匹马走进酒吧》。这本小说的故事聚焦一个喜剧演员杜瓦雷的一次酒吧脱口秀表演。小说的名字有点古怪，为什么叫这个名字？

格罗斯曼：你肯定不希望我给小说取个无聊的名字，对不对？“一匹马走进酒吧”，就是千万个“一匹马走进酒吧”的故事的开端。由一个著名的笑话起头，接着唤醒了故事里许许多多的笑话——我喜欢这样的想法。

我受到了这样一个故事的启发，最终写成这部小说——军营里一个小伙子接到通知，让他赶快回家参加一个葬礼，结果他到了葬礼现场，大家都懒得告诉他谁死了，他出席的是哪个人的葬礼。这么多年来，我都认为这个故事象征着一种冷漠的残酷性。怜悯的匮乏，爱的无能，让人们不再为他人着想。我被这样的冷漠所激怒，这是写成这本小说的心理动因。

柏琳：《一匹马走进酒吧》被西方媒体评论为“回荡着陀思妥耶夫斯基和卡夫卡的声音”，我注意到你经常在自己的创作中频繁提到卡夫卡（比如那本“Be My Knife”），卡夫卡如何影响了你的写作？

格罗斯曼：有人这么评价这本书，这简直是对我的恭维，我妈妈听了肯定会很高兴。卡夫卡是我写作的伟大灵感来源。他定义现实的能力让我叹为观止——卡夫卡写下的每一个文本片段，几乎都会立刻和文本自身发生冲撞，产生矛盾张力，这就使得他整个的写作气质呈现出一种噩梦般的样态。我长久地阅读他的书，从他那里汲取灵感。

柏琳：《一匹马走进酒吧》里充满各种笑话，我听说你在写作前曾研究了大量的笑话。可这依然是一本悲伤的书，你自己如何看待这本小说的气质？

格罗斯曼：这是一出悲伤的喜剧，也是一出喜感的悲剧。更甚者，这本小说触及的是喜剧和悲剧互相冲撞的地带。

柏琳：你的写作主题有三种：涉及巴以冲突和大

屠杀的政治现状，孩童的冒险和困惑，以及人内心的情感旋涡。和奥兹的情况类似，你坚持在报纸上发表政治声音，在小说里淡化政治性，但也许，当代以色列作家的命运是——他们的写作总会被解读成思考国家命运的密码，你如何看待这种“命运”？

格罗斯曼：我已经写了几本关于政论的书和随笔，但我相信每一本小说都有一个“政治层面”，蕴含作者当时所处的时代背景和个人经历。当然，当我写政论文章时，必须短小简练，并且在文末彰显某种观点。但在进行文学性的虚构创作时，就包含了太多的问题与怀疑，犹豫和矛盾，甚至要同时容纳两种冲突观点。

《一匹马走进酒吧》并不是一本关于以色列的政治寓言，但它的确是以色列国内“鸽派”（左翼）和“鹰派”（右翼）两方共同关心的主题：两方都同时致力于创造他们眼中以色列人该有的生活面貌。因此这也是两方的悲剧所在，两方都经历了个人和国家的悲剧——对于鹰派来说，“六日战争”（作者注：发生在一九六七年六月初，也称“第三次中东战争”，参战方是以色列和阿拉伯国家，战争导致数十万阿拉伯平民逃离家园沦为难民，成为中东局势不可收拾的根源，至今无法和平。）导致了以色列人生活在一种崩塌之中，我认为这是一种错误，更是一种悲剧。

柏琳：你曾说过，写作是一种颠覆性行为，并且首先是颠覆自我。可以具体谈谈你是如何在小说里“颠覆自我”的吗？

格罗斯曼：在每一本书里，我都试图发掘一种新声音。关于人类的故事，已经被讲述了太多遍，艺术家能做的，是去寻找一种讲故事的新方式。在这种新的方式里，人与人之间的细微差异、人们的生活和生命中的阴影，都得以揭露和呈现。在我已有的作品里，我用很多篇章来探索各种文体：广播剧，书信体小说，融合了诗歌、散文和戏剧的小说，乃至最新的这本《一匹马走进酒吧》——一本混合了取自以色列街头“高声部”（高雅）和“低声部”（平白）的希伯来语的喜剧小说。我喜欢尝试混合文体。

柏琳：很多人都喜欢把你和阿摩司·奥兹来比较，在写作风格上，有人说奥兹更温柔更深沉，受到十九世纪俄国文学传统的影响，而你呢，大家在你的小说里读到的超现实因素更猛烈一些，你怎么想？

格罗斯曼：我倾向于不去拿我和奥兹或者任何作家比较。每个真正的作家都有属于自己的旋律和发声方式。奥兹先生对我来说，不仅仅是一个导师，更是一个密友。当我开始写作时，我从他那里不断得到启迪和鼓励，还有我的另一个朋友亚伯拉罕·巴·耶霍舒亚，我们三个人之间有着罕见真诚的情谊。我们分享各自的手稿，分享彼此的写作观，我们彼此支持，并获益良多。艾萨克·牛顿曾说过，只有当我们站上巨人之肩，我们的视野才会变得广阔。

柏琳：让我们谈谈你的儿童文学写作。你曾说过，你认为大人永远不会理解孩子的世界，那么你为何依然会写儿童文学？从前，你曾告诉我们，以色列人常说，孩子仅仅是上帝“借给父母的”，借期从出生之日起，一直到应征入伍的十八岁。所以你如何理解自己那些“写给孩子的书”？

格罗斯曼：能够写儿童文学，我觉得我是幸运的，由此我获得了一种进入自我童年的开放通道，再次体验做孩子的感觉。我很明白这种“通道”在成长过程中很容易变狭窄乃至完全堵塞，对我来说，写（儿童文学）就是为了帮助孩子们始终开放这个通道。更甚者，我经常叹为观止于孩子们体验世界的方式——他们付出巨大的努力，尝试进入这个世界，去学习社会、家庭的交流密码，去掌握语言和肢体行为的秘密。在这过程中，有一种值得深挖和唤醒的原始力量，我深深地着迷。

柏琳：我还想谈谈影响你最深的作家和书。在先前的访谈里，你频繁提到服兵役期间，你总是身边带着法国犹太作家罗曼·加里的《童年的许诺》（*La promesse de l'aube*），为什么是这本书？

格罗斯曼：没错，在以色列和黎巴嫩第一次爆发冲突的战争中，我当时是作为后备军人在一个艰苦的地带服役——我所在的连里，很多士兵都死在了那儿。我当时有个古怪的习惯，每当夕阳西下，我就会跑到当时我们驻扎大楼的阳台上，翻开《童年的许诺》的某个篇章——从十三岁起，我就爱上了这本书，此后的每一年我都重读，对我来说这成为一种周期性的沉思。

我有一种奇怪的想法——如果我在阳台上读它，不戴头盔，不穿防弹衣，就这样完全暴露在敌人的视线里，我以这种方式去阅读，会帮助我记住——我在战争前的模样是什么，以及，我想在战争结束后变成怎样的人。通常，我会在阳台上读上六七分钟，之后飞快跑回最近的帐篷里。

这是一本关于一个孩子和他的母亲的书。母亲是一个犹太人，是像一头母狮一样强悍的母亲。在战争的残酷岁月里，她始终陪伴在儿子身边，并且帮助他成长为一个真正的男人。我不知道这个故事的真实性有多少，但我坚持不去求证——我想要保持这种珍贵的“幻觉”，直到永远。

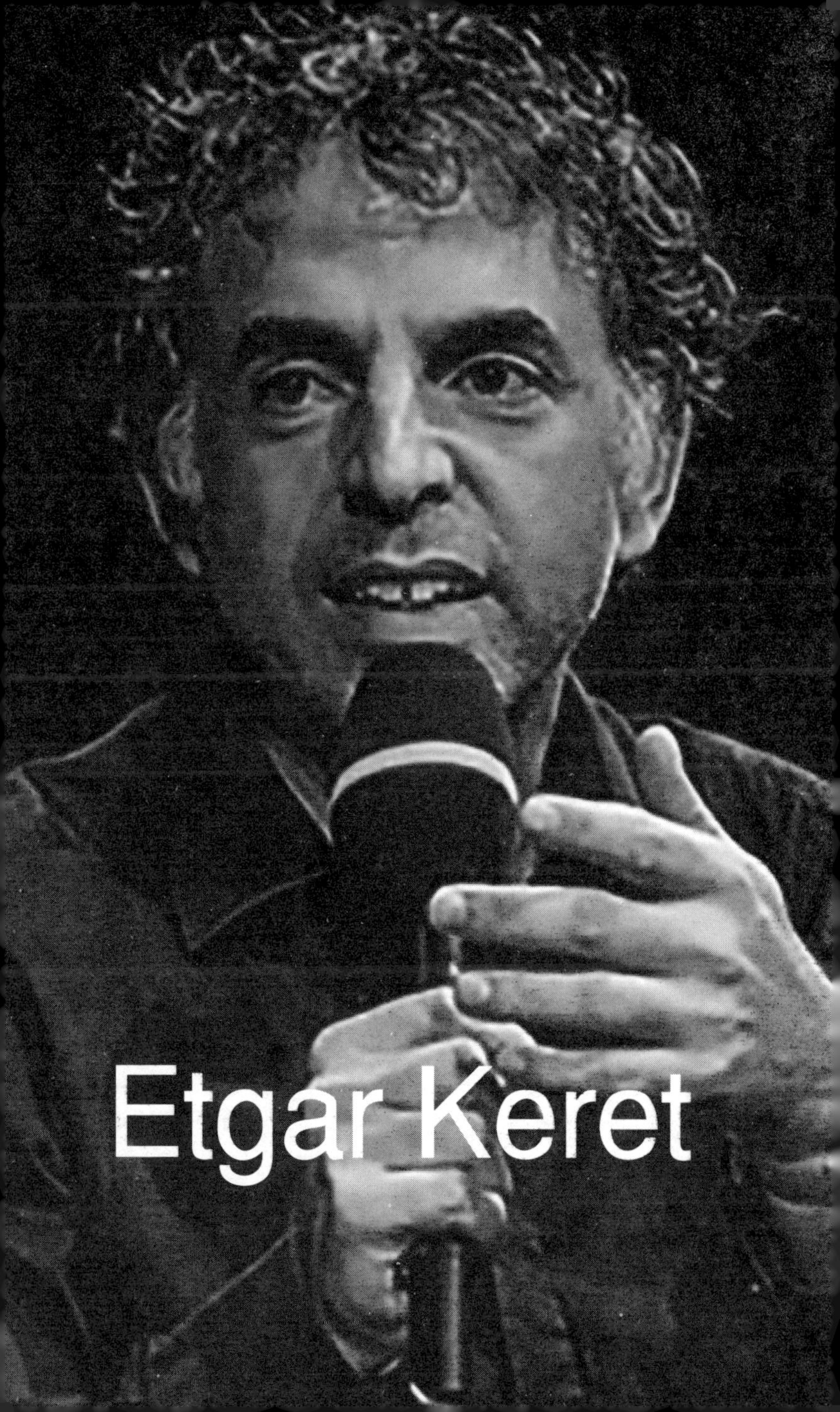
Etgar Keret

埃特加·凯雷特：活在当下的以色列人

说到以色列文学，我们也许首先想起了阿摩司·奥兹和大卫·格罗斯曼，两人都是世界级的以色列犹太作家，都擅长用诗意而悲悯的笔调，表达对以色列土地上各民族百年来苦难命运的关怀。奥兹出生在1939年，格罗斯曼是1954年生人，他们的晚辈——1967年出生的另一个以色列作家埃特加·凯雷特，却有另一种迥异风格。

这个男人长着大门牙，一头乱发，喜欢吃素，自嘲像只兔子，在波兰华沙有一间叫作“凯雷特之家”的号称“世界上最窄的房子”，他像表演行为艺术般在里面睡觉和写作。作为一个以色列的犹太人，纳粹大屠杀幸存者的后代，凯雷特身上却很难直接找到苦难的印记。如果说奥兹和格罗斯曼是生活在以色列历史中的作家，那么凯雷特是个生活在当下的以色列人。

爆炸式写作的能量

虽然中国读者不太了解他，但凯雷特其实红遍欧美，且有“在以色列作品遭窃最多的作家”之称，他那些古怪的短篇小说，让他在以色列文坛“与众不同”。他用希伯来文创作，只写短篇小说，笔下有近50个故事被拍成电影，短篇小说集《突然，响起一阵敲门声》描绘以色列人的生活图景，普通人在日常生活中的孤独、欲望、恐惧等主题，蕴含在源源不断的故事里，读这些故事的感觉就像是从魔术师帽子里往外扯彩带。

这些短篇小说如同凯雷特的“袖珍之家”，麻雀虽小，五脏俱全——篇幅小，人物关系简单但结构完整。媒体评论凯雷特有伍迪·艾伦的精神气质，喜剧、超现实并且洒脱：一个痔疮越长越大，控制了人体，最后代替主人过起了人生（《痔疮》）；一个失婚男人孤独到只能每天去咖啡馆扮演“被认错的人”，以此来进行仅有的社交（《健康早餐》）；一个习惯撒谎的人在梦中钻进一个洞，发现里面发生着他谎言里的情境（《谎言之境》）……这些故事看起来像段子和单口相声的杂糅，好笑，充满爆发力。

但好笑不等于浅薄。凯雷特用个人的荒唐故事折射以色列当代社会危机的视角，像个局外人。虽然涉及自杀式爆炸（《约瑟夫》），但恐怖袭击“只和愤怒和疏远有关”；也谈经济大萧条（《一年到头，天天都是九月》），而大萧条只是“该死的钱他妈的毁了整个世界”；他用奇幻手法把“整个人像牡蛎一样打开”，由此探讨犹太人的身份迷思（《拉开拉链》)。这个看似玩世不恭的作家，用消除自我负重的方式，来处理战争和犹太民族苦难这些沉重题材。

凯雷特其实一直生活在战争阴霾中。他的父母皆是纳粹大屠杀的幸存者，他的某些小说也因涉及大屠杀或巴以冲突的谈论禁忌，在以色列国内遭到抵制。曾因写反对加沙战争的文字，凯雷特和妻子孩子受到过死亡威胁。

他人生的第一个短篇故事，写在十九岁时服以色列义务兵役期间。同在一个部队的朋友自杀了，凯雷特在他死后一星期，在一个“地下深处与世隔绝、没有窗户的冰冷机房里”写了一篇小说《管道》，表达他对“活下去的生活”的思考。这篇小说和当时以色列的社会氛围非常契合，很多年轻人在战场上不是被杀，就是成了杀手，他们受不了生活的“战争模式”，做了很多疯狂的事，而凯雷特用写作的方式来抵抗疯狂。他就像个巫师——在一个战争成为常态生活的国度里，用凶猛古怪的短故事来表达个人存在的荒诞境遇。

和擅长用长篇小说来关切以色列历史和现状的奥兹等前辈不同，凯雷特发现自己不适合写长篇。事实上，每当他提笔写某个短篇时，都感觉这是他要写的“愤怒的长篇”的开头，但在写了几页后，他自嘲“长篇小说的主人公坐上巴士逃走了”。凯雷特把自己的写作风格定义为“爆炸式”，文本的强度在几页内就用完了。

这位自言深受卡夫卡影响的作家，很可能要走的是和奥兹等人完全不同的路。这些作家的文字里，交织着犹太人对欧洲复杂的眷恋。在《爱与黑暗的故事》中，奥兹的父母与欧洲有千丝万缕的联系，巴勒斯坦对他们而言只是陌生的土地。在格罗斯曼的《证之于：爱》里，主人公莫米克把欧洲犹太人的生活当成以色列人生活的一部分。那一代以色列作家，或多或少有种“欧洲范儿”。可凯雷特颠覆了这些，他最喜欢的作家是美国人约翰·契弗和库尔特·冯内古特，而后者甚至左右了他的写作观。

在谈及他最爱的一本书时，凯雷特说是冯内古特的《五号屠场》。这本自传性质的书讲述了一个美国士兵在二战期间被德国人俘虏的故事。凯雷特认为这本书成功地塑造了一个“我”。他在服兵役期间读了这本书，那种用戏谑笔调融合沉重的回忆录文体和超现实的科幻小说的叙述手法，让他印象深刻。而触动他的是更深层的东西——“冯内古特启发我，即使军队想要把你训练成一个服从的士兵，你依然可以成为一个有道德情感的人，即使身穿制服，你依然可以做出独立决定”。

重构犹太人的“美丽心灵”

在写作生涯超过二十五年后，凯雷特做出了“独立决定”——写一本不用希伯来文、不在以色列出版的非虚构作品——一段从他儿子的出生到他父亲患癌去世之间发生的真实家庭故事，起名叫作《美好的七年》，它聚焦于战争、亲子关系和对以色列困境的思考。这一次，凯雷特想和陌生人分享它，迫切希望外界了解以色列的真实生活现状。

从形式上看，它依然像一本超短篇小说集，凯雷特好像写什么最后都会变成短篇小说，对此他也只能“无奈地耸耸肩”。不过他认为新书的叙事和长篇小说更接近，“故事人物在我面前逐渐长大或走向衰亡，我从一开始就知道结局”。

这部“长篇小说”的跨度是七年。七年中，凯雷特的人生增添了不少担忧：儿子列夫出生在恐怖袭击的中心特拉维夫；父亲得了癌症；他经常做关于伊朗总统的噩梦；还有一个穷追不舍的电话销售员大概一直到他死的那天都会推销产品给他……凯雷特尝试用非虚构写作，写下十数篇小短文，重新审视过往记忆。

记忆的背景，是一场变成凯雷特儿子童年风景的漫无止境的战争，是他沿着大屠杀幸存者父母的脚步，在以色列生活的经历。读者也许一个下午就能翻完这本只有 163 页的小书，但很难再开怀大笑。凯雷特在这部非虚构作品中，对一些老生常谈的问题赋予了很多新的思考。

这些思考中，有两个迷人之处。其一关于犹太人的身份意识。尽管在短篇小说里，凯雷特曾拐弯抹角地表达过看法，且在公开场合多次谈论对“以色列犹太人”的关注，但如此直视身份问题，新书里是首次尝试。他认为是儿子的出生造成了这种变化，“一旦他出现在生活中，就有一双眼睛不停注视着我，试图弄明白我究竟是谁，身份问题就变成了中心问题”。

凯雷特认为，大流散犹太人，既是局内人，又是旁观者。“既能迅速融合本土文化，又能保持自己的传统和信仰。不仅具有国籍的身份认同感（就像波兰、美国的犹太人那样），还能意识到自己是一个犹太人。这些人有双重视角，具备自省能力。”

过去二十年里，凯雷特一直在周游世界，遭遇了多次不能以听错了发音来搪塞的反犹经历（《人民守卫者》）；他去母亲的故乡华沙旧地重游，遇到一个用果酱欢迎他的老太太，对他讲述当年被迫搬去犹太人隔离区的辛酸（《窄屋》）；他经常想起父亲给他的童年“睡前故事”，故事主角总是醉汉和妓女，他们做过错事，但也富有同情心，让父亲不用掩藏他是一个犹太人的事实（《眼光长远》）。

这些“睡前故事”在新书里得到了某种“重构”，这也是它第二个迷人之处。凯雷特不渴望美化现实，而是在寻找一种将丑陋置于明亮的光线条件。在巴以冲突无休无止的土地上，凯雷特试图在黑暗生活中让孩子远离恐惧。“即使在导弹袭击期间，我也会提醒儿子，有和他一样大的巴勒斯坦小孩也在遭遇炮弹袭击。恐惧会变为仇恨，而父母最不希望那样的事情发生在孩子身上。”

当空袭开始时，他和妻子玩“熏牛肉三明治”游戏的方法哄儿子，让他躺在父母的身体中间（《熏牛肉三明治》），这让人想起电影《美丽人生》里那对关在纳粹集中营里的犹太父子，父亲用想象力让儿子相信，身处魔窟只是一个游戏，最终保护了儿子的童心。在最不可能的地方，凯雷特努力寻找美好。但在一个时常拉响空袭警报的国度，让孩子感受这种努力，其实很难。他发现儿子经常产生一个疑问：为何不能搬去一个人们不自相残杀的国家？凯雷特无法回答。

这个沉重的问题，无论是奥兹、格罗斯曼或者其他以色列作家，都在苦苦寻觅答案。凯雷特从短篇小说迈向非虚构，寻找答案的过程笑泪交织，本身足以吸引人们的目光。凯雷特当然不能代表以色列的全部，他只是用自己全部的作品，写出以色列普通人在当下荒诞而真实的生活。

"我该如何教孩子不去伤害'国家的敌人'？"

柏琳：新书讲述了从你儿子出生到你父亲去世这七年间的故事，为什么把这七年定义为"美好"？

凯雷特：这美好的七年，是一段我能够同时成为我父亲的儿子，以及成为我儿子的父亲的美好时光。由于二战的爆发，我的父母在他们很小的时候就成了孤儿，这也导致他们后来无法和自己的父母以及自己的孩子同时坐在同一张桌子前对话。所以我把这七年看作是一种上天的馈赠——能够延续家庭的过往，同时又能见证这个家庭的未来如何成长，要知道，这种幸运并不是理所当然的。

柏琳：作为一个犹太作家，你在很多公开场合会诉说你的"身份意识"，但这种"身份意识"在你从前的短篇小说里表现并不明显，但从《美好的七年》开始，你开始直接谈论你的身份——一个以色列的犹太人。为什么你现在愿意开始去直面身份问题呢？

凯雷特：我认为是我儿子的出生激发了这种变化。在他出生之前，我不需要问自己我是谁，然而一旦他出现在我们的生活中，就有一双眼睛不停地注视着我，试图弄明白我究竟是谁，那么身份问题就变成了一个对我的生活和写作同样重要的中心问题。

柏琳：对一个孩子说明以色列的复杂情况并不容易，在对你的小儿子讲述巴以冲突、以色列本土生存困境的时候，你遇到了怎样的困难呢？

凯雷特：最大的挑战在于，如何在战争期间教你的孩子不去伤害那些“国家的敌人”。对于我和我的妻子来说，很重要的事情在于，即使在导弹袭击期间，也不能忘记提醒我们的孩子，有和他一样年纪的巴勒斯坦的小孩也在同时遭遇炮弹的袭击。恐惧会迅速变为仇恨，而作为父母，我们最不希望那样的事情会发生在我们的孩子身上。

柏琳：儿子的反应是否会给你带来全新的认知？

凯雷特：确实会有一些新认识。比如我和儿子之间的那些对话，经常会激发出这小子想移民去其他国家的想法。他讨厌暴力，也曾数次问我，为何不能移民去一个“人们不会总是自相残杀的国家”？这个问题，我发现无论对他还是对我自己，都无法产生一个满意的回答。儿子一次次的质疑，让我了解到，原来我和祖国以色列的关联，很多时候是超越理性的，无法解释的。

Boualem
Sansal

布阿莱姆·桑萨尔：杀死多元的精神，人类会走向绝境

北非国度阿尔及利亚，如果要和文学联系起来，我们总会想起阿尔贝·加缪那双海洋般色泽的眼眸。地中海的阳光却总有几分悲情，当夜色降临，黑暗笼罩海面，人生旅途的悲苦感弥散，人不禁会思考生活存在的意义，这是加缪的终生课题，而他的邻居布阿莱姆·桑萨尔，在五十岁时也开始了这样的思考。

在小说中思辨

北京的三月，某个周末，阳光不如阿尔及尔来得明媚。三里屯南街四号，机电厂院内的一处二层小楼上的“老书虫书吧”里，阿尔及利亚法语作家桑萨尔来了，带着他那本神秘的小说《2084》。

“老书虫”是北京的老牌外文书吧，平日最主要的功能，是会聚从世界各地来到北京的“文艺青年”。红色旧墙上，高挂着到此一游的文学名人：莫言、阎连科、美国人何伟、以色列作家大卫·格罗斯曼……不知梳着一头凌乱花白马尾辫，佝偻着背

的桑萨尔先生的相片，以后是否也会位列其中——他可算是当今法语文学的代表人物。

老先生在一九九九年之前和文学还不搭边。

一九四九年，桑萨尔出生在阿尔及利亚的乌阿色尼斯山区的一个小村庄，童年时代住在贝尔库平民区，和加缪一家比邻而居，彼此的母亲是一辈子的好友。

一九八六年获得经济学博士学位后，桑萨尔教书、从商，并曾在阿尔及利亚政府工业部担任高层。二十世纪九十年代，阿尔及利亚爆发十年内战。这场因政府和各伊斯兰主义反叛团体之间的武装冲突升级而爆发的战争，不仅造成超十万人的死伤，更预示着伊斯兰原教旨主义的兴起。当时的副总统默罕默德·布迪亚夫，主张国家政体向多党民主集中制转变，一九九二年被伊斯兰极端势力暗杀。

布迪亚夫当时赢得了包括桑萨尔在内的阿尔及利亚知识分子群体的爱戴，他的遇刺让桑萨尔感到，“杀死一个物质的人虽然很糟，但杀死一种多元的精神，人类会走向绝境”，他决定改投文学创作之路。

一九九九年，他发表处女作《蛮族的誓言》公开批评阿尔及利亚政治现状，被政府部门强制休假。二〇〇三年他和另外四位阿尔及利亚作家一起，合写了《隐私与政治日志：阿尔及利亚四十年后》，触怒最高层，且由于小说《对我说说天堂》中反对教育中的阿拉伯化倾向，他被解除公职。二〇〇六年，他的作品在阿尔及利亚国内全面被禁。

桑萨尔的文学作品在法德受到广泛欢迎，德国媒体评论说，他是“阿拉伯民族主义和穆斯林原教旨主义的尖锐批评人士”。从踏上文学之路开始，桑萨尔的写作主题就和暴力、极权、宗教这样的字眼分不开。上世纪九十年代那场黑暗的阿尔及利亚内战，让他见证了关于善与恶的传统价值观的沦陷。沦陷的中心，桑萨尔看见由宗教极端化引发的暴力如此触目惊心，在阿尔及利亚这个遍布穆斯林的国家，伊斯兰主义的泛化成了滋生极权的土壤，他越来越鲜明地反对“以宗教为名的暴力”。

桑萨尔关于宗教和极权的思考，火力集中在《2084》这本小说中。它写成于二〇一五年，甫一出版就在欧洲成为销量最大的法语小说之一，还被法国《读书》杂志评为二〇一五年度最佳图书。题目“2084”让人想起乔治·奥威尔的反乌托邦作品《1984》，其对世界末日的暗喻吸引了众多购买者。

《1984》描绘了一个在未来的“1984”年的世界黑暗图景，如果说奥威尔意图批判极权制度本身，那么桑萨尔则更在意批判信仰之“盲目”产生的“世界末日”。

“2084”不是小说故事的发生之年，而是那个时代之前一个标志性的年份。如果不带评论色彩地简述《2084》的内容，用译者、法语翻译家余中先的话就是——“2084 年之后，一个叫阿比斯坦的国家在地球上开始了其永恒的统治”。

阿比斯坦在哪里呢？它在人们心中，所以它无处不在，它是一个“美丽新世界”。旧世界去了哪里？它被一场战争夷为平地，语言、书籍、历史，直至日常起居的桌椅餐具，全都销声匿迹。全新的阿比斯坦国，拥有新的语言和新的衣食住行方式，但生活单调得只围绕信条展开。

阿比斯坦国俨然和现实中的国家一样，机构组织分明有序：议会叫“公正博爱会”，决策机关叫“机构局”，唯一的神叫尤拉，国家领袖叫阿比，是尤拉的使节。统一全国百姓思想的宗教叫“噶布尔”，记载其宗教学说与信徒行为准则的圣书也名之曰《噶布尔》。

主人公阿提，被流放到帝国管辖的一座深山疗养院治疗肺结核，强制性静养期内，他开始怀疑“唯一思想”的正确性，为探究真相，他和朋友柯阿穿越整个帝国，这叛逆举动最终导致朋友的死亡。

本来是帝国治下的行尸走肉，阿提后来却成了帝国的不和谐因素。他在疗养院中治疗的情节，和作家乔治·奥威尔有关，桑萨尔说：“奥威尔当初因肺结核被送去疗养院，却没能治愈。我把《2084》的主人公安排在此，他最终痊愈并开始了思想的反抗，这是我对奥威尔另一种致敬。”

阿提在疗养院的见闻使他成了阿比斯坦国第一个思考的人，思考产生怀疑，怀疑产生反抗，而反抗会“传染”，这些都是“永恒之国”不可容忍的行为。阿比斯坦国想维持统治，就得强调信仰，让人盲信，不许质疑。《2084》里最刺眼的座右铭是——“屈从即信仰，信仰即真理”。

最终，反抗的星火被扑灭，反抗的人不是被流放就是死于非命。由着这样沉重压抑的故事情节，《2084》成了一本“行文缓慢、沉郁”的小说，在余中先看来，这本小说“属于思想小说，没有曲折离奇和惊心动魄的情节，正好迎合了帝国麻木压抑的本质”。

这本主要靠理念推动的小说，的确不能给读者带来酣畅的阅读感受，而奥威尔的《1984》同样也是一本缓慢而沉郁的书。对于此类书籍，捷克裔法国作家米兰·昆德拉称之为“图解式小说”，他认为“以小说人物为某种观念的化身，会损害人物塑造，使得小说变得单薄和苍白”。昆德拉认为《1984》就是这种反面教材，想必昆德拉若读了《2084》，评价也会类似。

面对这样的质疑，桑萨尔有自己的看法。有趣的是，他和昆德拉曾就“图解小说是否会损伤小说特质”的问题有过当面争执，他认为这是“鸡生蛋还是蛋生鸡”的问题，“作家应该先有故事，还是先有风格？有的作家生来有强烈的主导意识，他们有强大的能量控制笔下人物按照自己的意志行进，但我不是这样的作家。我认为作家不能像一个盲目而疯狂的司机那样，去碾压现实。现实是文学必须考虑的因素，它的真相可能就没有戏剧性。我的作品里有太多沉重和压抑，这是对现实的反映。”

桑萨尔反对“为了小说而小说”的做法，“我不会为了让读者愉悦，就为小说添加焰火和色彩”，他更愿意把《2084》看成一本“文学科普读物”，而非“一本有魅力的小说”。

他想做的，是借着小说的载体，寻求读者的思考和争辩，“《2084》对读者发出挑战，我描写了对人类恐怖未来的假设——一种全球性的极权制度，我们不一定非要走向极权，我们应该有另一种出路。”

话虽悲伤，但我们还是能从《2084》的细节中捕捉桑萨尔对美的向往。虽然《2084》中的景物——齐整划一的行政区和生活街区、高大的办公楼建筑毫无美感，但却有一个例外——阿提在被囚禁后，首领问他的梦想是什么，“他可能会满足于有一丁点儿剩余的时间，用来呼吸天空那自由的空气，嗅闻大海那催情的气味”。整个阿比斯坦国，好像一个黑白的梦魇，唯有大海带来别样的色彩。阿提梦中的大海，“带着一腔实实在在的激情”。

阿提因为看见了大海，从此成了“见识满满的人”，而桑萨尔呢，“觉得自己能够去爱这大海”。

“我们需要对自己的生存处境做更严肃的反省”

柏琳：作为一个五十岁开始发表文学作品的作家，你的写作主要围绕对极权和暴力等问题的批判，这是什么原因？你的哪些作品集中体现了这种思考？

桑萨尔：我的祖国阿尔及利亚一九六二年独立后，好日子并不长，军人掌握了国家大权，很快就转向了一种暴力化的极权统治。一九九二年又开始了长达十年的内战，使得伊斯兰极端主义成为极权的新的可能形式，这些事件萦绕了我的一生。

我对极权的思考，在三本书中有深入剖析。第一本书是二〇〇八年写成的《德国人的村庄》，试图诠释纳粹极权的形成机制。第二本书是二〇一三年写成的《以安拉的名义管理》，想用一种更科学的手段对极权进行科普化分析，表达对阿拉伯世界中伊斯兰化和权力渴望的思考。第三本书就是《2084》。

柏琳：《2084》在欧洲据说是法语畅销书，被不少读者当作反乌托邦小说来解读。你如何看待这本书的质地？

桑萨尔：我愿意把《2084》看作一部反乌托邦小说。乌托邦只是人类美好的愿望，但现实往往是一场噩梦，我觉得伊斯兰极端主义就是这种性质，他们宣扬一种乌托邦的世界，但实际上他们做的事是那样血腥和残忍，是反乌托邦的世界。

我在《2084》中，把这种反乌托邦的世界"极端化"了：这个世界里普通人极其贫困，没有工业和生产；百姓用来填饱肚子的东西，是阿比斯坦国分配给他们的一种产生幻觉的汤药；人民没有技术，技术为权力者服务，人民只能拿到权力者遗弃的东西，比如跑了两三公里就报废的破火车。

柏琳：除了百姓凋敝而单调的生活场景，《2084》还有一个特点让人惊心：女性和爱情的缺位。全书只有阿提、柯阿和纳兹等几个男性之间的友情，女性出场的地方只有两处，一个是阿提被囚禁时听见了一个丰满的妇人在唱歌，还有一个就是阿提朋友的妻子被迫再嫁给权力机构的公职人员的叙述。为什么《2084》中没有女性?

桑萨尔:《2084》是一个未来假想的极权社会,而极权社会是男人的社会,极权制度没有女人的位置。过去的莫斯科,我们看见这个国家的宣传照,都是强有力的男性形象,因为他们需要体现这种统治规则——不能有柔美、阴柔的存在。一旦有女人的形象,就是一种对极权的影射性破坏。女人代表着美和善良,在极权社会,女人的地位必须被抹杀到次要地位,或者异化成男性形象。类似的书都是这样处理的,比如奥威尔的《1984》。

但《1984》里还有爱情存在的几个瞬间,女性的篇幅并不少,但我们要明白,《1984》写极权是在英国文化环境中遥想一个离得遥远的极权制度,但我写《2084》的背景是赤裸裸的现实。比如中东地区的部分穆斯林国家,大街上看不到完整的女性面孔,最多能看见一身黑衣的影子飘过。是谁?可能是女人,也可能是鬼魂。

柏琳: 作为一个有独立思考精神的作家,你对宗教持有怀疑态度,《2084》中你把批判的矛头指向了普遍意义的宗教。欧洲有评论人士称你为“穆斯林原教旨主义的批判者”,那么你究竟是批判宗教的极端化,还是对宗教本身进行全盘批判?

桑萨尔：你说到宗教本身，我可以这样回答——地球上有七十亿人口，生存处境正在不断恶化，我们受到能源枯竭和环境污染的威胁，这是一个危机四伏的世界。我意识到我们原有的制度已经奄奄一息，未来的出路在哪里？

目前来看，世界正走向全球化——全球化正逐步代替各个国家的权力机构，自行调节人类社会，它取代了国王、总统、政党和民间组织。今天的我们如果问：地球由谁在管理？没有人知道——一种无形的力量，我们感觉到一种神秘力量取代了具体的人，在控制世界的运行。

在全球化的自我运行中，它实际上需要一种力量的支持——宗教。基督教、伊斯兰教而今都成了全球的宗教。宗教担任了“无形力量”的工具。这样的环境中，一部分宗教人士感觉自己的时代来了，他们将如鱼得水。我们要警惕的，难道不是这样一种宗教的泛化吗？

柏琳：你对全球化是持悲观态度吗？我觉得全球化和信仰之间存在一种悖论——全球化让我们“坐观天下”，一切知识尽收眼底，很难产生“盲信”，但同时全球化又在抹杀差异性，产生一种趋同的“信仰”，你如何看待这个问题？

桑萨尔：全球化和宗教的关系，本身就是迷思。事实上，人类的现代性让我们不再相信传统意义上的宗教，但更深一步说，全球化本身就是一种宗教形式，它是资本主义衍化的产物，反映的是人的野心和欲望，遍布全球的广告制造一种幸福的幻象，这和宗教的作用非常类似。

要让上帝发出自己的声音，首先得去掉人的声音，全球化就在做这个工作，它没有问过地球人的意见就自行发生了，就这样杀死了民族的概念。便捷的媒介和高科技，泛滥的物质和欲望，我们已经“思考无能”。

我经常想，再过一两个世纪，世界是否真的会被“全球化”这股神秘力量完全统治？它让人民停止了寻找治理社会的其他一切可能，人民从此依赖的是一种无处不在的“神学”，某种意义上说，未来，是神学在统治世界。

这迫使我对原有的人的理性进行重新思考，去把它和神秘力量联系在一起——传统意义上公认的价值，比如公正、无私、劳动、关爱、合作，这些价值在全球化世界中都受到了挑战。它们还有真正的意义吗？面对窘境，我觉得乐观是幼稚的，如果你读了《2084》就会明白，我们需要对自己的生存处境做更严肃、更负责任的反省。

Vincent
Message

樊尚·梅萨日：需要更广阔的人文主义

作为启蒙运动的中心，几个世纪以来，法国的思想界和文学界持续受到理性主义的指引，始终在呈现对人类思想解放和生存处境的探索。无论是十八世纪伏尔泰等人的哲理小说创作，或者二十世纪萨特、加缪等人的存在主义文学写作，法国文坛都有这样一种充满力量的文学传统——用一种“局外人”的视角描述我们所处的社会，审视当时的社会运行机制，以此启迪人们对生存现状做出自省。

这股文学力量延展至今，近十年来，环保和生态问题成为法国当代文学中的核心主题。无论是奥利维亚·罗森塔尔的动物题材，还是伊丽莎白·费罗尔的核工业题材，生态危机已经成为文学必须面对的问题。一九八三年出生的新锐法国作家樊尚·梅萨日，在生活中强烈体会到一种紧迫感——生态危机持续扩大，作家必须做点什么。

《主人的溃败》是梅萨日最新创作的一本生态寓言小说，以一种“外星人视角”讲述了一则恐怖的存在寓言：现代人蔑视环保，虐待动物，从而失去了掌握自然的能力，不再是世界的“主人”。讲究节制的高级外星人成为新的“主人”，人类沦为奴隶。

从前，人类如何对待动物和自然，现在自己就被如何对待。故事中，讲述者马洛·克莱斯必须在短短几天之内找到拯救他的“宠人”伊丽丝的办法，同时还必须完成一部关于改善人类生命末期待遇的法案的准备工作。

梅萨日通过倒计时形式来呈现作家本人对人类生态决策的担忧。他写这部小说是在二〇一五年，正好是巴黎筹备联合国气候变化大会的时间点。在此之前的二〇〇九年，哥本哈根大会以失败告终。他有这样一种感觉：如果二十一世纪再来一次类似的失败，如果启蒙运动和人文精神的历史辐射圈定在人类本位的狭窄范围内，人类的未来实在堪忧。

“我们的生活方式是不可持续的，我们却无法做出改变”

柏琳：书名“主人的溃败”有多重含义，在小说最后，人类和地球的“新主人”外星人都遭遇了“溃败”，你认为造成他们同样失败的原因是什么？

梅萨日：这个题目可以有好几层意思。最初，我们以为被打败的“主人”是人类，因为他们遭遇了新殖民者。接下来，我们发现这些新统治者在犯人类犯过的错误，他们并没有用更加负责任的方式去利用地球资源。这种重蹈覆辙里有某种我坚持要呈现的悲剧——我们早就知道，我们的生活方式是不可持续的，我们却无法做出改变：生态危机的悲剧就来自于这一矛盾。从某种角度来看，主人的溃败无处不在，因为我们行为中的盲目、唯利是图和骄傲自大让我们亦步亦趋走向失败和灾难。

柏琳：在这本小说里，你试图创造一种混合寓言和哲理故事的文体，为什么会这么构思？

梅萨日：混合叙事类型的传统在小说领域由来已久。在我二〇一三年出版的文学理论评论集《多元小说家》中，我主要分析了穆齐尔、富恩特斯、品钦、鲁西迪和帕慕克等作家，他们的作品都建立在多种叙事方式的同时运用上。在我看来，那些尝试用特别的方式着力不同叙事类型的小说比那些采用一种固有叙事类型的作品要有意思得多。我的第一部小说《守夜人》，便混合了侦探小说（对街头谋杀案展开的调查）和对凶手梦呓般的内心世界的探索（将读者引向一个接近荒诞的世界）。

哲理小说和“反乌托邦”其实是相似的类型：它们允许我们拉开距离去观察一个社会，发现其运转问题。这些社会往往都是假想的，运转机制不同于我们的社会，却能折射出某种具有揭示意义的光亮。我在《主人的溃败》中想象了这么一个世界：我们人类已经不再是统治地球的物种，而是沦落为被奴役、被养殖以供食用的物种，希望由此达到视角的转变，从另外的角度看待我们和其他物种的关系。

柏琳：这篇小说是用一种“非人类视角”来叙事的，事件的发展来自高级外星人的描绘。这种视角展现了一种“陌生化”，那么这种叙事视角是否会带来什么新鲜的认知？

梅萨日：在生态危机面前，我们遇到的最大的难题之一，是我们的头脑不善于拉开距离看事情：它往往只关注眼前、当下的问题以及身边的人和事。然而，考虑生态问题正相反，因为生态危机的前因和后果是跨越空间和时间的：美国一辆汽车排放的尾气会使苏丹气候变暖，影响当地居民的生活；两百五十年来我们提取的碳会在大气中停留几千年以上。对于一个属于外来物种的初来乍到者而言，我们的所作所为完全陌生，用他的目光来看待这一切，能够让我们拉开距离观察我们的境况：我们居住在城市里，建立家庭，食用动物，在马洛·克莱斯眼里，这一切里头没有任何一件事是理所应当的。我希望借用他的目光，重新认识一些事情，然后去批评，去改变。

柏琳：你如何看待“人类中心主义”和“人文主义”之间的界限？

梅萨日：我不知道这两个概念是否属于同一范畴。人类本位论是一种相当本能的认知和感知角度。从人类本位论出发，人是衡量一切的标准，这就导致我们不能从非人类的视角来观察我们的环境。我们可以努力“去本位化”，但不见得一定能做到。人文主义，按照它自十五世纪以来在欧洲的形成和发展，它注重的是每个个体的个性以及对人的权利的保护。

简单来讲，我认为今天我们需要更广阔的人文主义。更确切地说，一种不那么以人类为中心的人文主义：我们应该捍卫一切生命的利益，而不仅是人类的利益，因为生物多样性的破坏意味着不可弥补的损失，许多物种会率先灭绝，接下来就是人类。生物圈将变得越发贫瘠，地球生态失去平衡，我们将难以生存。

柏琳：从本质上看，这本小说探讨的是人类存在处境的危机。存在主义思潮在法国被发扬光大，你的阅读和写作是否也受到存在主义哲学的影响？

梅萨日：加缪、萨特再到波伏娃等人的作品，在我作为一名读者和作家的成长过程中都扮演过重要角色。我很欣赏存在主义者的唯意志论：我们的生活不是由天生的、固有的身份决定的，它可以随着我们做出的决定和行为而改变，这点在我看来尤为关键，它不仅能够防止我们在现实面前感到无力，也能让我们意识到责任。不管以哪种身份行事，配偶或父母，公民或消费者，我们的行为都不是无足轻重的：它们都会带来实际效应——有限但真实，不会改变世界格局，但是世界上的小事拼凑起来就会有分量。萨特总爱说，即便在最绝望的境地里，我们也依然有选择：听起来可能太过乐观，但我们应该记住这一点，这可以帮助我们调整自己的行为。

柏琳：小说虽然是外星人视角，却讲述相似的人类处境，“无论多么努力发挥想象，我们过的还是自己的生活；我们各自困在自己的身体里”，你认为是否某种程度上，同理心很难在生活中实现？

梅萨日：我们之所以会在虚构故事中获得乐趣，

是因为我们有同理心：我们喜欢花时间沉浸在他人的故事里，能够将自己代入人物角色中，哪怕他的经历和价值观跟我们不尽相同。但是，日常生活中，我们的确对距离近的人的关注比对距离远的要多。

反映在媒体语言里，就有了所谓的“里程情感”定律：事件的发生地离得越远，它引起的关注度就越低。尽管如此，当重大的自然灾难发生，当我们看到那些画面，可能一下子我们和某个我们不甚了解或从未涉足的国家的居民的距离就拉近了，我们心里生出同情。当马洛·克莱斯觉得他困在自己的生活和身体里的时候，他想说的也是他人于我们的某种永恒的“不可知”和神秘。这种“不可知”无处不在：面对每天和我们生活在一起的人，我们可能会感觉到。面对动物，我们看着它们，却无法了解它们的感受。同理心在“不可知”面前，会遇到障碍，但这不能作为把动物当成仇敌或威胁的理由。相反，正是因为“不可知”，我们才更要找到巧妙的方式去和它们沟通。

柏琳：你曾说，面对生态危机和人类生存危机，文学大有可为。是否可以谈谈当下法国文坛在这个领域的建树？

梅萨日：存在主义思潮之后的很长一段时间里，

法国文学对“介入”的概念一直持怀疑的态度。人们质疑“介入”文学，一方面因为依附于错误的政治意图而迷失自我，另一方面忘却了对美和独创性的追求，若没有美和独创性，那文学压根就不值得写。不过我觉得这个“反介入”的运动有点过了头。作家身处在这个世界中，被周遭渗透，他们读的报纸，和所有人一样，看到疾苦或腐败，他们的文字没有理由不该涉及这些话题。可以想象一种试图对我们的社会做出清醒又独立评断的介入文学，它有独特的方式，不同于电影、新闻或者评论：比如，让人物以第一人称开口说话，进入他复杂的思想世界，文学就能比别的媒介完成得更出色。

近十年来，环保问题在法国当代文学中占有重要的地位：奥利维亚·罗森塔尔，让-巴蒂斯特·戴拉莫，他们挖掘动物题材，伊丽莎白·费罗尔写过核工业行业的工人，类似的例子还有很多。文学不是一种大众艺术，显然也不具备强大的实际影响力。尽管如此，有的时候它的确能影响读者看待某些日常生活重要问题的目光：许多人告诉我，读了我的小说之后，他们看待动物（不管是地里的还是盘里的）的方式改变了，他们身上有某种意识觉醒了。这便是希望之所在，因为意识一旦觉醒，就不会再沉睡；一旦觉醒，它便停留在你身上，不会离开。

柏琳：十七世纪法国的笛卡儿点燃了启蒙运动的亮光，在论及二十一世纪时，你曾说“我们需要一种新的启蒙运动”，这是什么意思？

梅萨日：新的启蒙运动应该追随十八世纪启蒙运动的路线：启蒙运动曾经开启了一个革命的时代，使得更注重个人自由的制度在许多国家萌芽。但是启蒙运动也有许多领域没有顾及：它没有马上质疑奴隶制（得再过上一百年奴隶制才被废除，而且我们知道，直到今天在某些国家奴隶制依然存在），它没有质疑男性对女性的压制（包括近期被曝光的性骚扰和性暴力丑闻，不难看出成千上万的女性依然是男性统治的受害者）。

再到离小说更近的领域：启蒙运动没有触及我们人类对其他物种的支配地位。矛盾之处在于，我们运用技术创造了新的生产方式，对动物劳力的需求越来越少，同理，在世界上的许多地方，我们也不再需要那么倚重动物资源来养活自己，因为植物类食物的产量足够满足我们的需求，而且更健康。然而我们强加于动物的暴力却有增无减，工业养殖，过度捕捞，破坏森林。所以二十一世纪的启蒙运动是一个宽广的命题：必须迫使人类－非人类动物关系中的暴力因素退让，甚至扩大到更广范围，要让一切社会关系中的暴力因素退让。

David
Szalay

大卫·邵洛伊：真实的人生状态就是漂泊

大卫·邵洛伊，这位当红的英国小说家，有一个匈牙利的姓氏“邵洛伊”，这得益于他那颇有“世界主义”味道的家庭——一九七四年大卫出生在加拿大的蒙特利尔，有一个匈牙利裔的父亲，一个加拿大裔的母亲。一九七五年大卫随父母迁往英国，此后在英国长大，毕业于牛津。然而，他的童年，全家至少在世界上十多个城市往来迁徙。大卫认为，流动，是他们邵洛伊家族的主要特征。

这种家族特征遗传给了大卫。不仅在于生活方式——成年后大卫也习惯在欧洲的不同城市之间漂泊，更在于一种体察世界的视角——世事莫不随性而至，在现代社会漂泊无根，人人孑然一身。大卫着迷于这种现代社会里人们的真实生活处境，他想用文学的方式描绘这种生活。在做了六年的电话销售员之后，大卫踏上了成为一个小说家的旅途。从二〇〇八年的处女作《伦敦和东南部》（*London and The Southeast*）开始，他陆续写了五本小说，在小说界锋芒渐显。其中，《人不过如此》（*All That Man Is*）更是入选了二〇一六年布克奖短名单，大卫也被《卫报》（The Guardian）评为“二十位四十岁以下英国顶级作家”之一，被英国大牌文学杂志《格兰塔》评为“二〇一三年英国最佳青年小说家”。

从《人不过如此》开始，到最新的小说《骚动》（*Turbulence*），大卫正在探索一种颇具先锋意识的小说理念，他不再拘泥于“长篇”还是“短篇”这种传统小说形式，而是充满激情地投入到一种“松散联结”的小说创造中。与传统的“形式”相比，大卫更感兴趣的是，如何让孤立的故事在叙事中发生联系，小说不再有主角和配角，主人公都是平等的个体。

之所以如此，也得益于他的人生观——他渴望无限接近当代的真实生活，想要摆脱一种“表演”的人生。在大卫眼中，“真实人生”和“电视人生”是平行的世界，人们只能在前一个世界里得到意义。

二〇一九年一月，大卫·邵洛伊来到中国，去了杭州和北京，和两个城市的读者见了面。在有限的城市印象中，最让邵洛伊吃惊的是“相似性”，中国的大城市和欧洲的大城市居然有某种差不多的气氛，这种感觉更加印证了他对当代生活的感知是准确的——在流动性为主要特征的现代社会，某种固定不变的“地域性”正在消失，真实的人生状态，原来就是漂泊。

对话

“追求无限接近真实生活的感觉”

柏琳：这是你第一次来中国，去了杭州和北京。除了欧洲以外，你曾说对亚洲城市的感觉是一片空白的，那么这次你对中国大城市有没有留下什么印象呢？

邵洛伊：我的体验非常有限，只在这两个城市待了几天而已。来之前，我无所期待，头脑中没有任何具体的画面。某种程度上，最让我吃惊的印象是相似性——我的意思是，中国的大城市和我在欧洲所见的大城市，气氛居然是差不多的！生活节奏、城市构造、生存的氛围和欧洲或北美的大城市没什么明显区别。当我想到印度或者北非的城市，我可能会认定存在某种异国风情，但当我来到中国的大城市，第一印象是——我似乎去了熟悉的地方。

至于风景，我对西湖可以说是印象深刻。它像一个人工打造的巨型花园，湖景宛如一幅想象里的中国水墨画。在杭州那几天一直下雨，从未停过，杭州比伦敦还要会下雨！离开的那天雨居然停了，我挺失望，本来我已经准备好画这样一个印象模型——想到杭州，就想到雨。结果没能如愿。将来我可能会重返杭州吧，一个人在雨天的西湖边游荡，享受那种绝对真空的感觉。不过理智告诉我，这是不可能的，游客太多了，想想吧，冬季的雨天周末，堤岸边挤满了拍照的人！如果五月份来西湖，我连湖都看不到。

柏琳：欧洲的媒体把你定义为一个“非常英国的小说家”，考虑到你的家庭背景，你并不是一个从源头上就“纯正”的英国作家，那么你如何理解“非常英国”的含义？

邵洛伊：老实说我不明白“非常英国”是什么意思。我的第一本书《伦敦和东南部》可能很“英国”，故事发生在伦敦，人物是英国人，书里的幽默也是冷冷的“英式幽默”。有趣的是，有人评价我的新书《骚动》变得“不那么英国了”，耐人寻味。

就我的理解，所谓“英式作品“，可能就在于——潜藏在喜剧情节背后的那种严肃性。《伦敦和东南部》的确如此，这是本看上去轻松风趣的小说，悲伤是在幽默背后的。而《骚动》不是这样，那种表面的幽默消失了，我不再用喜剧的方式描述人物。事实上，更进一步理解，什么是“英国式”呢？可能从传统上意味着，你要用一种喜剧的方式写作，这种喜剧在轻松幽默的同时，还必须具有刺痛感，刺痛某些人生的真相。但事情总在变化，典型的“英国式”也会变化，只要每一个正在写作的英国作家正在发生变化。

柏琳：迄今为止你已经写了五本小说，一直在试图描绘当代人的生存现状。如果请你自己来概括，你觉得自己的作品会吸引什么类型的读者？

邵洛伊：当然希望吸引来所有类型的读者（笑），不过也许应该说说我不希望被“限制”在哪一类读者里——就拿《人不过如此》来说，这本小说讲述了一个男人一生不同阶段的经历，它是关于一个男人的生活，但它不是“男性视角”的，女性读者同样可以理解这本书。男人不同阶段的困境，有很多也是女人的困境。

柏琳：你可以解释一下自己的小说有什么魅力吗？

邵洛伊：也许因为我的书描写了时间的流逝和随时随地的漂泊感，所以年轻人会喜欢？一个人二十多岁时，对这种流动性只能有感性的体验，并不能形成某种关于“漂泊”的理论性阐释，而我的书恰恰就提供了这样一种无限接近真实体验的感觉——在当代欧洲，人们就是这样生活的。

事实上，追求无限接近真实生活的感觉，正是我创作小说时的目标。我讨厌那种看起来像是在“表演”的表演，讨厌那种“表演人生”。也许存在两个平行世界吧，一个是真实人生，一个是“电视人生”，许多电影、电视节目和书籍中的生活，其实都是“电视人生”，那些人那些事并不会真的出现在你的现实生活中。我的写作就是要避开这些“表演”。我希望你读完我的书，会感觉到——没错，这就是我的生活。这些事在哪里都会发生，我不是在看一场秀。

柏琳：那么你会如何看待“作家的作家”，或者“写给作家的书”这样的概念？

邵洛伊：有趣的是，确实有评论家说我是一个“作家的作家”，就像博尔赫斯那样的人？虽然我不知道怎么回事，但听上去真是受宠若惊。不过要我自己说，我更希望成为一个“读者的作家”。如果你是一个“作家的作家”，就意味着你为很少数的人写作，比如我眼中的“作家之王”詹姆斯·乔伊斯，他后期的写作令人费解，我不否认那启发了很多作家，但是有多少人能读懂呢？我很怀疑。

柏琳：我们谈谈你本人的阅读，你愿意和我们分享你钟爱的作家和作品吗？

邵洛伊：这对我来说永远是个大难题！不是因为我读得太多，而是因为我读得远远不够。学生时代我确实读了很多文学经典，但我没有最爱的作家。如果让我回忆过去二十年里反复阅读的小说，我也会说没有，如果非要有什么是我反复阅读的，可能是诗歌，比如 W.H. 奥登和 T.S. 艾略特的诗，但我自己没兴趣做诗人。

我会读很多非虚构作品，但是我几乎不读当代诗歌。我怀疑当代诗歌有没有存在的必要，我不明白人们为什么还要继续写诗。这又是何必呢？我读得有限，也无意于做专业评论，就我阅读到的当代诗歌，我觉得那些东西无聊得很。当代诗歌的内容，似乎和现实世界是无关的，无意于进入真实生活，也不提炼价值，只是保留了诗歌的古老形式，半死不活，似是而非。事实上，和我们已有的经典诗歌相比，谁在创造？有没有人在创作新的形式？也许没有。

五年前我写过一些当代诗歌，把它们拿给几个诗人看，其实也没有那么糟糕，可能就是中不溜的水平吧，这些诗歌就像是我的思维笔记，或者一场“头脑风暴”，诗歌本身不怎么样，但却成为我之后小说素材的灵感，所以你看，我可能不是写诗的料。

柏琳：那么小说呢？你可是个小说家啊！

邵洛伊：哎呀，这个问题更难，每次都把我陷于窘境。有一次我和另一个作家交换了关于这个难题的看法。他告诉我，当别人问他这个问题时，他就说《安娜·卡列尼娜》！

柏琳：你喜欢《安娜·卡列尼娜》吗？

邵洛伊：我读过托尔斯泰，也读过陀思妥耶夫斯基，但就是读过，非要说喜欢，可能暂时来说我更钟爱契诃夫。即便如此，我也不想谈契诃夫的短篇小说，我更喜欢他的戏剧作品，像是《海鸥》《三姊妹》《樱桃园》。我喜欢契诃夫在戏剧中描述这些人物的方式，他对人性中感性部分的把握，简直细致到了骨髓，而视角是超然的，却又不是冷冰冰的。他笔下的人物，说台词也是直抒胸臆的，他们怎样想，就怎样表达，他们的情绪是这样真实可感。我不知道这是否是俄国式的独特魅力，但我想这是契诃夫的魅力。此外，契诃夫关注的主题——时间在流逝，人在老去，在流动，过去却永不再来，这些主题也是吸引我的东西。说到这里我才意识到，契诃夫对我来说几乎就是一个写作的“模范”。

柏琳： 对你来说，写作的快乐和痛苦分别都是什么？

邵洛伊： 通过写作，描述一个区别于“电视人生”的真实人生，这是写作带给我的最本质的愉悦。世界一直在变化，我不相信有什么固定不变的“地域性”。如果有一个人，能够把这种变动的生活图景刻画出来，无疑他就在做一件史无前例的事。要知道，不仅世界在变化，时代在变化，人一生的不同阶段也在变化，一个出色的作家，必须站在某一个相对不变的“定点”去描述这种变化，这是多么有趣的事啊。当然，与之相对，写作的痛苦就是——我失败了，没有描述好这种变化。

柏琳： 你经历过这种写作的失败吗？你如何度过这样的危机？

邵洛伊： 当然经历过。就在五年前，我被困住了，不知道怎么继续写下去，于是开始写诗——写诗就是我遇见写作瓶颈的症状！不过这不是最主要的，当我写不下去时，我特别想去学习酿啤酒。如果除了写作，我还能有其他的谋生方式，那一定是去酿啤酒！这是我最瑰丽的梦想，上帝啊，我是如此热爱啤酒。

柏琳：《人不过如此》入围了布克奖短名单，但存在很大争议，争议普遍来自对文体的质疑——众所周知，布克奖是颁给长篇小说的。但这本书，鉴于它用九个短故事串联起来的循环特征，它变得难以定义，有人认为这是短篇小说，也有人认为这是一种长篇小说的新形式，你如何看待这个争论？你曾说《人不过如此》是对“小说形式的反叛”？

邵洛伊：事实上，我不赞成拘泥于小说的形式，我指的就是“形式”——长篇、短篇或者新的体裁。我认为不能在小说“形式”上浪费时间。这和我对当代诗歌的反感原因类似。我是说，当某种文学形式已经不能和现实世界产生交互作用，它还有什么存在意义？文学表现形式必须是现实的映照。当人们叫嚣着“小说已死”时，如果他们指的是已经失去生命力的小说形式的话，我并不在乎。

柏琳：所以，你是否觉得我们应该革新对小说的观念了？

邵洛伊：我不知道别人怎么想，我只能说传统意义上的小说观念对我没有吸引力了。在我写《人不过如此》时，想到要写一本“像小说”的小说，我就兴味索然。与其拘泥于形式长短，为什么不聚焦在叙事结构本身？我感兴趣的是，每个看似独立的故事如何彼此勾连，你中有我，每个单独个体都不能独自承受意义，你需要把他们看成一个联结的整体，《人不过如此》就是这么做的。《骚动》走得更远，十二个故事的主人公都是平等的，没有“叙事等级”，没有主角和配角，他们的意义需要联结起来才能看到。

“当代人随时随地都处于一种流动状态”

柏琳：英国的文学评论界认为你的小说擅长刻画“当代都市里的孤独灵魂”。关于这个话题，西方文学史上的经典文本有很多，比如谈谈美国文学——爵士时代的斯考特·菲茨杰拉德，写出现代文学经典《寂寞芳心小姐》的纳撒尼尔·韦斯特，或者描述空虚的美国郊区社会的约翰·契弗，甚至还包括侦探小说领域的雷蒙德·钱德勒，这些一流的美国作家无不致力于描绘现代城市中形形色色的孤独灵魂。和这些前辈笔下的人物相比，你觉得自己的小说中那些孤独的城市灵魂，是否发展出了什么新的特质？

邵洛伊：这真是个好玩的问题，我自己也在琢磨呢。从菲茨杰拉德的时代到现在，已经过去了将近一百年，也就是说，现代社会向前发展了近一百年，可是我们发现，“当代都市里的孤独灵魂”还是一百年前的灵魂。作家在这方面没什么新探索。作为一个小说家，我当然想超越那个一百年前的时代，可是我没有，为什么呢？可能是因为——这一百年里，现代社会没有发生什么质变，本质上，前后一百年的城市孤独灵魂没有发生质变。作为一个致力于描绘真实社会的作家，是无法超越既有的真实的。

与此同时，我们又发现，在一百年前，从那个时候再往前推，也就是十九世纪，发生了什么？那是拿破仑的时代，是简·奥斯汀的时代，和现代社会简直天壤之别。简·奥斯汀之后一百年，有了詹姆斯·乔伊斯。我想说的是，看看吧，乔伊斯的时代，简·奥斯汀已经成了过去，而我们的当代，乔伊斯还活着！所以你懂我的意思吗？现代社会在一百年里没有发生质变，作家却必须在前人基础上去突破，多么困难啊。

柏琳：《人不过如此》探讨的是当代欧洲的生存图景，而《骚动》更进一步，从欧洲扩展到了全世界。你曾说这本小说想描绘一种在全球化环境下的个体生活，可以具体解释一下吗？

邵洛伊：和《人不过如此》相比，《骚动》的地理范围扩大了，但故事更短了，人物的类型也更多样化，他们来自欧洲、亚洲、非洲和美洲，叙事的视角从时间转向了空间，从人一生的不同阶段转向通过航空旅行发生的位移变化。在《人不过如此》中，我一直想要描述一种现象——当代欧洲社会，个体的漂泊不是一种突然爆发出的存在危机，而是已经成为一种生存常态。我们无法逃离，也无法否定，当代人随时随地都处于一种流动状态。在《骚动》中，这种“常态”扩大到了世界范围，也许就是你所说的“全球化”，这是书里每个主人公都要学会去适应的环境，我们没办法和它对着干。除非发生某些特定的国家灾难，否则谁也不能克服“全球化”。怎么克服？自我隔绝？

柏琳：最后一个问题可能有点危险。我们回到《人不过如此》，小说里的人物在欧洲各个城市随意漂泊。文学评论家詹姆斯·伍德在《纽约客》上点评《人不过如此》时，认为这种人的流动性，得益于欧洲的“无国界”。事实上，难民和移民、新民族主义兴起、福利危机等现实问题正在严厉地考验着当代欧洲社会，整个欧洲似乎正在变得“界限重重”，“无国界”问题变得有点可疑，你怎么看待这个问题？

邵洛伊：在《人不过如此》里，我写了许多欧洲的边缘城市，比如塞浦路斯、克罗地亚某个小城等，这些地方像某种欧洲的“过渡城市”，人们在此短暂停留，不会扎根，这些边缘之地也就带上了与欧洲主流城市不同的超然气质。欧洲的“界限”问题，在我的小说里是通过描绘边缘城市来讨论的。

谈到当代欧洲的“国界”，我们需要分清楚“内部界限”和“外部界限”。欧洲内部的界限确实越来越模糊，而外部进入欧洲的界限却在增强。我不是政治家，无法评论。不过这里面有一个“责任感”的问题。一百多年前的美国说自己是个自由的国家，谁想来就来。这是真的，但美国不会负责你的死活，你如果移民到美国后饿死了或者病死了，没人管你。欧洲的福利体系正在经历危机，经济低迷，欧洲人觉得没有安全感，一旦别人从外部进入欧洲，欧洲人认为自己需要对他们的生活负起责任来，可往往不堪重负，这就是矛盾所在。我的意思是，自由意味着更多责任。

Geoff
Dyer

杰夫·戴尔：享受无聊

又高又瘦的杰夫·戴尔出现在酒店大堂门口，哼着小调，牛仔裤卷起了不规则的裤边，衬衫袖口也做了相同处理，给人的印象是——他一直保持着“在路上”的状态。昨天下飞机来不及倒时差就开始跑各种活动，他累到脸色煞白，好在晚上睡得香甜。早晨起来，在房间里一边喝咖啡一边听贝多芬，拉开窗帘，虽然外面是雾霾笼罩下不那么令人愉快的北京风景，但也没影响他的好心情——他当然可以在家听贝多芬，可一旦把这种体验“嫁接”到陌生的地方，老杰夫立刻变得兴致盎然。

是该叫老杰夫了，毕竟今年就要过六十岁生日。二十五岁开始满世界晃荡，算起来他成为一个“到处旅行的自由作家”已经三十五年。三十五年里，总给人懒散印象的杰夫·戴尔居然如同保持着跑马拉松的状态那样，一直在写书——五部小说，十一部非虚构作品，其中包括七部“不属于任何文体”的书。按时间顺序排列的话，它们分别是：《然而，很美》（关于爵士乐）、《寻踪索姆河》（关于一战）、《一怒之下》（关于D.H. 劳伦斯）、《懒人瑜伽》（关于旅行）、《此刻》（关于摄影）、《潜行者》（关于塔可夫斯基的电影），以及将要面世的《白色砂砾》(类似于旅行纪录片)。每写完一本书，杰夫·戴尔都几乎把这一领域的兴趣"烧个精光"，以至于写完之后就变得对它毫无兴趣。

写完一本书是为了对这个主题不再感兴趣。听上去有点古怪，却是杰夫·戴尔的真实心境。这点在《一怒之下》中体现到极致。这是杰夫向"父亲式"的作家 D.H. 劳伦斯致敬的书。在巴黎罗马希腊等地晃了一圈之后，他却觉得什么都写不出来了，于是一本关于劳伦斯的书变成了一部焦虑的写作日记，却歪打正着地成就了一部闪烁劳伦斯"灵魂怒火"的奇特作品——你的写作对象不在现场，又无处不在。

这就是杰夫·戴尔那些"四不像文体"作品给人的感觉，小说？游记？传记？评论？随笔？你无法限制他。像他的偶像 D.H. 劳伦斯那样，杰夫·戴尔"不属于任何阶层""在任何地方……都很自在"。

他很满意自己"知识阶层边缘人"的状态，也许这有来自童年的心理动因——作为二十世纪五十年代英国社会为数不多的独生子女，杰夫·戴尔从小就觉得自己格格不入。他不是个淘气的孩子，但他说自己是"非常英国"的男孩——很小就开始喝啤酒，常和醉醺醺的熊孩子打架，除此之外，"每天放学回家，只能面对自己"。对于小杰夫来说，从童年起就需要面对的一个严肃问题是——如何打发"无聊"。

很幸运，他听从了自己老师的建议——阅读。读莎士比亚、简·奥斯汀、华兹华斯和乔治·艾略特以及英美现当代作品。阅读延展了他有限的社会阅历，他开始享受因为无所事事而埋头读书的生活。不过，求知若渴并没有让他最终跻身为“受人尊敬的中产阶级”中的一员——虽然这是他工人阶级的父母苦苦希望的。杰夫·戴尔讨厌一切条条框框，从牛津大学毕业后，他渴望的是“无所事事地闲逛、读书、欣赏画作、看戏、聆听、思考，写让自己感到最愉快的东西”，他找到了抵御无聊的方式——享受无聊。

成为作家，以体验生活的名义满世界乱转。

“如果没有幽默感，
你会失去和世界某部分的重要联系”

柏琳：大学毕业后，你没有如父母期望的那样跻身“安稳而受尊敬的”中产阶级，而是成为一名自由作家，你拒绝那种身份的原因是什么？

杰夫·戴尔：我没有成为从牛津毕业的中产阶

级的一分子，我毕业后还向国家申请救济金呢。我的父母真的非常失望。其实这个选择并不是关于个人，而是关于一个时代。在我将要进入社会的那个时代，英国社会中产阶级很多，既受尊敬又很稳定，很多从牛津毕业的人都顺利过渡到了这个阶层。我的父母不能理解我的选择，是因为这是迥异于他们生活认知的。

那时候，我的生活不在常规轨道内。我的父亲一辈子都在工作，他从来没有向政府索取过任何救助。我的行为他是不能理解的，但其实这是我的权利啊，而且领取救济金从某种程度上说也是中产阶级行为的一部分。

从牛津毕业以后，我没有立刻成为一个自由作家，相当长一段时间我在社会上无所事事，靠领政府救济金生活。成为自由作家是后来的事情，这件事也让我最终变成了“受尊敬阶层”的一员（自嘲地笑）。

柏琳：二〇〇九年七月《纽约书评》上，有一篇蒂姆·帕克斯评论你的文章，说你有一种“招牌式的、在严肃与轻浮间保持平衡的能力”，你觉得自己是严肃还是轻浮呢？

杰夫·戴尔：这是一个有趣的问题，我也不知道能不能回答好。我喜欢变成一个有趣的人，并期待和有趣的人交流。但是，有趣的反义词并不是严肃，而是“不有趣”。一个人可以是既有趣又严肃的，这也是我的目标。当然，我的确在某种程度上戴着“轻浮”的面具，但我本质上是一个风趣的作家，同时也在写作中保持严肃性。我很高兴人们无法区分我的书究竟是有趣还是严肃，实际上这是并存的。

很多写严肃作品的作家会表现得非常严肃，我不是很喜欢，这会把自己束缚住。当然，我不会去写取悦读者的书，如果你想被娱乐，你上 YouTube 就可以了，没必要看书。所以本质上，严肃对我来说是个非常高级的词，我尊重这个词。与此同时，我认为幽默感也很重要。如果没有幽默感，你会失去和世界某部分的重要联系。

柏琳：如今你如何看待自己的身份，边缘作家？嬉皮士作家？

杰夫·戴尔：我只是一个作家，写点专栏、小说和散文。有些人更愿意被叫作小说家而非作家，因为他们觉得这样听上去更高级，但我更愿意是个作家，这样就能以体验生活的名义，心安理得地满世界乱转。我乐于享受成为作家带来的一切便利。

柏琳：你对旅行文学有独到的理解——比如，寻找你自己，让所在之地和自己融为一体。是否有这方面的写作范例？

杰夫·戴尔：D.H. 劳伦斯是第一位的，他的旅行书写是如此独特，每到一个地方，总是通过联想自我、验证自我的方式来把个体和所在之地合二为一。在劳伦斯之后，还有丽贝卡·韦斯特（Rebecca West）那部讲述南斯拉夫以及整个巴尔干半岛历史的伟大的《黑羊与灰鹰》（*Black Lamb and Grey Falcon*），以及玛丽·麦卡锡的《佛罗伦萨的石头》（*The Stones of Florence*）、波兰作家雷沙德·卡普钦斯基（Ryszard Kapuscinski）的报告文学《足球战争》（*Soccer War*）。

柏琳：在全世界这么多自然风光里，你说自己非常喜欢沙漠，原因是什么？

杰夫·戴尔：这很正常，可能是因为沙漠景象和我的家乡英国完全不同。英国没有沙漠。我非常喜欢美国西部的沙漠，那里有很多不可思议的美景，我可以忍受驱车五个小时，就是为了抵达沙漠。比如加州的死亡谷、内华达州的黑岩沙漠、非洲的撒哈拉沙漠以及利比亚沙漠。

柏琳：你是一个英国人，却喜欢美国文化？

杰夫·戴尔：美国有更多更好的现当代文学作品，英国人到美国去并且爱上美国的有很多。因为美国文化是如此的“不英国”。我喜欢美国文化，比如，我可以和人很轻松地聊天。在英国，你和别人交谈超过两分钟，你就知道这个人所属的阶层。但在美国这是不可能的，一个人的阶层不是交往中最重要的东西。

柏琳：在全球化时代，旅行变得很容易，借助便捷的交通方式，我们可以很容易地去往世界各地。从你的亲身感受来说，是否觉得在这样的时代旅行的感受会越来越同质化？如果是的话，又如何抵抗这种同质化的经验呢？

杰夫·戴尔：太好了，我也一直在想这个问题！旅行确实变得越来越同质化，一方面我自己也不能免疫于这些“同质化的舒适性”带来的吸引力，另一方面，对我来说最重要的是“多样性”。比如，我当然可以去蒙古一个偏僻的村落里，体验草原生活，这是传统意义上体验“原汁原味”，有别于同质化经验的旅行方式，但与此同时，我在现代化的麦当劳和星巴克里也愿意享受便捷卫生的服务。

虽然，我认为星巴克开遍全世界，麦当劳开遍北京是一件令人羞耻的事情，但是我也会安慰自己，即使是看待同一个麦当劳，不同人的体验也不一样。每个人都有舒适区，就像人人都渴望喝一杯好咖啡，可是每个人心中关于好咖啡口感的标准是不同的。我去过的发达国家很多，但我也去过很多欠发达地区，比如印度一个不知名的破村子，那里破败到我连晚上睡觉的旅馆都找不到，但我一直记得那里夜晚的天空是如此美丽，我依然抵达了快乐。

Colin
Barrett

科林·巴雷特：爱尔兰青春残酷物语

爱尔兰这个孤悬于大西洋上的岛国，向来盛产小说家。从后现代文学的奠基人詹姆斯·乔伊斯，到细致动人的当代作家威廉·特雷弗，再到被誉为“英语文学的语言大师”的科尔姆·托宾，这个小岛国家在小说造诣方面持续着强劲的传统。

一九八二年出生的爱尔兰小说家科林·巴雷特，也在用自己锋芒毕露的短篇小说努力延续着这种文学传统。他来自爱尔兰西南海岸一个贫困无名的小镇，二〇一〇年波及欧洲的爱尔兰债务经济危机给他的故乡造成了毁灭性影响，也给他这一代爱尔兰年轻人带来了创伤。巴雷特的短篇小说集《格兰贝的年轻人》（*Young Skins*）在英语文坛一鸣惊人，斩获包括奥康纳国际短篇小说奖在内的多个大奖。这本处女作，带领读者在后经济危机时代的爱尔兰，走进一座乡下小镇里一群带着创伤生活的年轻人的心灵，感受他们的残酷青春，以及这残酷背后的温情。

对话

“我们生活在不确定性中，想把现实撕碎”

柏琳：作为你的处女作，这部短篇小说集描绘了一群生活在爱尔兰小镇格兰贝的年轻人，他们都带着创伤，在衰败小镇上挣扎过活。这些人物形象的灵感，是否主要来自你个人的生活经历？

巴雷特：当然是这样。我在爱尔兰西海岸的梅奥郡长大，那是一个不大的乡下镇子，小说里的格兰贝镇就脱胎于此。我的想象力从梅奥起飞，那几乎是封闭的场域。一旦我将故事设定在以梅奥为原型的虚构小镇上，这样的场域给了我充分的聚焦感，格兰贝可以把故事和人物都“锁”住。

不过，我花了很长时间才决定写故乡的故事。成年以后，当我再次回到那里，回忆那些和我一同经历过成长的人，他们强烈的爱恨、看待世界的方式，以及那些生命中的遗憾和迷茫，我真的很想把他们写下来。可我环顾四周，有太多作品都刻画过这些质地相似的年轻人，我对自己没自信。但最终，当他们真的在我笔下苏醒时，我发现自己成了一个真正的写作者。

柏琳：能否为我们具体描述一下故乡梅奥，或者说虚构的格兰贝小镇？理解这个地方对理解这部小说很有帮助，就像福克纳的“约克纳帕塔法县”那样。

巴雷特：那是个小得不起眼的乡下地方，爱尔兰已经够小了，它甚至是爱尔兰的边缘角色。远离经济中心，远离城市，人口比例十分诡异——大部分是老年人和孩子，当然我知道这个现象在当今世界已经见怪不怪了。因为当孩子们长大，他们就必须外出读书、谋生，而梅奥如同一个坑，一个某种意义上的牢笼，没有发展的机会。有点本事的年轻人都必须离开。可是总有人留下，对不对？我的小说就是要写这些留下来的年轻人，他们的生活犹如困兽之斗，而我就是和这群人一起长大的。

柏琳：小说里充斥着这些年轻人失败的生活，毒品、暴力、贫穷、死亡的阴影挥之不去。你写下这些故事时，怀有一种怎样的心情？悲悯？疼痛？或者其他？

巴雷特：诚然，他们是失败者，经济低迷的故乡无法为他们带来希望，回到故乡意味着准备接受自己艰难的命运。但是不止于此，这些年轻人之间依然有柔情、义气、善良和勇气，他们可以挣扎着生活下去，社区也正在缓慢地振作，这些变化我也写了下来，我希望读者可以从中看见重建的火花，更希望故事的原型们，也就是我熟悉的那些同乡人，他们可以看见小镇自我复苏的力量。

柏琳：不得不说，这本书里的年轻人的确会让人联想到塞林格的《麦田里的守望者》，同样是面对外部世界的愤怒和迷茫，同样是青春残酷物语。你认为二者有相似性吗？

巴雷特：我写完以后发现还真是这样。我是塞林格的超级粉丝，他已经出版的四本小说我都看过。我喜欢《麦田里的守望者》，霍尔顿·考尔菲尔德的故事对我来说甚至是闪闪发亮的——非常“曼哈顿”，中产阶级的孩子，出门可以直接打出租车，对于我这种“乡巴佬”，这真让人羡慕啊。

《麦田里的守望者》聚焦处在人生十字路口的年轻人，他们正在过渡期，对于未来之路一无所知，他们的愤怒没有出口，迷茫没有原因，不知道怎么和世界相处。这也是我在二十多岁时的心境，不再是孩子，可也不是成年人，我到底是谁？那时候我刚大学毕业，去了一家电信公司工作，想写作，可不知道什么是写作，周围一个作家都没有（霍尔顿也热爱文学）。虽然后来我写出来了，可马上经历了漫长的怀疑期，我怎么知道自己写的不是垃圾？与其说我的书和《麦田里的守望者》相似，不如说我自己和霍尔顿分享某种共有的迷茫。我们生活在不确定性中，想把现实撕碎，狠狠地踹世界的屁股。

虽然有创意写作课程，但写作这件事只能靠自己

柏琳：不过和霍尔顿不同，你毕竟还是选择了专业写作这条路。据说爱尔兰当代著名小说家科尔姆·托宾是你的写作导师，你从他那里都学到了什么？

巴雷特：这事儿很逗。托宾是个风趣的人，他十分支持我，在提供写作的技术性指导上也很慷慨。我总是第一时间就会把刚写好的部分发给他看，他会不遗余力地提出意见。不过他其实并不想做我的“编辑”，我已经有编辑了，每个出了书的写作者都会有自己的编辑。托宾也并不想做什么导师，他只想和我以及众多爱尔兰的年轻作家成为写作领域的同行者，仅此而已。托宾太清楚了，写作这种事，你只能靠自己。写作的“指导”，和其他课程的指导

都不太一样。比如在舞蹈课程里，初学者必须要有舞伴老师，必须要加入队伍中，慢慢出师。可写作就不行，这事儿不确定性太多了。

柏琳：你在二〇〇九年拿了都柏林大学的创意写作硕士学位，所以你还是会不可避免接受一些写作的指导。我其实挺怀疑“创意写作”这种课程的设立意义，这究竟能在多大程度上对写作者有用？你觉得呢？

巴雷特：过去没有这种东西（创意写作课程），有天分的作家不需要这些，出版商也不在乎作家是否接受过专业写作训练。但今天的情况不同了，我猜想这还算是个好事。我自己二十多岁时修完了英语文学的大学学位，然后在一家电信公司做了五年文职，写作只是遥远的梦想。但是自从我知道自己可以去进修创意写作课程，我就知道机会可能来了。这给了我充分的理由辞职，在父母面前理直气壮，这是梦想的呼唤，从此以后我可以更严肃地对待自己的写作梦。

上课第一天，创意写作课的老师就对我们说，这里不是一个把你“变成作家”的地方，这里没有“作家魔法药水”，他们可以提供的，只是从事专业写作的充足时间，和知名作家交流和学习的机会，剩下的就靠自己了。

至于我，只需要时间，至于能不能得到大作家的指导，我不太在意。此外，创意写作课程还给了一种帮助——反馈机制。我蛮害羞的，写的东西以前从不示人，最亲近的朋友也不行，给杂志投稿也没信心。但这个（课程）要求我必须写完了作品就要给别人看，等待回应。这种接收反馈的习惯让我受益良多，我越来越认真地对待写小说这件事。我是说，我其实也不在乎反馈是好是坏，有反馈就行了。

柏琳： 说起来，爱尔兰还真是盛产小说大师，从了不起的詹姆斯·乔伊斯到当代的威廉·特雷弗，当然还有你的导师科尔姆·托宾。在这些前辈中，你是否有自己心目中的大师？

巴雷特： 我从前是詹姆斯·乔伊斯的粉丝，他的《都柏林人》我翻了一遍又一遍，神魂颠倒地迷了很多年。从我开始写作后，我喜欢上了爱尔兰女作家安妮·恩莱特（Anne Enright）的作品。她是布克奖得主，在爱尔兰本土也很出名，我尤其喜爱那本叫作 *The Green Road* 的小说，这是本叙事触角横跨三十年，涉及三个大洲的小说，讲述了 Madigan 家族的故事，每个成员都需要面对家庭关系的重负，每个人都需要重新踏上重返家庭的旅程。这是关于我们为家庭、信仰和爱情而战斗的小说，它强烈吸引着作为写作者的我。

柏琳：我们来聊一下社会性更强的问题。《格兰贝的年轻人》在内容上乍一看是关于小镇年轻人黯淡而残酷的青春，但其实这些故事都有严肃的社会性背景。比如大部分的故事都是在当代爱尔兰债务经济危机的背景下发生的，又比如最后一个故事《请忘记我的存在》里，来自东欧的酒保曾在二十世纪九十年代参加过波斯尼亚内战。可见你的小说视角并非局限在故乡本土，而是也扩展到欧洲其他地方的社会问题，那么，什么样的现实问题是你在写作中最关心的？

巴雷特：不得不说，二〇一〇年前后的爱尔兰债务危机确实是我迄今为止写作中关注的核心社会问题。这场由房地产泡沫引发的全面经济危机其实并不仅仅发生在爱尔兰。但毫无疑问对爱尔兰产生了毁灭性的打击。在危机之前，爱尔兰的经济一度腾飞，甚至有“凯尔特之虎”的美誉，二〇一〇年以后就变成了“病猫”，而且这场债务危机也为我本人带来了根本性的变化。二〇〇八年，也就是危机开始初露端倪时，我二十六岁，在工作上马马虎虎，觉得自己很快就要被不景气的公司辞退，于是开始转向写作。二〇〇三年时我刚大学毕业那会儿，爱尔兰正迎来经济繁荣的好时候，找工作很容易，我有不少同乡都成了工程师或者金融顾问之类的人，可才五年过去，一切都成泡影。二〇〇八年前后步入大学的年轻人，根本不知道自己毕业了要干什么，爱尔兰整个社会都是低迷的状态。这些毕业即失业的年轻人回到了故乡小镇，继续迷茫地讨生活。这也成了我写作的背景，危机的创伤性影响太大了。

至于东欧问题，我感到很惭愧，对于我这一代西欧贫困小镇的年轻人来说，对东欧几乎一无所知，所有的知识可能都来自书本和电影。但是爱尔兰经济危机发生后，越来越多的波兰人来到我的国家，我也接触了很多波兰人，我感觉东欧人身上有我所不了解的历史，非常深邃。这部小说里的最后一个故事《请忘记我的存在》是一个偶发产物——只有这个故事的人物中心不是格兰贝的年轻人，而是一个来自东欧、参加过巴尔干战争的酒保，他的身上充满了不动声色的故事，深不见底，就像一团迷雾，这也是东欧给我的感觉。

在接下去的创作中，爱尔兰债务经济危机的社会背景，将会继续成为我的小说的故事背景，但我也同时渴望并试图把触角延伸到爱尔兰以外的地方，东欧、南欧甚至亚洲。

Azar
Nafisi

阿扎尔·纳菲西：在文学中寻找爱的自由

愈演愈烈的叙利亚难民潮，让全球目光持续注视那个面纱之下的伊斯兰世界。“9·11”事件后遗症的发酵、伊斯兰宗教极端恐怖组织 ISIS 的肆虐，这些事件与全球正在兴起的新民族主义势头裹挟在一起，让整个世界不安。

在这之中，伊斯兰的面孔尤其受到误读，穆斯林的形象被扭曲。而中东的伊斯兰世界，在现代化进程中，面目究竟是狰狞？还是饱受撕裂的苦楚？

于是，当今世界，伊斯兰就成了一道谜题，一个挑战。伊斯兰不仅是引人入胜的神秘主义诗歌和高妙对称的建筑，也是 ISIS 国的恐怖分子和黑袍裹身面纱遮面的穆斯林女性，人们对伊斯兰的理解不一而足。我们不要忘了，现今世界有十多亿穆斯林，其中一千多万生活在欧美。

伊朗女作家阿扎尔·纳菲西，就是一个生活在美国的穆斯林女性。和传统伊朗女性不同的是，她拒绝佩戴面纱。在她看来，这是抵抗政教合一的伊朗暴政的外在方式。

存在一种“私人化”的勇气

从纳菲西祖母出生的二十世纪初，到纳菲西女儿出生的二十世纪末，伊朗始终处于政治文化动荡不安的时代——一九〇五年到一九一一年的伊朗宪法革命催生了一个当代伊朗，使这个国家迈开了现代化进程的步伐。时间快进到一九七九年，一切都变了，伊朗伊斯兰革命爆发，霍梅尼推行政教合一，在伊朗全面实行伊斯兰化——“不要西方，不要东方，只要伊斯兰”。两场革命塑造了今日的伊朗，瞬息万变的动乱成了唯一的恒久。

在混乱的节点一九七九年，于美国俄克拉荷马州立大学读完文学博士课程的纳菲西回到伊朗，任教于德黑兰大学等三所高校。此时的德黑兰，“大学再度成为文化纯正主义者攻讦的目标”，拒绝佩戴面纱、讲授西方文学的纳菲西，遭遇了当局者没完没了的监视和警告。她终于离开了大学，却把文学的课堂搬到了自家起居室——她在这里带着姑娘们读西方文学经典。这成为她除了拒绝面纱这一外在象征之外，用于抵抗暴政的内在方式。她把这一切写成《在德黑兰读〈洛丽塔〉》，写下伊朗女性的抵抗。

然而光是这样的抵抗还远远不够，纳菲西受够了在咖啡馆和课堂的突袭检查，随时降临的飞弹和朋友不断被谋杀的噩耗，不想再把日常生活过得战战兢兢了。她在一九九七年决定离开伊朗去美国生活，用彻底离开的方式，抵抗暴政的无孔不入。

带着伊朗的记忆到异乡美国，纳菲西发现伊朗不断被人误解，而她和伊朗的联系，却随着朋友的陆续失联和父母的离世，而变得疏离恍惚起来。她不能再沉默，感觉自己有一种责任——用讲故事的方式将伊朗复杂的历史和现状一一描绘出来。她从自己身上开刀——纳菲西家族从诞生一刻起，就和伊朗历史紧紧相连。父母的故事，就是伊朗社会一个独特而丰富的横截面。所以，她又写下《我所缄默的事》。

阿扎尔·纳菲西的半生，始终在古老伊斯兰国家和现代西方文明之间穿梭，这两本书试图为我们解答伊斯兰文明在现代化进程中的困惑与伤痛。关于家族与国家，政治与文学，反抗与革命，谎言与爱，从伟大的文学经典到私密的家庭往事，她选择讲述真相，古老伊朗在现代化路上所遭受的苦难，这两本书用最为感性的方式一一表达。

经历一九七九年伊斯兰革命的伊朗，实行政教合一的全面伊斯兰化，法律退回到更古老时代。穆斯林女性再度被强制佩戴面纱，再度被剥夺恋爱和婚姻的选择权，再度被禁止接触西方文化。在万马齐喑的极权环境里，七个“勇敢与脆弱交织”的穆斯林女性，来到纳菲西家里上一堂“有魔法”的西方文学课，一起读《洛丽塔》，读菲茨杰拉德，读亨利·詹姆斯和简·奥斯汀，她们在这里想象自由的色彩，找到被暴政掠夺的自我。

而纳菲西本人，在引导穆斯林年轻女性寻找自由意识的路上，没有停止过寻找她个人的自我意识。拒绝面纱，以文学为武器，这的确是两种抵抗当局暴政的方式，但当她去美国生活后，双亲的离世和他们留下的"虚构"家族史，以及西方人对伊朗的寡闻，让她感到伊朗的面孔越来越模糊。她不能再沉默，她坦白《我所缄默的事》，从微小入口进入爱恨交织的家族故事，放大一部视角独特的百年伊朗动荡历史。

"在德黑兰陷入爱河。在德黑兰参加派对。在德黑兰观看马克思兄弟的电影。在德黑兰读《洛丽塔》。"——这是纳菲西列出的取名为《我所缄默的事》的清单。她用阅读打破沉默，然后开始讲述私密生活中的那些背叛。个体的爱，个体的恨，都是对伊朗的凝望，凝望这个古老与现代交织的伊斯兰世界。我们对自己的历史，从来不能真的保持沉默。

是否佩戴面纱？这成了我们如今想象穆斯林女性时首先会想到的问题。而今的穆斯林女性，是否都身裹黑袍，用头巾藏起头发，佩戴面纱，只能露出双眼？不，纳菲西告诉我们，伊斯兰革命前的伊朗不是这样。面纱在伊朗不同历史时期有着不同意义。

纳菲西祖母出生时，伊朗在不稳定的君主独裁统治下，严格的宗教法律支持石刑和一夫多妻制，女孩九岁就能结婚，女人不能上学，几乎不被允许出门，即使要出门也必须从头裹到脚。这样封闭的法规在伊朗宪法革命后被逐步推翻，巴列维王朝的“白色革命”为促进社会各阶层的现代化，授权女性可以不戴面纱，此举却带来了两代女性截然不同的反应：祖母一辈的伊朗女人因此拒绝出门，直至该法令在一九四一年废除；而纳菲西母亲那一代，在公开场合不戴面纱，可以去法语学校读书，在舞会上自主选择丈夫。伊朗的现代化进程在二十世纪五六十年代一度达到顶峰，在纳菲西的成长记忆里，上学、开派对、自由阅读、看电影都被看作是理所当然之事，当时伊朗女性的权利与西方民主国家妇女的权利相差无几。她甚至目睹了两位杰出女性晋升到内阁部长，而自己的母亲也成为首批当选国会议员的六名女性之一。

前进的脚步在一九七九年的伊朗伊斯兰革命后被终止，法律退回到更古老时代：废除了家庭保护法，女性适婚年龄又下降到九岁，女性出门必须黑袍加身，佩戴面纱，不许化妆和烫发，不能和异性握手，不能和除父兄以外的任何成年男人外出，否则，街上持枪巡逻的道德警察会抓你进监狱。一个女生被开除，理由是“有人控告她在头巾底下隐约看得见的白皮肤挑起了他的性欲”，与此同时，以美国为代表的西方被视作洪水猛兽，是想象中撒旦的王国。在德黑兰的阿拉梅·塔巴塔拜大学出现了两个入口，一个是供男性出入的绿色宽阔铁门，一个是挂着帘子的小边门，所有女生都必须通过这小门进到一间黑暗的小屋接受检查后方可入内，检查的内容包括外套颜色、制服长度、头巾厚度、化妆痕迹和戒指大小。这一切都试图使女性变得隐形。纳菲西和她的女学生们，以及她一九八四年出生的女儿，被迫重新戴上面纱。这一代女性，再度被当政者打上了没有脸谱的穆斯林女性的印记。

纳菲西拒绝佩戴面纱，也因如此，她和德黑兰三所大学的校方都产生严重分歧而被迫辞职。表面上看，她拒绝的是“一块布”，但其实，纳菲西认为“我拒绝的不是那块布，而是当局对我的强迫改造，使我照镜子时厌恶起镜中那个陌生人”。纳菲西尊重那些出于宗教信仰而佩戴面纱的女人，尽管自己并不认同女性应在公共场合遮盖“作为性的意义的身体”的宗教观念。在《在德黑兰读〈洛丽塔〉》中，纳菲西试图说明自己强烈抵制面纱的问题症结：穆斯林妇女的面纱已经成为政教合一的当局一种政治控制的武器。而她真正拒绝的，是“一个政权通过法令和自己对宗教的粗暴理解来强行规定妇女的公开露面方式”。她数次谈到自己的祖母，“她是虔诚的穆斯林，她戴面纱，面纱象征她和神之间圣洁的关系，这是笃信宗教的人按照自己的方式实践信仰的做法。如今这却沦为权势的工具，戴面纱的妇女成为政治的表征。”在自小就接受西方民主教育的纳菲西眼中，何为真正的伊斯兰教？她认为在伊朗和世界其他地方，都存在对伊斯兰教千差万别的解读，但有一点必须是共识：当宗教成为政治工具，就必须抵制它。

给女孩们的“私人文学课”

事实上，从纳菲西祖母一代直到她的女儿一代，伊朗女性一直在为自我权益而抗争。从国会议员母亲，当选内阁部长的女性前辈乃至用开设文学课抵抗政治入侵私人生活的纳菲西本人，都是斗士。纳菲西并不孤单，因为年轻一代的抵抗者——来上她的私人文学课的那群年轻姑娘，在文学面前，都勇敢地卸下了面纱。

《在德黑兰读〈洛丽塔〉》是四段关于伊朗女性以秘密的方式反抗政权的炽烈故事。一九九五年的伊朗，距离伊朗伊斯兰革命过去了十六年。那时，纳菲西虽然不再在德黑兰的大学里教授西方文学，却在起居室里开了一个私密的文学课堂，来上课的是她喜爱的七个女生，她们一起阅读西方文学经典。

这七个女生在宗教和社会背景上截然不同甚至相互抵触，却由于一份共同的文学信仰而能够和平共处数小时乃至变得亲密无间。近两年的时间，不论晴雨，她们几乎每周四早晨，都会戴上一束表达自己当时心情的小兰花或者水仙，来到纳菲西的住处，卸下面纱长袍，露出琳琅满目的色彩：鲜红的指甲，金色的耳环，挑染的头发……起居室里的天地是她们自由的小宇宙，她们在这里一边对奶油泡芙和冰激凌大快朵颐，一边为了盖茨比的痴心和伊丽莎白的结婚对象争得面红耳赤，这里被她们称为“自己的空间”，以此和伍尔夫的“自己的房间”呼应。

纳菲西和这些姑娘有两张合影照片，她一直带在身边：第一张相片里的女人倚墙而立，全身包得密不透风，第二张相片里同一批人，相同姿势，不同的是，除去了外层包裹，因身上缤纷的衣服和头发色彩而区分。这七个人是：诗人玛纳、虔诚的穆斯林玛荷希、“野丫头”阿金、羞涩的蜜德拉、调皮的雅西、压抑的莎娜姿和独来独往的娜丝琳。就是这七个被纳菲西称为“我的丫头们”的伊朗年轻一代女性，她们的快乐被禁锢，爱情被剥夺，婚姻被强迫，生活权利被忽略，她们“时常提起被剥夺的吻，没看过的电影和肌肤没吹到的风”，她们为自己不存在的记忆而困顿。纳菲西在她们身上发现有一种“脆弱夹杂勇敢”的奇异特质，看似是个悖论，但真实共存。“这些丫头很脆弱，因为她们比其他人更敏感，她们感觉自己被不公正的待遇深深伤害了；但她们又很勇敢，因为她们不像其他人那样对歧视逆来顺受，而是试图通过自己的行为发出抵抗。”纳菲西教给她们的抵抗魔法，是阅读、讨论和发表对西方小说作品的感想。她选取了自己最喜爱的四个西方作家：纳博科夫、亨利·詹姆斯、菲茨杰拉德和简·奥斯汀。

为什么是这四个人？纳菲西注意到，“丫头们”和她往来的上一代学者不同，她们对意识形态并不感兴趣，反而对大作家的作品保有一份纯真的好奇心。纳博科夫、亨利·詹姆斯、菲茨杰拉德和简·奥斯汀的作品，多数在伊朗被列为禁书，而这些“非革命作家”才是年轻一辈歌颂的，他们是禁忌世界的使者。

为何是《洛丽塔》？为何是《了不起的盖茨比》？为何是《华盛顿广场》和《傲慢与偏见》？这一切都有一个地点状语限定：在德黑兰。如同《在德黑兰读〈洛丽塔〉》中描述的那样，在纳菲西的晨间文学读书会上，这些作品都带上了一层德黑兰色彩。换言之，在极权统治下秘密阅读“自由的书”，是个人化的抵抗。《在德黑兰读〈洛丽塔〉》游走在虚构和非虚构之间，关乎对一切极权思想的控诉和对自由世界的想象。无论是永远和禁锢她的人相连、不曾拥有自由的洛丽塔，还是从自由梦中幻灭的盖茨比，或是把追求婚姻自由看作选择个人自由的凯瑟琳（《华盛顿广场》）和伊丽莎白（《傲慢与偏见》），借助这些经典阅读，文学为丫头们提供了西方平行世界的精华：什么是自由恋爱、什么是自主婚姻、女性美是什么、怎样享受生活……文学还给她们被剥夺的记忆。

纳菲西从未想过自己的文学课能坚持两年之久，她的愿望单纯可爱——要把文学课打造成某种魔幻地带，让那些在书里来来往往的女人，坐着时光机穿越到今天的伊朗，和她的丫头们一起坐下来喝一杯土耳其咖啡。

“伊朗是她的移动之家”

如果说阅读是纳菲西抵抗独裁暴政的魔法，我们想要追问：这种魔法是如何获得的？答案也许就在她那显赫与痛苦并存的家族历史中，就在《我所缄默的事》中。

一百年来动荡的伊朗历史，给纳菲西家族打上了深深的烙印。她的父母来自伊朗同一个古老家族——纳菲西家族，这个家族以出学者而闻名。她的父亲是保守家庭的反叛者，曾经的德黑兰市长，后来含冤入狱。母亲曾是首相儿媳，并且在一九六三年成为第一批当选伊朗国会议员的六位女性之一。纳菲西本人则自小就接受了良好的西方教育，十三岁去英国读书，之后辗转瑞士和美国继续升学，一九七九年回国在伊朗三所大学先后任教。

这风光的家族历史，背后却是隐痛与脆弱交织——父母永久性的失和与横亘在他们中间的那个“前夫”；母女之间长期对峙直到最后亦未达成的谅解；母亲那具有毁灭性的幻觉世界，她缺爱的童年和不再跳舞的秘密；父亲曾经意气风发的仕途直到晴天霹雳般的含冤入狱，他为了维护一个幸福家庭而不断说谎的苦衷，晚年背叛母亲后苍老而无奈的内心世界；外祖母的神秘自杀，纳菲西本人第一段迷茫而痛苦的婚姻……这些隐秘，纳菲西曾经并未想过把它们写成一本家族回忆录。在伊朗，人们是不愿意暴露家里私事的。

双亲的离世成为转折点。一九九七年离开伊朗去美国后，父母陆续去世让纳菲西意识到自己再也不能和他们对话，这甚至割裂了自己和伊朗的联系。她必须进行一场痛苦的回忆。

在回忆中，她发现这样的回忆带有很多“虚构”的成分——她一直深陷在父母虚构的故事中。他们双方都希望她站到自己的那一边批评对方，以至于她回忆父母和家族的方式都被剥夺。她下决心重新发掘真相——变成记忆的小偷，专注于收集母亲的照片、父亲的日记，深入挖掘家族故事的细节，不再沉默。

在纳菲西看来，沉默有很多方式：独裁政府强制民众保持沉默，偷走他们的记忆，重写他们的历史，将国家认同的身份强加给他们；见证者的沉默是选择忽视或者不说出真相；受害者的沉默则使他们变成发生在自己身上罪行的共犯。而冷酷政体对私生活和家庭造成的侵犯，倘若作为亲历者不将之表达出来，则也会成为一个令人羞耻的共谋。

纳菲西拒绝成为这样的共谋，《我所缄默的事》中揭秘家族隐痛的背后，是对那些镇压性法律条款和处决的批判，对伊朗公共政治生活中坏事的无情揭露。纳菲西把这本书看成是对沉默的打破——更是一场对父母最好的道别，一封对故土伊朗最美的情书。虽然道别里有对个人错误的袒露，情书里有对冷酷政府的控诉，但是她不认为人们可以对自我犯下的错事永远否定，"人类如此脆弱，承认自己的缺陷并不会削弱你的力量。正相反，不沉默，会显示出勇气和由己及人的美德。"

打破沉默的方式，纳菲西选择了一个微小入口——父母和生命中其他亲戚朋友的生活与个性，这反映了伊朗各个历史时段的社会状况。父母在纳菲西人生中扮演了截然不同的角色。强悍得几近"独裁者"形象的母亲出身名门，有志于做一名医生却在继母的反对下未能完成学业。而纳菲西和母亲之间的战争从她四岁时就开始了，她偷看纳菲西的信件、日记，监听她的电话。即使她要到美国去而不会再回伊朗时，母亲也不愿意吻纳菲西，只是言不由衷地说“你真是继承了你父亲身上那些坏基因”。而纳菲西和父亲的关系更加融洽，他们之间有着交流彼此内心想法的“秘密语言”。父亲教给纳菲西用编故事的方法抵御生活中的艰难，引导她阅读波斯经典文学作品，用想象力创造平静的世界，这一点让她终身受益。虽然后来，父亲和她用相互间的掠夺和背叛让彼此心碎。

很多年以后，纳菲西通过持续地阅读和写作，不断尝试发现对父母的理解性。她承认自己有一部分“恋父情结”在作祟，让自己无法和母亲获得温情的联系。母亲在世时，她总是逃避她、憎恨她，觉得她不喜欢自己，和自己待在一起从未快乐过，却从来没有去理解过母亲对生活的失望和孤独，没有去探寻过她心里的冰山如何融化。相比之下，更为温和与直接的父亲则教会了她对文学的热爱，用伊朗诗人菲尔多西的《列王传》启蒙她对伊朗的感知，对文学的审美。纳菲西说自己和父亲是如此的亲近，她一直觉得自己更像他。但事实是，更多的人都说她更像母亲。她在激烈否认这一观点的同时，也在深刻地自省。终于她惊奇地发现了一个有些讽刺的事实——叛逆的女儿最终变成了母亲想要她变成的女人：一个对工作和家庭都满意的女人。出书，有现在的职位和家庭，都是因为母亲正面或负面的推动。母亲就像她的影子。

在这场回忆完成的末尾，她感念父母给予她的那份遗产——一个"移动的家"。"他们各自用自己的方式鼓励我和弟弟去阅读、去接受教育、去争取独立，这一切并不是为了获得金钱，而是出于一份对知识的信仰。当我是个孩子时，我永远不会知道有一天我会离开自己的家乡，把关于故土的一切都抛之脑后。我的父母告诉了我这样一个事实：生活随时会发生改变，你可能会失去所有的财产，包括你的房子，你的城市，你的国家，但是没有人能夺走你的记忆，你的书籍，你所得到的知识会拯救你。"她把自己能得到一个"移动的家"归功于父母——母亲督促她完成大学学业，这样能不再依附于他人；而父亲则用讲故事的方式，鼓励她阅读。这个"移动的家"，让她把伊朗装在心中，可以随时带走。

对话

“在小说里，理解比批评更重要”

柏琳： 父亲让你反复阅读伊朗诗人菲尔多西的《列王传》，你最爱其中的女主人公鲁达贝，这也影响了你后来喜欢的文学作品中的系列女性角色，比如《黛西·米勒》中的黛西、《傲慢与偏见》中的伊丽莎白，这些女性吸引你，因为她们都“勇敢而脆弱”，是吗？

纳菲西： 我很喜欢你称呼这些故事女主角为“勇敢而脆弱”的人。《列王传》里的鲁达贝，就像《傲慢与偏见》里的伊丽莎白以及《黛西·米勒》里的黛西小姐一样，她们的勇气并不体现在对公共领域的政见上。通常我们说一个人的勇敢，是说这个人敢于反抗身体的凌辱或者暴虐的政权，但其实有很多体现勇敢的潜在方式。存在一种更加私人化的勇气——不是来自于对荣誉的追求，而是因为她们别无他法。若她们脆弱，也是一种勇敢的脆弱。她们向父母的权威和社会规范说不，通过追求自己爱的人，来追求个人的自由。

没有个人自由就没有政治自由。很多伟大文学作品中的女人们，总是会用一种更私人化的方式去表达她们的勇气。她们反抗社会和家庭加之于她们身上的道德规训，声明要自己选择婚姻。这让她们在社会上处境艰难，需要为了争取“选择的自由”而和家庭和社会同时抗争。我喜爱的这些小说女主角，她们通过对个人权利的不懈坚持，甚至冒着可能被排斥和遭遇贫穷的风险去争取真爱和伴侣的勇气，在一点点地改变她们所处的社会。

柏琳： 你在文学课上选取的作家是纳博科夫、菲茨杰拉德、亨利·詹姆斯、简·奥斯汀，你曾说这四个人各自代表了你对自由的理解，可否具体阐述一下？

纳菲西： 纳博科夫的《洛丽塔》着力在于这样一种悲剧：我们都太过自我中心主义以至于对我们所认为的挚爱都会视而不见。它也表达了这样一种观点：即使那些看似美好而举足轻重的人物，也会不知不觉犯下罪行。亨伯特是一个精于世故的学者，他不仅英俊而且看起来很优秀，然而他却毁了洛丽塔。在《了不起的盖茨比》中，主题是美国梦，那些和盖茨比相似的人追逐着这个美妙的梦，到头来却发现做这个梦并不像人们所描述得那么容易。美妙的梦一旦接触现实，就会很轻易地遭到腐蚀，它也展示了美国在代表财富和物质主义的残酷的一面——它导致了对他人命运的漠不关心。

而亨利·詹姆斯在他的两部作品《华盛顿广场》和《黛西·米勒》中都把目光放在了两个截然不同的女性身上，她们的共通点在于都具有捍卫自我独立的勇气。她们都拒绝盲目遵从社会施于的陈规陋习，正如《华盛顿广场》中的凯瑟琳抵抗了她父亲的暴政和追求者的操控一样。《傲慢与偏见》则探讨了当时英国社会中基于财产和家世的婚姻问题。女主人公伊丽莎白拒绝就其中任何一项条件而结婚。她宁可过清贫的生活也不愿意嫁给不爱的男人。所以这本书是关于“选择的自由”的重要性。这本小说遵循了这样一种发展路径：伊丽莎白在看到达西先生承认了自己的傲慢并为之道歉后，她也意识到了自己对达西的偏见，并为之后悔。这也告诉我们，不能总是挑剔他人的错误，也应该审视自己的错误。

柏琳：你在书里谈到小说和民主的关系，认为二者是共生的，这怎么说？

纳菲西：我认为小说这个体裁具有一种结构上的民主性。首先，小说由很多基于个人、社会、政见等不同层面上的个体的行为互动组成。一个出色的作者，无论他是否喜欢某一个类型的角色，都必须具备理解和同情每一个角色的能力，他必须给每一个角色发声的机会，即使这角色是一个恶棍也不例外。从这个角度说，小说具有民主性，它能呈现来自不同背景和不同区域的不同的人物类型。其次，小说着眼于人物。小说的道德密码藏在每一个人物身上，它赋予每一个角色以尊严。与此同时，这些角色不能孤立存在，而必须持续和他人互动。

小说中，最大的恶在于“对他人的无视”——无法与别人真正交流。无论你是读《洛丽塔》还是《华盛顿广场》,《傲慢与偏见》还是《了不起的盖茨比》，这些小说里的坏人总是那些缺乏同理心的人，他们将自己的意志强加于他人身上，对于他人的需求和感受视若无睹。小说不仅关乎批评，更关乎自省和自我批评。小说里没有绝对的好人和坏人，所谓的英雄也都有瑕疵，并且也会意识到自己的错误。最后，一部伟大小说的作者不会对读者进行说教，而是会用体验的方式，让读者自己做判断。因为在小说里，理解比批评更重要。

柏琳：为何在一九九七年会做出去美国定居的决定？

纳菲西：我相信，在压抑的社会里，无论人们是走还是留都是一个困难的决定，因为任何一个选择都会让你失去一部分所爱的东西。这同样是考量你未来各种可能性的一种个人决定。伊斯兰革命后，我们在伊朗待了十八年，经历了一场革命和一场战争（1980–1988年的两伊战争），并且尽可能在恐怖的环境中生存下来。但是作为一个真正的人，一个女人，一个老师，一个作家和一个母亲，我经常发现自己毫无立足之地，在自己的国家漂泊着。我意识到，如果出国，我可以通过写作对这个国家更有帮助。我的丈夫和我都在美国上过学，我们了解那里的语言和文化，他的姐姐一家都住在那儿，所以我们会获得很好的支持。对于其他人来说可能就没有那么幸运，所以我从来不做“伊朗人该不该出国”的泛泛结论。

柏琳：你到美国后，所经历的最大文化冲击是什么？

纳菲西：我在美国主要待在大学里，不会有太多的文化冲击，但是对于我的挑战是，我必须接受这样一个事实——在很长一段时间里，我不能再回我的祖国。同时我对于美国人民对伊朗文化和历史了解的孤陋寡闻也非常失望。我总要非常挫败地一遍遍向这些人解释，什么是伊朗，而这经常要挑战他们的固有习见。

柏琳：父母都去世后，你现在还和伊朗国内的亲人有联系吗？据你的了解，现在伊朗国内妇女的生存状况发生了怎样的改变？现在伊朗国内接受西方文化还是很困难吗？

纳菲西：我的叔叔、堂兄弟姐妹和好朋友都在伊朗。自我离开后，因为人们持续抵抗，很多事情发生了改变，特别是女性的状况：女人们在公共场所开始争取更多的自由，头巾的颜色多了，黑袍的长度短了，她们还化妆，并和不是父兄的男人走在一起。但法律一如往昔，逮捕和公开处决持续未减。最近出台了一项官方政府文件，宣布未成年女性嫁给年老男子的婚姻具有合法性。伊朗的姑娘们对此没有发言权，她们的父亲说了算。所以我想，改变的路还有很长。

我很高兴我的家庭在美国比在伊朗生活要自由得多。我很欣慰能在这里写我想写，说我想说。但是我依然想念伊朗，我记挂那里发生的一切。伊朗人民是非常慧黠的，他们早在伊斯兰革命发生前，就对西方文学十分熟悉，即使革命发生后，他们依然能用秘密的方式持续着对西方文学的阅读。互联网帮助伊朗更好地和世界联系，但即使在互联网诞生之前，一部分人民隐秘的生活内容，就是钻研如何了解外部世界。

柏琳：你的《想象共和国：三本书里读美国》即将有中文版推出，可以谈谈这本书吗？

纳菲西：这本书就像是《在德黑兰读〈洛丽塔〉》的后续篇，探讨了在一个专制政权下，想象力如何发挥作用——在“想象共和国”里，为何没有民主教育，民主社会就没有生存的土壤？这本书把我在美国的经历与我对美国小说《哈克贝利·费恩历险记》的分析融合在一起，阐释了美国小说如何成为捍卫美国梦的道德卫士，这同样也包含了一部分对现今美国社会现实（特别是教育系统）的评论文章。一个民主国家必须不断自我更新，自我怀疑，随时准备做出改变。

Marilynne
Robinson

玛丽莲·罗宾逊：我相信人的圣洁性

美国当代女作家玛丽莲·罗宾逊原本可以过一种现代社会意义上“知名作家”的生活，签售、巡回演讲、接受大量采访，不仅因为其低产仍出色的小说创作、掷地有声的评论文章，也不仅因为美国前总统奥巴马爱其小说爱到非要“客串”记者和她对话——二〇一五年九月十四日，奥巴马在艾奥瓦州首府得梅因访谈玛丽莲·罗宾逊。罗宾逊的小说深深吸引了“文学中年”奥巴马，“这些启示包括同情心，包括在认同世界是复杂且充满灰色地带的同时，仍然为有迹可循的真相奋斗和努力”。

她已经是全美知名的人文学者，然而在多媒体过于发达的今天，她却选择做一个孤独的人。她说，几乎没有时间参加社交生活，在大多数情况下，她过着一种清教徒式的享乐主义生活——珍惜时间，并且尽可能把握时间。更重要的是，写作让她对社交的欲望保持警惕。

写作是为了感知内心

“一个淹溺在水与光中的关于三代女性的故事”。想象她们，“手指黑如夜空，分外灵巧纤细，只给人冰凉的感觉，好像雨滴”。描述她们，词语却如此破碎、孤立、无常，就像人在夜晚透过亮着灯的窗户所瞥见的情景。

这个聚焦三代女性生存图景的故事，关于守护一座房子和房子里的两个孤女。出自美国当代女作家玛丽莲·罗宾逊写于一九八〇年的处女作《管家》(*House Keeping*)，位列英国《卫报》评选的“一百部史上最优秀小说”。小说刚写完就获得了美国笔会/海明威奖，并入围当年普利策文学奖，出版商惊呼“又一个伟大的作家诞生了”。

罗宾逊却从虚构世界转身。此后三十多年里，她把时间投入到英国塞拉菲尔德核电站调查、加尔文教，以及美国当代政治生态的研究中，撰写了大量非虚构的随笔和评论。这期间，她也持续反思信仰与现代思潮的关系，第二部长篇《基列家书》隔了四分之一世纪才出版，算上后续的《家园》和《莱拉》，罗宾逊总共只有四部虚构作品问世。

她认为一个作家不应该给自我设限，“虚构总是部分地真实，而非虚构也有艺术的力量”，对她来说，写作是为了感知内心。

离婚后，她在艾奥瓦大学作家工作坊教授写作课。两个儿子各自组建了家庭，而她离群索居。如果说非虚构写作是罗宾逊与这个真实却喧哗的现实世界打交道的通道，那么写小说则是她捍卫孤独的房间。

她热爱孤独。一九四三年，罗宾逊生于爱达荷州一个基督教家庭。爱达荷州在美国西部的落基山脉脚下，远离现代工业文明。童年的小女孩玛丽莲，经常独自游荡在西部山涧湖泊之间。她无法忘怀幼时在祖父母的农场上仰视夜空的静谧感，这让她很早就懂得享受孤独。“我的孤独和寂寞都使我与这个神圣的地方融为一体”。

对她来说，“孤独是一个带有强烈的积极含义的词汇”，在寂静自然的怀抱中，她熟读美国经典文学，深受梅尔维尔、爱默生和梭罗等超验主义者的影响，对自然尤为亲近。她还是虔诚的新教教徒，小说都以美国西部家庭和宗教寓意为主题，探索当代人的内心世界。

她笔下的人物，孤独是“一种脱离外界干扰、追求精神超越的生存状态”，这一点尤其体现在《管家》中的姨妈西尔维身上。母亲去世后，她中断漂泊，回到家乡指骨镇，照顾死去姐姐的两个孤女露丝和露西尔。在一个以白人新教徒为主流人群的西部乡镇，西尔维是个异类。她不会做家务，不会看管房屋，甚至对孩子的逃学放任自流。她对自己的过往只字不提，喜欢把家里堆成杂货铺，常在人流穿行的小镇大街上横躺在椅子上睡觉，她讨厌开灯，喜欢在月光下吃饭。“在蓝色的幽光里，在满耳昆虫的叽叽喳喳、肥胖的老狗拽拉链条的撞击摩擦和邻居庭院里的叮当铃响中——在这样一个无边无垠、隐隐发光的夜晚，我们该用更灵敏的感官去感受周遭的一切。”

太过特立独行的孤独，小镇百姓是无法忍受的，人们需要融入群体才能确信安全感，西尔维从不和别人解释这种孤独感的神圣。在治安官就要剥夺她的露丝抚养权的前夜，她烧了老屋，和露丝一起穿过大桥，飞奔向过路的火车车厢，再次开始未知的漂泊。

很难对西尔维这个人物做单一评价，正如很难单一评论《管家》这部小说。问世近四十年，各学科领域按照自己的需要，给这部让人难以释怀的小说以不同的解读。女权主义者视其为反抗父权的独立之声——整部小说里男性人物集体缺席，外公随着出轨的火车葬身湖底，父亲从头到尾没有出现，丈夫甚至只是一个名字，而结尾处焚烧老屋的举动，也被解读为反抗父权禁锢；神学家看见小说和《圣经》千丝万缕的联系——例如小说叙述者露丝的名字来源于《圣经·旧约·路得记》，连罗宾逊自己都为《管家》和《路得记》无意中的同构关系而吃惊；文学家对小说中关于“水”与“光”的诗性意象赞叹不已；环境学家则把小说主题和生态主义的阐释纠缠在一起……罗宾逊猜测，这多重的解读可能是因为——她对语言的隐喻性太着迷。

“我非常崇敬隐喻。在我看来，小说就是某种延展的隐喻……对宗教可以从多方面解读，但宗教最独特的力量和美都是通过隐喻来表达的。”罗宾逊从不避讳在写作中表达各种宗教隐喻，事实上，她认为自己“应该在写作中让宗教变得更易于理解”，但她并不想让小说变成教化，她视宗教信仰为礼物，认为自己没有理由去剥夺这种生发自内心的思想。

她的灵魂轻盈，时刻准备舞蹈。犹如《管家》里的姐妹花露西尔和露丝，在幼年的某一刻，“漆黑的灵魂在没有月光的寒风中起舞”，而这又是一个隐喻——象征着玛丽莲·罗宾逊“绝对的、不可被束缚的灵魂本身”。

“我们谈了太多未来，却总在抵触过去”

柏琳： 女权主义批评家把《管家》看作是一本反抗父权压迫、争取女性主体意识的书，但是如果我们仅仅把这本可以多重解读的小说定义于此，可能有点遗憾。你如何看待这个问题？

罗宾逊：而今的世界有一种倾向——总是过激地思考某一种概念。世界上有几十亿女性，每个人都千差万别。我非常不赞同女权主义者把她们都归为一个笼统的大类来看待。身为女性，我可以通过书写自己的真实想法来表达我最真诚的见解。

我十分庆幸自己生活在一个女权运动为解放女性做出许多贡献的时代。我活了那么久，久到足以明白这些斗争收获果实是多么不易。但是任何思潮（包括女权运动）的具体理念，都不应该强加到虚构作品中去。

柏琳：《管家》聚焦三代女性的生存困境，但主要描写了两种女性——定居型和流浪型。虽然你对后者着墨更多，但你无意于评价孰优孰劣。你是否认为，那些拒绝传统女性角色的女人，漂泊也并非一定是一种更好的生存出路？

罗宾逊：我书写的指骨镇，就和千万个美国西部的古老乡镇一样，清楚自己的存在处境——被荒野环绕，一切都是脆弱和暂时的。在这样一个地方，要产生一种永恒的、定居的感觉几乎就是一种成就，要放弃这样的生活就和轻易离开一样容易。因此，这样的地方就会产生两种思想——定居的和漂泊的，而这里的人可以享受一种不必在两种生存方式之间进行选择的感觉。

我自己则找到了另一种漫游的方式——有一首古老的诗歌，叫作《珍珠》，“我的灵魂，受惠于上帝的恩典，在奇迹显现之地探险”。这首诗的叙述者有一个关于天堂的梦境，而我呢，只是在旧式的神学和新式的宇宙论中漫游，欣赏它们各自的美好。我是自由的，我感谢这种特权。

柏琳：你曾说自己着迷于十九世纪的美国文学，比如爱默生、狄金森和惠特曼。他们的文学作品总是在严肃地思考人类的生存处境。然而当代美国文学的环境发生了变化，你如何看待十九世纪美国文学传统在当代的衰落？

罗宾逊：文学是有生命的，文学作品也是。美国当代文学显示出了一种贫乏，而这衰落是一种偏见导致的——我们谈了太多未来，却总在抵触过去，总是缺乏一种深度思考的勇气。我们现在对探索人性兴趣不大，只争先恐后地想做时髦的弄潮儿。

梅尔维尔和狄金森都到二十世纪才被真正发现，在他们那个时代，作品平庸却出名的作家几乎被我们遗忘了。我们现在所见的杰出文学作品，并不会削弱经典之作的魅力。我也喜欢莎士比亚和弥尔顿。伟大的文学，它的本色永不消退。

柏琳：据说，你眼中最重要的文学经典是《圣经》，你在艾奥瓦大学的作家工作室中最著名的课程，即是教导那些想要了解美国当代文学的年轻人如何阅读《旧约》的章节。你曾说过，人的圣洁性，是你在写作中最重要的话题。那么可否具体谈一谈，“人的圣洁性”对你来说，具体含义是什么？

罗宾逊：没错，人的圣洁性，对我而言是一切问题的中心。我们是按照上帝的形象被创造出来的，并且受到上帝精神的熏陶和感召，我们都是同一个家族的后代——这个在《创世纪》开篇所叙述的古老的故事对我来说绝对真实，并且非常关键。

因为我们人类有一种可怕的趋势，总是会互相伤害，这使得整个地球陷入危险。因此，在人类极具破坏力量的表现中，会呈现一种虽然忧郁但是无法否认的天启般的意识。另一方面，在地球所经历的短暂繁荣中，我们已经做成的事情，我们用来让这个小小的星球在宇宙中变成一个有意识的存在、并且用人类无意识的良善去维系的方式，更不用说那些在数十亿人类头脑中产生的深沉而激情的思想观念——这些观念甚至难以形容，但是我们假设上帝会尊重和欣赏这样的观念——所有这些让我相信人的圣洁性。

我总是不厌其烦地告诉我的学生或者任何在场的听众，人类的大脑是宇宙已知存在物中最复杂的东西，而且每个人都有一个，而这是一种更高意义上的自我尊重和互相尊重的基础。此外，这也是一种科学的事实，那么，这就意味着，不需要从宗教中找到论据，我们就可以证明，人的诞生几乎是一种神迹。

Michael
Chabon

迈克尔·夏邦：文学真正的危机，在于自我设限

对于一九六三年出生的美国犹太作家迈克尔·夏邦来说，生活可能是“失重”的。他出生的时候，二战已经结束十八年，而从第一代犹太移民来到美利坚的登陆之日算起，也已经产生了从曾祖父到他，四代人的时间距离。

二战，犹太人，这些主题放到任何虚构或者非虚构的写作中，都能成为深邃的母题，偏偏对于夏邦这样不按牌理出牌的新一代美国小说家来说，这样的主题总是“隔着一层面纱”。他曾不止一次谈过二战对于他的生活的意义，“二战也许是我整个人生中，唯一一个具有主导力量的文化主题”，他读一切能读到的关于二战的书，将军的传记，或者战役的记载，却无法进入真正的历史现场。他敏感于自己的犹太人身份，却已经无法理解父辈的语言，无法想象希伯来文化的奥秘，他这一代“新犹太人”，处在了一个“想无可想”的尴尬境地。

不过，夏邦依然是一个出色的小说家，他的身份部分限制了他的创作领域，但他会用自己的方式来反思父辈的遗产，表现一个犹太人在美国社会作

为“异乡人”的精神反思——安全感如何变成了理所当然？《犹太警察工会》或者《卡瓦利与克雷的神奇冒险》无一不在探索自己的族裔历史。他也会用跨类型的写作方式去映照二战后的精神危机，漫画、科幻、犯罪小说，甚至是“跨”到非虚构领域的“回忆录”，他打破路径的限制，却殊途同归，同样抵达了探寻父辈历史的岸口。

《月光狂想曲》，迈克尔·夏邦最新的小说，表现一个犹太人二战后在美国的生存境遇，“外公的故事”看似“家史”，实则隐喻一代犹太裔美国人的历史。夏邦在新小说里继续他“跨类型”的风格，这是一部“回忆录”式的小说，虚构嵌在非虚构中，“我的外公”在生命最后一周倾诉着他的人生，二战阴影挥之不去，太空竞赛从狂热到落寞，“月光”的意象宛若忧郁的叙事面纱。

“虚构有一种提炼意义的魔力”

柏琳：书里的外公是一个美国犹太人，他曾许诺外婆，带她“飞到月球上找个庇护所”，联想到犹太人在现代社会的处境，这是某种寻求应许之地的隐喻吗？

夏邦：所有人都梦想有一个“应许之地”，用以躲避世界对我们的伤害。对于书里的外公而言，他是个美国的犹太人，亲历了二战，数个政治阴谋和抵抗运动，他曾在残酷的战争中体会了苦涩和幻灭。犹太复国的梦想并没有那么简单，在政治意义上，他绝对不是一个犹太复国主义者。他不会认为以色列就是犹太人的“应许之地”，也因此，他必须自己创造一个避难所。事实上，外公的梦想非常私人化，他无力承受一个宏大的乌托邦，他的乌托邦就藏在他制作的月球基地模型里，里面住着他和外婆，以及他们的孩子。他们坐在重力沙发上，外面是种着胡萝卜和玫瑰的花园。

柏琳：二战后，美国文坛有一批非常出色的犹太作家，像索尔·贝娄、JD·塞林格、菲利普·罗斯，无时不刻在观察犹太人在美国社会的定位和归属。作为新一代美国犹太作家，犹太人的存在问题也一直是你的关注点，比如《犹太警察工会》和这部小说。你这一代犹太作家和前辈相比，生存处境发生了什么变化？

夏邦：美国的犹太人享受了现代犹太历史上相对来说最为繁荣和安定的一段时光。一百二十年前，我的曾祖父来到这块土地，从那以后，美国的犹太人经历了一个令人难以置信的、不曾间断的进步繁荣的时代，文化信心也增强了，然而这一段时间里世界上其他地方的犹太人，却经历了完全不同的生活。比如二战前，德国犹太人的民族身份和国家身份是不冲突的，二战之后，一切都不一样了。

我们这一代，境遇又发生了改变。我还是个孩子的时候，把犹太人的安全感当作理所当然——我们首先是美国人，然后才是犹太人。“犹太人”这个词不能定义我们的身份。然而我的祖父和曾祖父那辈人却不一样，他们以移民身份来新大陆，大多来自欧洲，有太多痛苦记忆，他们想要割掉过去，融入新社会，热爱棒球，或者爱上可口可乐，总之他们不愿意回想自己的曾经。相比之下，我和我的下一代并非不想回忆，而是说——我们无法进入传统犹太世界，我们不懂意第绪语，也不懂希伯来文化里的秘密，我们想无可想。

柏琳：你认为有人该为这种“文化断层”负责吗？

夏邦：我依然用“语言”来回答你的问题。当我还是个孩子时，我有一些上了年纪的亲戚，比如曾祖父母或者曾姨妈、叔公，等等。他们都是犹太人，都掌握并且热爱意第绪语，然而这些长辈认为小孩子没必要掌握这门语言，于是，当他们讨论一些不想让孩子知道的话题时，就使用意第绪语。上一辈人认为，这种犹太人使用的语言中有令人羞耻的部分——这是一门关于困苦、关于贫民聚居区、关于他们遭受迫害并逃离的旧世界的语言，他们认为这种文化记忆没必要传给下一代。等我再长大一点后，我已经可以听出谁在讲意第绪语了，但我依然对这种语言一无所知，对我这一代的美国犹太人来说，意第绪语是一门关于秘密的语言，我们无能为力了。

柏琳：我们谈谈《月光狂想曲》的体裁，这是一部小说，但在你的评述里，它是“回忆录”，书的前言里，它是“一堆谎言”。这本书是各种形式的混合，是对形式本身的挑战，你为何尝试这种“混搭体裁”？

夏邦：这是一本小说，虚构的产物，但它成了某种“事故”，我的本意并非要用“回忆录”的形式来写小说，我本来是想扩展这个故事——写一个我从自己的外公那里听来的、关于他的弟弟被公司辞退的故事。在试图展开时，我把角色换成了外公，因为谁会写一本关于叔公的小说啊？外公才是故事里更亲切更自然的角色，于是故事的叙述就变得越来越私人化，然后我就一直维持着这种非虚构的腔调，这就是为什么这部小说读着又像虚构又像回忆录的原因。

当你越试图给记忆赋予意义，你就越容易虚构化。因为我们的生活本身没有既定的模式，本身也无意义，意义都是描述出来的，取决于我们描述的方式。我感到困惑的是，我们的读者总是希望从非虚构的作品里得到更真实的东西，事实上，虚构作品往往因为对事件的重组、意义的提炼、经验的重新排序等而获得了某种真实（或者叫作“真理”？）如果只阅读一本回忆录，你可能只获得事件本身。所以，我用“回忆录”的方式写这本小说，也有一点恶作剧的成分——我想幽默地反叛那种“回忆录”的书写定式。

柏琳：《月光狂想曲》探索了真实和虚构的内在联系。记忆有时候是不可靠的，而文学在面对更冷酷的真相时，甚至也是无力的，作为一个小说家，你怎么看待真相与虚构的关系？

夏邦：虚构有一种提炼意义的魔力，非虚构如果想拥有这种魔力，就要说假话才行。虚构可以让记忆更持久，即使记忆出现偏差，它依然有生命力，但非虚构写作想达到这样的状态，要困难得多。

然而，记忆是我最着迷的东西，当我下决心把自己听到的故事虚构化成小说时，我觉得也许适当加入一点真实的细节也不错。所以，我就跑去问我的杰克叔公的女儿弗朗西斯，和她的女儿杰西卡，杰西卡和我是同龄人。我问她们是否还记得杰克叔公被解雇的事情，杰西卡说，她从来没有听过这件事，弗朗西斯说她听到的版本不是“被解雇”。

天啊，我们怎么才能知道真相？面对真相，我们修订它，用自己的方式把原本无趣的东西变得生动。也许世上本没有真相，或者说，的确存在真相，但我们无从得知它的本来面目。这本《月光狂想曲》就在探索真相如何形成，每个人的真相版本是什么，所见即所得。

柏琳：你表达过自己对类型小说、流行文化的喜爱，你自己的创作是跨题材、跨类别的，有侦探、魔幻、科幻、漫画和流行乐等。你是否认为文学不应该有严肃和通俗的界限？你心目中“跨界”的范本是什么？

夏邦：我不会给文学下一个严肃和通俗的界限。我们所谓的主流的小说就是一种类型。有一种观点让我很不舒服，人们明明从一些优秀的通俗小说里得到了莫大的阅读乐趣，却羞于承认，因为他们被一种“我不该喜欢科幻小说或者奇幻小说”的奇怪观念所左右。

在二十世纪，类型小说很长一段时间都声名狼藉，它们被刊载在一些销量很大的通俗杂志上，稿费却低得可怜，而作者需要不停地写，才能维持生计，也许它们中真有一部分质量不尽人意。然而这并不是事情的全部，事实上，许多大文豪都写过类型小说，往远里追溯，从十九世纪到二十世纪的短篇小说序列里，从莫泊桑、约瑟夫·康拉德到亨利·詹姆斯，那么多大师对哥特小说、恐怖小说、犯罪小说和科幻小说都跃跃欲试。很多伟大的文学作品，因为其类型文学的特性而被长期忽视或贬低。文学真正的危机，在于自我类型设限。

Martin
Caparros

马丁·卡帕罗斯：苦难是文学的动力

今天，“吃饱”是个问题吗？没错，我们的肚子每天都会饿上一两次，然而恐怕没有什么像真正的饥饿感那样，离我们那么近，又那么远。

当我们用吃饱喝足来对抗饥饿时，是否想到在另一个世界里，绝望的人们面对饥饿却无能为力？当下，有多少人会自发关注那些远离我们几千公里之外死于饥饿的人？对于阿根廷作家马丁·卡帕罗斯来说，饥饿是从童年起就植根在脑海里的焦虑。

1957 年出生的卡帕罗斯没有受过饥饿之苦，但他记得二十世纪六十年代末关于“饥饿”这个词一个最残酷的版本：饥荒。他 10 岁时在布宜诺斯艾利斯的家中看电视新闻：一个小国宣布从尼日利亚独立出来——比亚法拉共和国。之后，这个短命的国家 1970 年发生饥荒，重新并入尼日利亚，100 万人因饥饿而丧命。那时的黑白电视屏幕上，饥饿就是那里的孩子们脸上筋疲力尽的苦笑，以及他们身旁嗡嗡作响的苍蝇。

几十年过去了，卡帕罗斯不能忍受沉默。他要讲述饥饿的故事，因为他愤怒。

想象力匮乏才是最极端的贫困

马丁·卡帕罗斯一直在工作，不肯休息。为了讲述那些忍受饥饿的人们的故事，他走遍印度、孟加拉国、尼日尔、南苏丹、美国、阿根廷等10个国家，用田野调查的方式记录世界各地的饥饿现状，写成了如讲义般厚重的《饥饿》一书。

“……我看到那位姑姑冲着小床弯下身子，把小男孩从床上举了起来，擎在半空看了一会儿，她的神情很奇怪，好像有些吃惊，又像是不相信眼前发生的一切。然后，就像非洲人习惯的那样，她把孩子的四肢展开，放到了孩子母亲的后背上，让孩子的脸扭向一旁，而胸脯则紧贴着妈妈的背部……小男孩伏在妈妈的背上，做好了回家的准备，而和其他许多人的情况一样，此时那个孩子已经死掉了。”

这样的叙述，让这本非虚构作品读来像一本“饥饿故事集”，卡帕罗斯仿佛一位“饥饿学”教授，贪腐、教育、传统、全球化、石油、战争、人道主义援助、跨国公司……大量关于饥饿的数据和新闻倾泻而下，与故事交织，互相印证。然而，如果你笑称他为“教授”，他恐怕只会耸耸肩。

卡帕罗斯高中毕业后就开始写作，做过数十年记者。1973 年他获得了《消息报》的实习机会，与父亲有过一场有趣的对话。父亲说："你想要进新闻业就进，我不阻止你，但是你尽量试着不要做一个记者。"卡帕罗斯疑惑："记者是什么样的呢？"父亲说："记者就是一群什么都知道一点，但实际上又什么都不知道的人。"

父亲的话触动了他，他拒绝成为一个坐在书桌前的记者。这种创作态度为《饥饿》一书提供了基础。饥饿话题实在非常大，他曾苦恼于如何入手——饥饿在他看来不止是数字的堆砌。事实上，卡帕罗斯觉得人们应该为饥饿问题感到羞耻："如今全球粮食产量可以养活 120 亿人，地球人有 70 亿，但依然有 9 亿人在挨饿，每天都有大约 25000 人死于饥饿。"

这些抽象的数字必须具体化，"让读者感动十分钟"的故事如果用来贩卖苦难，就变成了隔靴搔痒。如何与文字的堕落抗争？"几百万人正在挨饿"，这些文字应该激发更多东西。

他想揭示饥饿的原因，让读者不要对苦难迅速遗忘。他深入不同国家的历史来调查饥饿之因，最终发现，饥饿不是技术问题，而是政治问题。"少部分人占有了太多资源，饥饿本质上是政治和经济原因导致的。"

上世纪七八十年代，受惠于技术进步，终于能生产出养活全人类的食物。从此以后，饥饿变得更加残忍，“不是我们无力生产粮食，而是粮食过剩。”卡帕罗斯曾经走访过一些实验室，在那里人们不需要饲养动物就可以人工培养肉类食品，但最后的受益者是谁？“是生产肉类的人，而不是需要的人。”生产更多粮食不是为了解决饥荒，而是为了集中少数人的财富。当代学者弗朗西斯·福山在其著作《我们的后人类未来：生物技术革命的后果》中提出，用政治手段也许能预防未来生物技术革命可能的不良后果，卡帕罗斯在《饥饿》中有类似观点——他觉得解决饥饿最重要的手段就是政治。

然而，当饥饿落实到个体困境，解决起来似乎更困难。在走访中，卡帕罗斯设计了一个同题问答，收到了来自不同贫困地区的几十个穷人的回答，答案让他心里发毛。

印象最深的答案，来自尼日尔某个村庄一个三十多岁的女人艾莎的回答。几年前，他和艾莎坐在她家草舍前的藤垫上，伴着正午的汗水和枯树的阴影，艾莎对他说自己天天都吃面糊球。于是，卡帕罗斯在惊诧之下，向她提出了此后无数次提出的那个问题——“如果你有机会向一个全能的法师索要随便一个神秘的东西，你会要什么？”

“我想要一头奶牛来产奶，如果我把奶卖一些出去，就能有钱去买些材料来做饼，我再到市场去把饼卖掉，这样多多少少就能可以改善我们的生活了。”

“但我说的是那位法师可以给你任何你想要的东西，随便什么都行。”

“真的随便什么都行吗？”

“对，什么都行。”

“那么，两头奶牛？有了两头牛我就一定永远也不会挨饿了。”

艾莎和她的两头牛。卡帕罗斯心痛地想：原来，极端贫困中的极端贫困，是对未来想象的匮乏。

对话

“文学如果有作用，那就是让人怀疑”

柏琳：《饥饿》里有个同题问答，“如果有一个法师可以给你任何东西，你会要什么？”答案是贫瘠的，想象力极其匮乏。为何做这个问题的设计？而得到这样的答案以后你有什么想法？

卡帕罗斯：我看到更多的贫困的人的现实。我想换个思路，如果给他们一种可能性，如何摆脱贫困？亲身经历贫困的人会想如何摆脱贫困？书里的艾莎摆脱贫困的方式是要更多的牛，这让我联想到贫困不只是身体上的问题，更多的是思想上的问题，贫困限制想象力。

有个问题我才发现，我们所有人都像艾莎一样，我们都不敢去想象那些看似超出我们能力范围的东西，例如我们所有人都不相信我们会有一个没有人会挨饿的世界，一个思想不会受到禁锢的世界。我们的粮食产量可以养活 120 亿人，但每天都有 9 亿人在挨饿，为何我们有这么多粮食还有这么多人在挨饿？

柏琳：饥饿贫困的人都不是无神论者，“这是一个奇怪的扭曲”，这如何理解？

卡帕罗斯：无论是印度还是非洲，采访贫困者时，总是频繁听到“神”这个词汇，但有时候，“神”是造成饥饿的原因，是神不让人们吃饱的。有时候神又变成一种希望。这是矛盾之处。对于挨饿的人来说，神是他们在无法忍受的境地中自我安慰的方式。挨饿的人想，我挨饿是因为神不让我吃饱，所以他们就会变得更平静。但正是怀抱着有一天神可能让我吃饱的可能，就没有改变命运的动力了。扭曲的地方在这里。

柏琳：《饥饿》的尾声里，你批评人们缺乏对未来的想象力，“没人知道该对未来期待什么，我们对它只有恐惧”，如何理解这种对未来的恐惧？

卡帕罗斯：我们而今的时代，是一个没有对未来有明确规划的时代。想到未来，我们脑海里浮现的是环境污染和人口危机。或者更好一点，我们想象的未来是只有科技的世界，自动汽车、人工智能、太空漫游……仿佛未来的美好都寄托在科技上，政治制度和人性都缺席了。我们对未来的想象过于畏手畏脚，这是一个无聊的历史时刻。

柏琳：《饥饿》的扉页你引用了作家贝克特的一句话，“再试一次。再失败一次。失败得更好一点”。你曾说这是一本“失败之书”，甚至是一本“丑陋之书”，如何理解？

卡帕罗斯：每一本书写完以后都是失败的，这个“失败”部分是指——我们既不能在书里穷尽所有的设想，也不可能把书里所有的设想都变为现实。对于这本书更是如此，饥饿是人类最大的失败，不是靠写一本揭露罪恶的书就能解决的。我写下那些丑陋的人，不知羞耻地拥有和浪费其他人急需的东西，这已经不是正义或道德的问题，这是美学的问题。面对这个丑陋的世界，唯一可能的美学就是反叛。再一次爱，再一次失败，这样更好。

柏琳：哲学家阿多诺曾有一句著名论断，“奥斯维辛之后，写诗是野蛮的”。面对大屠杀或者饥荒这样的苦难，文学艺术的表达似乎苍白无力，只能沉默。写《饥饿》其实也会面对这个困境：无论你怎样书写饥饿，你都无法解决饥饿的问题。并且，面对苦难，悲情的文字可能会有“贩卖苦难”的危险，你如何消化这个问题？

卡帕罗斯：所以我说《饥饿》是失败的。因为我写了《饥饿》也不能让更多人不挨饿。但我不完全同意阿多诺的这句话，在我看来，行动和行动的结果必须区分，就像加缪笔下《西西弗神话》里的英雄那样，我们去行动，不是因为必然会带来好结果，而是因为我们必须做。不论是奥斯维辛集中营，还是九亿饥饿人口，这些苦难都会让一个真正的作家愤怒。巨大的苦难之后，文学不会无意义，苦难恰恰成为文学的动力。文学的责任是提出问题，而非解决问题——让我们思考为何会有饥饿和集中营这种事物产生？如果说文学有什么作用，那么就是让人产生怀疑。

附录

马丁·瓦尔泽（Martin Walser，1927-），德国著名小说家、剧作家，是当代德语文坛中与西格弗里德·伦茨、君特·格拉斯齐名的文学家。曾获毕希纳奖、黑塞奖、席勒促进奖等多种重要文学奖项，其作品数度在德国引起强烈争议。中篇小说《惊马奔逃》1978 年春出版之后，曾在联邦德国文坛引起轰动。主要作品有《迸涌的流泉》《批评家之死》《恋爱中的男人》《寻找死亡的男人》《逃之夭夭》等。

纳韦德·凯尔曼尼（Navid Kermani，1967-），伊朗裔德国记者、游记作家和东方学家。以小说、散文和纪实报道赢得过克莱斯特奖、约瑟夫－布莱特巴赫奖、德国书业和平奖等众多奖项。主要著作有《在古兰经与卡夫卡之间》（Zwischen Koran und Kafka）、《紧急状态》（Ausnahmezustände）、《沿壕沟而行》（Entlang den Gräben）等。

萨沙·斯坦尼西奇（Saša Stanišić，1978-），生于波斯尼亚，14 岁时作为波黑战争难民移居德国，用德语写作。2005 年发表处女作《士兵如何修理留声机》，获英格博格·巴赫曼文学奖"读者最喜爱作品奖"。2014年出版《我们与祖先交谈的夜晚》，登上《明镜周刊》畅销书排行榜，获2014年莱比锡书展大奖，入围德国图书奖长名单。

彼得·汉德克（Peter Handke，1942-），奥地利小说家、诗人、剧作家、导演，2019年诺贝尔文学奖得主，当代德语文学最重要的作家之一。著有剧本《骂观众》《卡斯帕》《形同陌路的时刻》，小说《守门员面对罚点球时的焦虑》《无欲的悲歌》《左撇子女人》等。剧本《骂观众》是汉德克的成名作，曾在德语文坛引起空前轰动。他与文德斯合作编剧的《柏林苍穹下》成为影史经典，导演的电影《左撇子女人》曾获戛纳电影节最佳影片提名。

马利亚什·贝拉（Marias Bela，1966-），匈牙利当代小说家、画家、音乐人。出生于塞尔维亚，1988年组建曾风靡巴尔干半岛的先锋乐队"学者们"。1991年为了躲避南斯拉夫内战而逃到匈牙利，之后定居布达佩斯并加入匈牙利国籍。马利亚什的所有作品都带着浓重的"东欧味道"，特别是"巴尔干元素"。代表作有小说《垃圾日》《天堂超市》等。

奥尔加·托卡尔丘克（Olga Tokarczuk，1962-），

波兰重量级作家，2018 年诺贝尔文学奖得主。毕业于华沙大学心理学系，1989 年凭借诗集《镜子里的城市》登上文坛。她善于在作品中融合民间传说、神话、宗教故事等元素来观照波兰历史与人类生活。代表作有长篇小说《太古和其他的时间》《白天的房子，夜晚的房子》《云游》，小说集《衣柜》《怪诞故事集》等。

米哈伊尔·波波夫（Mikhail Popov，1957- ），俄罗斯作家、诗人、散文家、评论家。先后就职于《苏联文学》杂志社、《莫斯科通报》杂志社。曾获 1989 年苏联作家协会最佳图书奖。代表作有《该去萨拉热窝了》《伊杰娅》《莫斯科佬》《火红色的猴子》等。

玛丽亚·斯捷潘诺娃（Maria Stepanova，1972- ），俄罗斯诗人、作家、出版人，当代俄罗斯文坛最杰出、最活跃的人物之一。创办并主编俄罗斯独立文艺资讯网站 colta.ru，月访问量近百万。代表作《记忆记忆》2018 年一出版便夺得当年俄罗斯文学界三项大奖，并迅速被译介为多种语言。

阿列克谢耶维奇（Alexievich，1948- ），白俄罗斯记者、散文作家。因为独立报道和批判风格，她的独立新闻活动曾受到政府限制。她用与当事人访谈的方式写作纪实文学，记录了二次世界大战、阿富汗战争、苏联解体、切尔诺贝利事故等人类历史上重大的事件。2015 年获诺贝尔文学奖。代表作有《二手时间》《切尔诺贝利的悲鸣》《锌皮娃娃兵》《我是女兵，也是女人》等。

费利特·奥尔罕·帕慕克（Ferit Orhan Pamuk，1952-），被认为是当代欧洲最杰出的小说家之一，享誉国际的土耳其作家。出生于伊斯坦布尔，曾在伊斯坦布尔科技大学主修建筑。2006 年荣获诺贝尔文学奖。代表作有《我的名字叫红》《伊斯坦布尔》《纯真博物馆》《我脑袋里的怪东西》《天真的和感伤的小说家》等。

阿摩司·奥兹（Amos Oz，1939-2018），以色列重要作家，只用希伯来语写作。他擅长破解家庭生活之谜，不仅是当今以色列最优秀的作家、国际上最有影响的希伯来语作家，也是一位受人敬重的政治评论家，著有十余部长篇小说和多种中短篇小说集、杂文随笔集、儿童文学作品等。主要作品有《爱与黑暗的故事》《乡村生活图景》《我的米海尔》《一样的海》《地下室里的黑豹》等。

大卫·格罗斯曼（David Grossman，1954-），当代重要的以色列作家，也是著名的和平主义者，多年来与阿摩司·奥兹等人协力促进巴以和平。生于耶路撒冷，毕业于耶路撒冷希伯来大学哲学和戏剧专业，曾在以色列电台做过多年编辑和新闻评论员。代表作有《一匹马走进酒吧》《到大地尽头》《证之于：爱》《锯齿形的孩子》等。

埃特加·凯雷特（Etgar Keret，1967-），以色列作家、编剧，在短篇小说、绘本小说和剧本等领域均有所长。凯雷特文风简练，喜欢使用日常语言、方言俗语，作品影响了以色列大批同代作家。代表作有《突然，想起一阵敲门声》《美好的七年》《银河系边缘的小失常》《想成为神的巴士司机》等。

布阿莱姆·桑萨尔（Boualem Sansal，1949-），阿尔及利亚作家，曾就读于阿尔及尔的综合理工科师范大学，具有经济学博士学位，后来教过书，经过商，从过政，20 世纪 90 年代改投文学创作之路，主要创作小说。2015 年 6 月，布阿莱姆·桑萨尔获得德国书业贸易协会颁发的和平奖，代表作有《蛮族的誓言》《空树中的疯孩子》《德国人的村庄，或席勒兄弟的日记》《隐私与政治日志：阿尔及利亚 40 年后》《2084》等。

樊尚·梅萨日（Vincent Message，1983-），法国作家。法国高等师范学校文学与社科专业毕业，在柏林和纽约生活了一段时间后，2008 年起在巴黎第八大学教授比较文学。著有《守夜人》《多元小说家》等，寓言小说《主人的溃败》获法国人气最旺的橙色文学奖。

大卫·邵洛伊（David Szalay，1974-），英国作家。出生于加拿大，在英国长大，毕业于牛津大学。代表作有《无辜》《春天》《湍流》《人不过如此》等。处女作《伦敦和东南部》获得杰弗里·费伯纪念奖和贝蒂·特拉斯克文学奖，《人不过如此》入围 2016 年英国布克奖最佳长篇小说决选，获《巴黎评论》设立的普林姆顿最佳小说奖。

杰夫·戴尔（Geoff Dyer，1958-），英国作家。写作风格丰富多变，涉及音乐、摄影、电影等多个领域，并将小说、游记、传记、评论、回忆录等体裁融为一体，形成了独特的“杰夫·戴尔文体”。代表作有《然而，很美：爵士乐之书》《一怒之下：与 D.H. 劳伦斯搏斗》《懒人瑜伽》《此刻》等。

科林·巴雷特（Colin Barrett，1982-），爱尔兰小说家。2013 年出版的第一本书、短篇小说集《格兰贝的年轻人》得到文坛广泛好评，先后斩获弗兰克·奥康纳国际短篇小说奖、爱尔兰文学鲁尼奖、英国《卫报》首作奖等。

阿扎尔·纳菲西（Azar Nafisi，1948-），伊朗裔美国作家、学者、评论家。曾在伊朗的德黑兰大学等高校教授西方文学，1981 年因拒戴面纱被逐出德黑兰大学，1997 年从伊朗来到美国。纳菲西因为《在德黑兰读 < 洛丽塔 >》引起全世界的关注，另著有《我所缄默的事》《反地域：纳博科夫小说的批评性研究》《比比和绿色的声音》《想象共和国》等。

玛丽莲·罗宾逊（Marilynne Robinson，1943-），美国当代作家。处女作《管家》1980 年出版后，立刻引起轰动。24 年后的第二部小说《基列家书》获 2005 年普利策小说奖，基列三部曲的续篇《家园》《莱拉》也反响热烈。此外，罗宾逊一直关注美国社会思想、实证主义和新教传统的关系，著有多部散文集《祖国》《亚当之死》《思维的缺失》等。

迈克尔·夏邦（Michael Chabon，1963-），美国作家、编剧。他对类型小说、流行文化的兴趣使得他的作品丰富多样，难以界定。代表作有《匹兹堡的秘密》《月光狂想曲》《犹太警察工会》《卡瓦利与克雷的神奇冒险》《哈扎尔绅士》等。

马丁·卡帕罗斯（Martin Caparros，1957-），阿根廷作家。1976至1983年间曾活跃于多个地下刊物，期间在巴黎获历史硕士学位，之后旅居马德里，在西班牙《国土报》工作。代表作有《活着的人》《饥饿》等。

图书在版编目（CIP）数据

双重时间：与西方文学的对话 / 柏琳著. -- 成都：四川人民出版社, 2021.4
ISBN 978-7-220-12283-5

Ⅰ.①双… Ⅱ.①柏… Ⅲ.①外国文学－文学研究 Ⅳ.①I106

中国版本图书馆CIP数据核字（2021）第047842号

双重时间：与西方文学的对话

柏琳 著

出品人	黄立新
责任编辑	唐 婧
特约编辑	刘盟赟 杨司奇
装帧设计	好谢翔
内文排版	吴 磊
责任印制	祝 健
出版发行	四川人民出版社（成都市槐树街2号）
网 址	http://www.scpph.com
E-mail	scrmcbs@sina.com
新浪微博	@四川人民出版社
微信公众号	四川人民出版社
发行部业务电话	（028）86259624 86259453
防盗版举报电话	（028）86259624
印 刷	成都国图广告印务有限公司
成品尺寸	125mm × 190mm
印 张	11.5
字 数	180千
版 次	2021年4月第1版
印 次	2021年4月第1次印刷
书 号	ISBN 978-7-220-12283-5
定 价	68.00元

图书策划：■ 活字文化